GW00482397

El Corazón Tardío

El Corazón Tardío

ANTONIO GALA

Prólogo de
Ana María Matute

EDITORIAL PLANETA

ESPASA

Primera edición: abril, 1998
Decimoquinta edición: julio, 1998

© Antonio Gala, 1998
© Espasa Calpe, S. A., y Editorial Planeta, S. A., 1998

Diseño de cubierta: Tasmanias

Depósito legal: M. 28.357-1998
ISBN: 84-239-7015-9

Impreso en España/Printed in Spain
Impresión: Mateu Cromo Artes Gráficas, S. A.

Editorial Espasa Calpe, S. A.
Carretera de Irún, km. 12,200. 28049 Madrid

de Baltasar. 21-1-98.

EUTANASIA

Manuscrito de «Eutanasia», de Antonio Gala.

ÍNDICE

Prólogo de Ana M.ª Matute XI

EL CORAZÓN TARDÍO

El bumerán 3

Arenga contra el recién llegado 25

Los besos 31

El alacrán 35

Diálogos alrededor de un catafalco 39

Día sin accidentes 47

Los rincones oscuros 67

El mariquita 79

El extraño juego 83

Las 6 y 25 p.m. 85

Una despedida 97

Lucha hasta el alba 101

Una historia común 107

ÍNDICE

La viuda y el espantapájaros 111
El visitante desatendido 127
La pueblerina 131
Itinerario para un anochecer de 1961 137
Meditación de la resignada 145
La tahona 151
Otra enamorada 157
La compañía 163
Llanto en la Plaza del Marqués de Salamanca (1960) 171
Aquí hubo un jardín 177
Cantata 82 185
El paso del tiempo 193
Carta al señor Pepito Cardenal 201
Eutanasia 207
El corazón tardío 211

PRÓLOGO

En la inmensa región de los corazones conviven luces, fervores, negras sombras, estaciones frías o cálidas, montañas y selvas peligrosas, gozosos valles que nadie sino el dueño de cada corazón, si es que uno lo es siempre, puede ni remotamente comprender.

Porque Antonio Gala ha recorrido todos esos territorios con la conciencia en vilo, puede ahora maravillarnos con estos relatos. Quien los narra es, desde luego, el escritor consumado que ha abordado todos los campos de la literatura —la novela, el teatro, el ensayo, la poesía...— y que de todos ha obtenido un enriquecimiento de la palabra. Pero es también el peregrino de la vida que, de regreso, nos cuenta cómo en el recodo más anodino, espera el milagro.

Por debajo de la variedad de formas narrativas, de estilos y voces que intervienen en estos veintiocho relatos, hay un hilo conductor que los vertebra en una misma inquietud, casi perturbadora: la insalvable distancia entre la realidad y el deseo, que parece vencer sólo la muerte. Porque en todos los casos, siempre que algo se intuye como demasiado bello, amenaza inevitable la caída final: «la belleza es mortal... la belleza está hecha de muerte», dice su autor.

Aquí se ven reflejados una vez más el descubrimiento de la sexualidad, los conflictos generacionales y de opción de vida, las formas del amor y el desamor, el pasado como paraíso perdido, el inevitable paso del tiempo, el cara a cara con la muerte, constantes en la obra de Gala. Situaciones amargas y tiernas, de humillación y soberbia, absurdas y divertidas, misteriosas y siempre sorprendentes, se mezclan en distintos tiempos para demostrar cuán inacabable es el mundo de un gran creador, más intenso cuanto más breve.

Enciende cada cuento en nosotros las brasas de un corazón tardío. Un universo de recuerdos peregrina de continuo del presente al pasado evocando anécdotas sin trascendencia aparente que hieren el corazón y abren la brecha del sentimiento. Descubrimos así un mundo de interiores, de monólogos e introspección, de búsqueda de uno mismo. «Siempre hay un armario cerrado cuya llave se ha perdido hace tiempo, y una voz que pregunta qué estará pasando dentro y a qué se espera para morir.»

En cada página de EL CORAZÓN TARDÍO nos aguarda una sorpresa. Puede ser la insufrible mezcla de atracción y odio que despierta en una mujer la presencia en su casa de un misterioso huésped; o un hombre que, en ahogada lucha contra una muerte absurda, es víctima educada de los intentos de una curiosa mujer por ayudarle. Comprobaremos cómo el paso del tiempo puede agotar hasta el amor más fresco, y podremos escuchar aquellos absurdos diálogos de amor y muerte, llenos de cinismo, en torno a un mudo catafalco. Nos saldrán al paso historias de aristócratas, ambiguos y cínicos, y de hombres y mujeres del pueblo, más sórdidos y directos, «con esa tierna ansiedad en las cejas, en las comisuras de los labios, en los dedos pulgares».

Son historias que parten de un punto de inflexión en el fluir imparable de la vida de sus personajes: algo les hace volver la mirada y ahí está el camino andado, del que no recuerdan haber visto el paisaje; ahí, la vida, de la que no recuerdan haber sido los protagonistas, llevados de acá para allá, sin dominar sus destinos...; hasta la muerte se vive irreal. Relatos coronados por esa sucesión de «rincones oscuros», de tonos onírico-líricos, inundados de mares, en los que nada, libre y pura, la locura, junto a otros que «huelen descaradamente a vida», porque se nutren de los sentidos, capitaneados por esa exquisita descripción del tacto.

Antonio Gala ahonda, de nuevo, en el corazón humano, para conectar con nuestra sensibilidad más primitiva, depurada de las obsesiones, los prejuicios y los abusos del mundo. Su obra es como un largo camino hacia sí mismo que acaba siempre en nosotros, los lectores. Porque en él se busca al amigo que despeje la duda; al narrador que divierta los momentos de ocio; al orador de quien escuchar, atentos, el relato de nuestra propia historia; al poeta que preste palabras de amor a nuestros labios.

Pero esta capacidad de atracción sorprende más cuando descubrimos que el mundo literario de Gala no es, curiosamente, un mundo fácil; su escritura está lejos de reflejar el color rosa de la existencia. Porque Gala es también ese amigo incómodo que nos muestra nuestros defectos, que nos obliga a mirarnos al espejo y a reconocernos como somos. Pero lo hace de tal forma, que es imposible resistirse a la atracción de su lectura.

EL CORAZÓN TARDÍO es una hermosa sorpresa que Antonio Gala depara a sus lectores en un campo muy suyo, desconocido para la mayoría.

ANA MARÍA MATUTE,
de la Real Academia Española.

EL CORAZÓN TARDÍO

EL BUMERÁN

E l señor Hans Münster era un prohombre de la industria pesada de Alemania. Nada había sido improvisado en sus cincuenta y tres años de vida. Antes que prohombre, fue proniño, proadolescente y projoven. Lo cual no quiere decir que careciera de encantos. Su figura había sido, y continuaba siéndolo, atractiva: pelo oscuro ondulado y con amplias entradas, ojos de color miel, nariz clásica, boca bien dibujada y un cuerpo elegante de la estatura justa: justa para no llamar la atención en ningún sentido. Por lo que hace a su carácter, pese a las mil y una ocupaciones que lo asediaban de continuo, era comprensivo y metódico en agradables dosis. No poseía una simpatía apabullante, pero calibraba bien la de los demás y en consecuencia se hacía acreedor a ella. No gozaba de un sentido del humor particularmente activo, pero disfrutaba con el ajeno, y lo manifestaba así a través de una persistente sonrisa que le atenuaba la dureza de la boca y le sesgaba los ojos.

Había sido un nieto perfecto, un hijo perfecto, un marido perfecto y un padre casi perfecto, inicialmente al menos. Sin embargo, nadie hubiese podido exclamar *¡qué asco!* ante tal cúmulo de perfecciones; porque él había adquirido —o era quizá congénita— la virtud de disimularlas. Tres adjetivos se usaban por lo común entre sus colegas para definirlo: sobrio, escueto y pulcro. Y casto, añadían los maliciosos con un guiño.

Pertenecía a un linaje que, por tradición ya secular, se había dedicado a lo que él ahora. Era el penúltimo eslabón —el último sería su hijo— de una larga cadena de genios en los negocios. Fabricaban automóviles pero también cañones, y se hallaban, con ímpetu creciente, insertos en la minería y en los derivados del acero. Sus antecesores en el apellido y en el caudillaje suponía todo el mundo que tuvieron alma y cuerpo de apisonadoras; que devoraron hasta a la menor competencia; que se erigieron y se coronaron, como Napoleón, emperadores a sí mismos; que pisotearon derechos y que retorcieron o aniquilaron incontables vidas. No obstante, de la suposición a la demostración hay mucho trecho. Y más aún cuando representantes del Estado, entre los que destacan siempre los de la justicia, habían mantenido y mantenían cierta dependencia de los Münster, o les debían favores, o sus propias familias vivían de ellos, y la nación entera los consideraba mantenedores insustituibles de su economía e incluso de sus esencias.

Hans Münster era el heredero de infinitas complicaciones y ni él habría sabido decir si pesaban más en ellas las partes buenas o las malas. Lo innegable es que él no había aceptado su herencia a beneficio de inventario. Se propuso no defraudar las esperanzas que en él estaban puestas, y lo había conseguido. No sólo por su abuelo y por su padre, sino por los miles de empleados, obreros, socios, administrativos, altos cargos, bolsistas, gobernantes y compatriotas en general que de sus actos y sus utilidades cobraban o se mantenían o progresaban o se favorecían. Ni por un momento Hans Münster dudó en cumplir su originaria obligación, y no sufrió tentación ninguna de sacudirse la carga que su solo nacimiento le había depositado sobre los hombros.

¿Alguien hubiese asegurado que Hans Münster era dichoso? Quizá sí, muchos. ¿Alguien, por el contrario, hubiese asegurado que se consideraba un infeliz? Quizá no. Salvo resoluciones de diferente enjundia que le era preciso tomar cada día, la gran decisión de su camino no había sido tomada por él, pero él se doblegó o se adaptó —¿sería lícito decir que para su desgracia?— a continuar avanzando en la misma dirección que sus predecesores. Por algo a las grandes sociedades acumuladas las envolvía, como a él, el glorioso nombre de Münster.

A la edad establecida, Hans contrajo matrimonio con una danesa frágil, rubia, traslúcida y apenas material. Se llamaba Eva, y tampoco su estirpe era ajena a los campos de actividades de Hans. Unánimemente se juzgó que ambos hacían una buena boda en todos los sentidos: el inabarcable patrimonio de los Münster engrosaba aún más, y los contrayentes —no había más que verlos— formaban una envidiable y encantadora pareja.

Del viaje de bodas, realizado en un yate de la casa y consistente en organizadas visitas a países en los que existían agencias y sucursales de la casa también, Eva regresó ya embarazada. Hans Münster tuvo, en esas fechas, el capricho de que fuese pintada por un artista del sur de España que había despertado su admiración por la suavidad de su pincelada y de su colorido. Lo conocieron en una de sus arribadas; era un andaluz moreno, extravertido, exultante y lleno de donaire. Eva fue, en efecto, pintada en su estado de buena esperanza. En el retrato aparecía semirreclinada, flotante casi, rodeada de brumas. Todo en él era gris y plata: el fondo de cielo, el asiento, las colgaduras del primer término derecho, la superficie donde los volúmenes descansaban, el ropaje de gasas que a la vez la cubría y descubría. Apenas se ruborizaba el gris un poco en el rostro, en el escote, en los brazos de la modelo. Entre sus manos, muy separadas y en alto, el pintor, sin dar explicaciones, había colocado un grueso cordón de tres cabos en tres tonos de gris. El pelo, ceniciento, remataba el bondadoso y desvaído rostro de Eva, cuyos ojos eran asimismo grises. Parecía la reina de las nubes o acaso la reina de las nieves. Algo fugaz y deletéreo emanaba de aquella obra de arte que Hans, desde el punto y hora de la entrega, se apresuró a colgar en su despacho privado. Al joven pintor lo invitó, con medrosa sinceridad, a recrearse en su obra cada vez que quisiera.

Cuando el niño nació le impusieron el nombre de Helmut, tradicional como el de Hans en la familia. Se asemejaba mucho a su madre nórdica. Era precioso y feble, de mirada aún más gris que la de su madre, de cutis deslavado y como enfermizo, y de una voluntariosidad rara en criatura tan débil.

Helmut se quedó huérfano de madre muy pronto. Su padre se negó de modo expreso a casarse de nuevo. Acaso su vida estaba suficientemente colmada; acaso se propuso ser fiel a la difunta; acaso se resistió a dar a su hijo, a quien adoraba, una madrastra; acaso le subyugaba la idea de concentrar el derecho sucesorio en una sola persona. El niño se crió en manos no demasiado firmes. Manos asalariadas, aunque muy bien asalariadas, y, por tanto, más blandas y en exceso compasivas. Se educó entre el abandono y la desconfianza, queriendo no querer, acariciado sin el entusiasmo de las caricias gratuitas, sostenido por cariños tácitos en el más encomiable de los casos, que es el de quienes, por ser mercenarios, procuran no parecerlo y no exteriorizar devociones que podrían ser tachadas de inauténticas. Hans Münster tuvo mucha paciencia. Entendió que hasta cierta edad no le incumbía la instrucción de su hijo, que, por supuesto, se dirigiría a sustituirlo y a emprender junto a él el penoso aprendizaje que él mismo, sin reparar en ello, había emprendido desde su adolescencia.

A los siete años de Helmut, el mismo día que los cumplía, se acercó Hans a sus habitaciones, que ocupaban toda la planta penúltima, o sea, la tercera del edificio familiar. Le llevaba un carísimo regalo no exento de mensaje: un tren en miniatura especialmente hecho para el hijo del presidente de la más importante compañía ferroviaria alemana. Transportaba Hans escaleras arriba, con vanidad y no sin esfuerzo, la enorme caja ocupada por el maravilloso juguete. Había decidido hacerlo él en persona para subrayar el carácter íntimo de la fecha. En el piso se desarrollaba una divertida merendola infantil a la que asistían compañeros, conocidos y amigos de Helmut, de su edad más o menos. En el amplio rellano de la escalera había dos puertas y entre ellas dos consolas. Sus encimeras eran taraceas de mármoles de diversos colores que formaban flores en una, y, en otra, pequeños animales. Se hallaba Hans entre ellas cuando, acosado por dos o tres camaradas, salió Helmut por una de las puertas chillando como una rata despavorida, chocó contra su padre sin reconocerlo, le tiró al suelo la caja del juguete con el encontronazo, y desapareció por la puerta contraria dando alaridos. Un inusitado e inevitable malestar sobrecogió a Hans. Se inclinó, recogió el gran paquete, lo depositó en una de las consolas y descendió despacio la escalera.

Quizá otro padre no hubiese dado importancia a este hecho. Hans sí lo hizo, pero no se preguntó por qué. Alterado, observó a partir de ese día a su vástago con mayor detenimiento. No es que lo espiara, ni siquiera que acechara sus reacciones o las pusiera a prueba; pero sí, desde bastante lejos, lo estudiaba y lo sopesaba. Algo inconcreto le hacía temer —y de eso no le cupo pronto ninguna duda— que Helmut no fuese como él. Por una parte, le emocionaba que le recordase a su madre, flor sin un mañana compartido; por otra, lo desasosegaba que no llegara a ser lo bastante fuerte como para sucederle en el sacrificado trono. Intentaba olvidar, y lo conseguía a veces durante semanas, los agudos chillidos de aquel niño, manoteante y horrorizado por la inocua persecución de un par de amigos.

A los diez años, Helmut comenzó a dar señales de una inteligencia clarísima, de una facultad de análisis y de síntesis superior a la normal y de una privilegiada memoria. Sus mentores se enorgullecían de él, y él, como un príncipe —en realidad lo era—, menospreciaba las alabanzas, lo cual podía producir la sensación de una humildad que el niño estaba muy lejos de poseer. De cualquier forma, Hans se serenó: comprendió que a menudo el talento y el brillo compensan la ausencia de vigor; se reprochó haber pretendido repetir en su hijo sus aptitudes y valores, y dio gracias al cielo por concederle el tesoro de un descendiente avispado, poseedor de ingenio y punzante malicia, capaz de burlarse de los ridículos ajenos y de resumir, con tres trazos, lo que a otros les costaría horas de cavilación y conclusiones.

A los trece años participó Helmut en una representación teatral de fin de curso. Los preparativos se llevaron muy en secreto. Era una versión, sólo para varones, como fue en su estreno, de *Romeo y Julieta*. Helmut intervenía. Su padre fue el principal invitado a la fiesta. Hubo de hacer malabarismos para asistir, porque coincidía con un viaje suyo de inspección al extremo de Asia; pero logró aplazarlo hasta el día siguiente al festejo. El teatro se mostraba colmado de los mejores apellidos: el colegio sólo admitía a miembros de familias importantes, y los más importantes ocupaban las butacas, complacidos porque sus retoños actuaran o complacidos porque no actuaran los de los otros. El principio de la función transcurría con impericia no falta de gracia: la gracia física un tanto torpe y atolondrada que trasmina cualquier adolescencia. Los muchachos que poblaban la plaza de Verona eran algo mayores que Helmut. Se desojaba Hans por reconocer a su hijo en cualquiera de aquellos mozalbetes que, nerviosos y bien formados como cachorros de buena raza, pululaban por el escenario; pero en vano. Al llegar el baile de los Capulettos, quedó Hans fascinado por la belleza del vestuario, de la música, de la coreografía y de Julieta. La actriz ostentaba la ambigüedad de una inglesita haciendo de italiana. Se congratulaba Hans Münster, cuando sintió un toque de alarma en el corazón. No era una actriz sino un actor; no era un actor sino su hijo Helmut. La alegoría que decoraba la bóveda del teatro se le desplomó literalmente encima.

Durmió poco y mal aquella noche. Y prefirió aplazar cualquier acuerdo hasta su vuelta de Oriente. Dudaba si hablar cara a cara con Helmut, corriendo el riesgo de levantar una cortina que para el muchacho aún permanecía echada, o dejar transcurrir los acontecimientos y el tiempo, corriendo el riesgo de que, cuando quisiera remediar el mal, fuese ya irremediable. La intuición de las madres no se engaña nunca —pensaba—; la de los padres vacila entre la súplica y el mando, avanza sin motivos justificados o retrocede en las mismas circunstancias. Una madre sabe sondear con mayor habilidad y mejor sentido; un padre se equivoca más de lo que acierta: da el combate por perdido o por ganado sin contar con suficientes elementos de juicio. Acaso debería pedir el auxilio de alguien más experto, quizá un siquiatra; pero la vanidad de un Münster le impedía identificar y admitir su sobresalto. Un sobresalto, por lo demás, que, a costa de los otros desvelos y quehaceres profesionales, desaparecía o se paliaba en ocasiones. Y que, en otras, cuando se quedaba solo, a la hora del sueño por ejemplo, se transformaba en rigurosa angustia. La verdad es que Hans Münster había avanzado muy poco en el terreno de la sexualidad, de la búsqueda a ciegas de sí mismo, de los dilemas torturantes, de los jubilosos hallazgos impensados, de las fidelidades reconfortadoras... Hans Münster sabía muy poco de muchísimas cosas, entre las cuales se encontraba él.

Así pasaron dos años. A los quince de Helmut, subió Hans una noche a su piso, ya tarde, con la intención de sostener una charla no trascendental, pero que acrecentase la mutua confianza. El muchacho y su servicio ya se habían retirado. No obstante, Hans vio luz bajo la puerta del dormitorio de su hijo, y escuchó dentro ruidos difíciles de distinguir. Tocó en la puerta. Cesaron esos ruidos, pero ninguna voz le otorgó permiso para entrar.

—Helmut, ¿te sucede algo? ¿Te encuentras bien?

—Sí, papá —contestó Helmut con un tono inhabitual.

—Voy a entrar, hijo —advirtió Hans mientras abría la puerta.

Encontró a Helmut de rodillas en el suelo, con la cabeza entre las manos apoyada en la cama. Al notar la presencia de su padre, prorrumpió de nuevo en sollozos. Hans se sentó intimidado en la cama, le apartó a Helmut las manos del rostro y vio en él la viva imagen de la tribulación. Preguntó con insistencia cuál era la causa de aquel llanto que asolaba las facciones de su hijo y que a él lo desconcertaba hasta un grado indescriptible.

¿Qué había sucedido? ¿Cómo, por muy apartado que se sitúe un padre, invadido por sus ocupaciones, podría desconocer tanto a un hijo? Ayer no más lo había admirado, mientras se desayunaban juntos, dicharachero y muy vivaz. Sin duda la adolescencia es una edad contradictoria y crítica: no se le ocultaba a Hans, aunque la suya no lo hubiese sido...

Ahora trató de levantar la barbilla de Helmut y de leer en su cara. De leer, ¿qué texto, qué tragedia, qué secreto, qué aflicción, qué nada de este mundo —y, a su juicio, él lo tenía todo— podía aminorar? Ignoraba qué decirle, cómo animarlo. Ignoraba incluso, por un oscuro temor, si debía animarlo... Se contentó con palmear, lleno de la mayor ternura de que era capaz, esa cabeza rubio ceniza como la de su madre. Limpió con su pañuelo esos ojos aún más pálidos; acarició con dos dedos esos labios temblorosos, más prominentes por las lágrimas, un poco femeninos todavía; sostuvo esa barbilla blanda, ligeramente hendida, tan similar a la de la mujer cuyo retrato colgaba en su despacho... No quería saber. No quería seriamente saber... La angustia de Helmut fue remitiendo por sí sola.

—¿Por qué no haces un viaje? ¿No te convendría separarte una temporada de tu vida diaria? Si hay algo que te atormenta, ¿no te sería útil alejarte? ¿Puedo servirte en algo? Dime. —Aquel rostro, hinchado por el llanto, se conformaba con negar en silencio—. ¿Quieres que me quede aquí contigo? —preguntó por fin, con un cierto recelo.

—No es necesario, papá, ya estoy mejor.

—Entonces, Helmut, buenas noches. Que descanses bien.

Se incorporaron los dos al mismo tiempo. Hans dio en el hombro derecho de su hijo una última palmada y salió de la habitación. Ante la puerta, ya cerrada, se detuvo unos segundos y lanzó un suspiro como aquel que se quita un gran peso de encima.

Era casi imposible que Hans Münster lograra comprender una pena de amor.

Helmut se había transformado en un jovencito solicitado y guapo. Era amable, gentil, risueño, imaginativo y una pizca distante. Sobrepasaba a su padre en estatura y, desde luego, en delicadeza. Las muchachas de su entorno se embobaban con él no sólo por la fortuna que le correspondería; él, sin embargo, no fijaba sus ojos en ninguna.

Hacía unos meses que había cumplido diecisiete años. Mediado septiembre, acababa de regresar de un veraneo al que lo invitaron los padres de un compañero asiduo, bien situado y de noble ascendencia. El compañero se llamaba Volker, y satisfacía a Hans Münster porque era opuesto y complementario del carácter de su hijo: de aspecto brioso y varonil, consumado deportista, muy aficionado a la equitación, al esquí y a la natación, no muy buen estudiante y marcadamente soso y taciturno.

El despacho de Hans y sus dependencias daban al jardín —un parque en realidad— que se extendía delante de la espléndida casa con fachada de piedra. En él paseaba Hans, como de costumbre cuando meditaba sobre un tema arduo. Iba y venía del despacho a la sala de juntas y a la de espera, entornadas las puertas correderas, sin reparar en que la luz agonizaba. En uno de los paseos creyó adivinar, caída la tarde del insinuado otoño, a Helmut y a Volker que se dirigían sin prisa a la entrada. Su hijo llevaba a su compañero cogido del brazo. Volker se libró de él con un gesto de enfado, o eso le pareció a Hans Münster. Helmut volvió a tomar el brazo de su amigo, y le suplicaba algo, adelantado medio paso a él y girada la cara. Volker se negaba a la súplica una vez y otra. Se habían desviado del paseo lateral que traían, y Hans los divisaba con dificultad ahora, detrás de un macizo de fresnos. Pero no con tanta dificultad como para no advertir que la desviación fue intencionada y el macizo un refugio, detrás del que Helmut besaba a Volker estrechándolo con insondable intensidad. Volker se deshizo del abrazo con violencia, y corrió hacia la entrada del parque dejando a Helmut cabizbajo. Después de unos breves minutos, pasándose una mano rabiosa por los ojos, se aproximó al paseo principal que llevaba a la casa.

¿Dedujo Hans con claridad alguna consecuencia de aquello que había presenciado? Es probable que no. Cayó la tarde, dejándole su lugar a la noche... Los muchachos son casi siempre incomprensibles. A sus años la amistad es un sentimiento fervoroso. Las reacciones de Helmut, que de cuando en cuando le asombraban, se debían sin duda a un exceso de sensibilidad. No olvidaba que el joven había carecido del cobijo de una madre, a la que a menudo evocaba y se refería... Se dijo Hans que quizá debía salir a su encuentro y comentar, con sencillez, lo que se había figurado ver; interrogarle sobre su significado, si es que tenía alguno... Pero la conversación se le iba a hacer muy cuesta arriba. Se hallaría descolocado en ella, fuera de lo que las relaciones con su hijo habían sido hasta entonces, fuera de sus propias coordenadas. Y tampoco se le ocultaba una inquietud —entre el estremecimiento y la curiosidad, entre querer enterarse de todo y cerrar a todo los ojos— que sentía brotar dentro de sí. Hans Münster se obligó a proseguir sus paseos para solucionar el problema inmediato que estaba obsesionándolo.

Los padres de Volker ponían de largo a la mayor de sus dos hijas, un año más pequeña que el propio muchacho. A la fiesta de noche estaban invitados Hans y Helmut.

Helmut, de etiqueta, resultaba soberbio: el frac le caía como si se hubiese inventado para él. Su padre podría alardear de autor de una obra bien hecha. Supuso Hans que irían juntos, y había mandado a su chófer esperarlos en la puerta principal. Helmut fingió —era claro— un súbito olvido y sugirió a su padre que se adelantara. Él iría unos minutos más tarde conduciendo su auto, que por cierto no era de los fabricados por la casa: una excentricidad que conmovió a su padre como una declaración de independencia.

Con la celebración resplandecían los jardines de la familia Von Thorenz. A ella asistían los aristócratas, los más respetados políticos y los profesionales más ilustres, así como una caterva de jovencitos y jovencitas casaderos. Hans se descubrió conjeturando que quizá aquella chiquilla, que entraba aquella noche en sociedad, sería una buena esposa para Helmut. No osaría, sin embargo, faltar al respeto que una decisión tan personal se merecía.

Charlaba con el señor Von Thorenz y vagaban sus ojos sobre la orquesta, los bailarines, los grupos que apenas se movían, los selectos y airosos camareros que portaban las bebidas previas a la cena... En realidad, buscaba a Helmut, que estaba haciéndose esperar. Vio no lejos a Volker y, por señas, le preguntó por él. Volker respondió encogiéndose de hombros. Transcurrió una buena media hora. Se sirvió, en las mesas redondas, una cena de la que apenas si Hans probó bocado. Pasó también el baile de la debutante. Bailó la pieza Hans con la anfitriona, recordando que el regalo de los Münster —una sortija juvenil y costosa de zafiros— lo traía Helmut: lo había visto cuando se guardó el estuche en el bolsillo izquierdo de su pantalón.

Cuando apareció, ni la mejor voluntad de este mundo hubiese podido cegar tanto a Hans como para no reconocer que su hijo venía muy bebido. Saludó a los anfitriones excusándose con una gracia tartajosa y falsa. Le dio la espalda a Volker, que se le acercaba, y le entregó, sin mucha amabilidad, el regalo a su hermana Gudrun, que se lo agradeció con una blanca sonrisa y muchos besos. Cuando la mirada de Helmut tropezó con la de su padre le dio las buenas noches con la mano y un gesto de *qué vamos a hacer*. En ese instante un camarero le ofrecía una copa, y Helmut, que creyó que le solicitaba paso, retrocedió cayendo sobre un ancho seto que por suerte lo contuvo. Sus amigos de alrededor rieron sin tomar la caída en consideración. Hans, que apretaba los puños hasta hacerse daño, se relajó por fin; pero ansiaba que la fiestecita terminase.

Helmut continuó bebiendo de una manera compulsiva. El menos perspicaz lo habría notado. Llegó un momento en que se sostenía con dificultad en pie. Atento a él, Hans no se concentraba en lo que le decían sus interlocutores. Mejor sería que se despreocupase: los chicos olfatean con más sutileza que los mayores lo que tienen que hacer. Y Helmut, aun bebido, sabría comportarse. Para no impacientarse más, se alejó al otro extremo del jardín.

Unas carcajadas y la voz alterada de su hijo lo sulfuraron definitivamente. Helmut organizaba un escándalo mayúsculo. Con el pretexto de que un camarero no lo había atendido, arrojó dentro de un arriate la bandeja en la que no venía su bebida. El camarero, de su edad, lo contemplaba aturullado y humillado a la vez. La señora Von Thorenz, a unos pasos, prefirió desentenderse, aunque Hans percibiera un gesto cómplice que le hizo a su hijo Volker. Éste no tardó en tomar con afecto por los hombros a Helmut y conducirlo hasta el interior de la casa. Por el momento, Hans dejó de verlo y se mitigó con ello su malestar. Evidentemente —se decía— Helmut era su único hijo: tal cosa le forzaba a ocuparse de él y anhelar para él la perfección. Pero, más aún que su hijo, Helmut era también el Münster que habría de sucederle: no existía nadie más. Todas las ilusiones, todas las esperanzas habrían de ser en él depositadas. Y eso sí que Hans lo situaba por encima de cualquier otra cosa. No era su culpa: así lo habían educado.

Al retornar a casa y apearse del coche, oyó palabras en la oscuridad. Era una discusión que distorsionaba las voces, pero reconoció las de Volker y su hijo. Taxativo, mandó retirarse al chófer que no se permitió acusar la menor extrañeza, y afinó el oído unos minutos antes de advertir al servicio, con el timbre, que ya estaba de vuelta.

Volker se negaba a algo que Helmut le pedía. Se negaba con un cariño enérgico como el que se emplea con una criatura. Trataba de convencer a Helmut de que todo era una «tonta imaginación» suya. ¿De qué hablaba Volker? ¿A qué se refería? Helmut lloraba sin pudor como la noche aquella... Su amigo lo consolaba y asimismo, por lo que le llegaba a Hans, lo desconsolaba. El lloro de borracho de Helmut enternecía a su padre y a la vez le repugnaba. Acaso alcanzó a suponer cuál era el asunto de un diálogo tan tenso y a deshora. O al menos podía suponerlo. Pero no se atrevió. Entró en la casa, y aún resonaba en sus oídos la lengua de trapo, balbuceante y estremecida, de su hijo.

Pasó por la biblioteca, en la primera planta, para coger un libro. Presumía que tardaría en dormirse. Se dijo que le era imprescindible una pastilla de somnífero. Apagaba las luces cuando irrumpió Helmut.

—Ya es hora de que lo sepas, papá. Ya es hora de que te abra los ojos. —Tropezaba en las frases, se detenía, se apresuraba luego. Hans, con la mano, le imponía silencio, le solicitaba una demora, aplazaba lo inevitable. No le valió—. Entérate. Soy homosexual. Y estoy enamorado de Volker. Desde hace mucho, ¿sabes?

«Mucho», pensó Hans. ¿Qué es mucho para un hombrecito de diecinueve años? No saben una palabra de nada: ni qué es la vida ni qué el amor. Tenía razón Volker, que es más maduro, son imaginaciones, indecisiones que bastantes chicos tienen y enseguida se pasan. Era mejor que los dos descansasen, que se le disipara a Helmut el efecto de mezclar las bebidas. Ya hablarían de todo. Se hacía ya imprescindible que empezara Helmut a meter las narices en el complicado mundo de los negocios. Lo habían ido demorando; pero lo remediarían desde mañana mismo...

Con una inexplicable brusquedad, Helmut se plantó entre su padre y la puerta de la biblioteca. Siguió tartamudeando:

—Vamos a hablarlo hoy... No tengo la menor intención de trabajar en tus negocios. No la he tenido nunca, ni nunca la tendré... Me importan un rábano las industrias pesadas, y tan pesadas, de los Münster... Soy homosexual y estoy enamorado. Es lo único que me importa. O sea, justamente lo único que no te importa a ti.

Hans lo apartó sin rudeza de su camino. Subió a su dormitorio.

Le dolía la cabeza de repente. Todo bogaba entre sombras como una pesadilla. Pensó que él también había bebido demasiado quizá. La mañana, sin duda, lo despejaría. Tomó un somnífero. Había olvidado el libro en la mesa de la biblioteca. No iba a bajar ahora: tendría que contar ovejas, qué situación tan chusca... Tomó otro somnífero. No estaba dispuesto a pensar en lo sucedido. Le inundaba una honda tristeza pero no sabía dónde y hasta qué punto ni por qué... Estaba habituado a que sus órdenes fuesen acatadas. Imaginó el retrato del despacho. Y por primera vez hizo una mueca de hastío. O de cansancio... Los Münster, ningún Münster...

Helmut tropezaba escaleras arriba. Aguardó Hans unos instantes, hasta que la puerta del apartamento superior se cerró sin el más mínimo cuidado. Después de envolverse en una bata muy holgada, descendió a la biblioteca. Recogió el libro y regresó a su cuarto. No le era posible ceñirse a la lectura. Pero se había prohibido reflexionar hasta el día siguiente sobre todo aquel barullo... A pesar de los somníferos, el día siguiente entró por las rendijas de las persianas de los dos balcones antes de que Hans Münster se durmiera.

No quiso demorar el desenlace. A primera hora de la tarde fue a entrevistarse con los Von Thorenz. Les propuso lo que había tramado durante la mañana. Se ofreció como mecenas, «innecesario, por descontado», de Vorkel. El muchacho se le antojaba idóneo para lo que iba a plantearles. Si lo aceptaban, saldría de inmediato hacia una universidad inglesa, en la que él estuvo, para hacer los estudios que se consideraran necesarios a fin de desempeñar un papel de importancia, el día de mañana, en las empresas de los Münster. Luego adquiriría en los Estados Unidos las iniciales experiencias, sin dejar de asesorarse y de curtirse en los centros que la casa poseía allí y en otros países. Hasta que su formación se juzgase completa, volvería sólo en muy contadas vacaciones a Alemania. Su carrera se garantizaría bajo la tutela del propio Hans Münster, que abrigaba hacia él, sin excluir la amistad con su hijo Helmut, la más explícita predilección. De todo esto empeñaba su palabra, no sólo verbalmente como lo estaba haciendo, sino ratificada en un documento público. Claro, siempre que el muchacho consintiese y respondiera a las expectativas que sobre él se edificaban.

El matrimonio Von Thorenz no requirió más que el resto del día para recapacitar sobre la oferta y para recabar el beneplácito de Volker. Dos días después partió hacia Inglaterra, destino que, de momento, debía reservarse con el mayor sigilo.

Durante esos dos días, Hans rehuyó a Helmut, que a su vez lo rehuía. No consideró acertado ni prudente enfrentarse con él. Era necesario que el alejamiento de Volker se hubiese consumado, y no sólo en lo físico.

¿Se hallaba convencido Hans de que había atinado en la solución del problema? ¿Estaba seguro de que el problema había sido abordado? ¿Estaba seguro siquiera de que hubiese un problema? En la inmensa región de los corazones conviven luces, fervores, negras sombras, estaciones frías o cálidas, montañas y selvas peligrosas, gozosos valles que nadie sino el dueño de cada corazón, si es que uno lo es siempre, puede ni remotamente comprender. Hans sentía, en lo más impenetrable de sí, como un chortal de envidia por la libertad de su hijo, un conato de admiración por la certidumbre que demostraba en lo que quería, y por el desprecio con que renunciaba a lo que cualquier otro no habría ni en sueños aspirado. Hans no había arriesgado nada en la partida de pisar en las huellas de su padre como una sombra fiel. Su hijo se negaba a imitarlo. Y de ahí que también sintiese, pero más en la superficie, una callada cólera y una voluntad vehemente de quebrantar la voluntad de su hijo. Sin embargo, por ahora, nada podía hacer sino esperar su reacción.

No se hizo esperar mucho. Por algún medio, se enteró Helmut de los planes de su padre. No alborotó; no se le opuso visiblemente; no lo desafió. A través de un bufete de abogados extraños a la casa, le reclamó no sólo las rentas vencidas de los bienes que heredó de su madre, sino la totalidad material de la herencia. Era mayor de edad y la administraría él en persona. Abandonó la casa paterna y se fue a vivir, después de decorarlo de forma llamativa y provocadora, a un dúplex en el centro de la ciudad.

Hans pudo atisbar cómo vivía por las fotos que empezaron a aparecer en las revistas y semanarios frívolos. Su hijo se erigió en protagonista de ellos. Hans intentó comportarse con una simulada gelidez, como si se resignase con indiferencia al comportamiento de su hijo. Sin necesidad de vigilarlo, le llegaban los ecos de lo que aún no se publicaba por respeto a la familia y al poder de los Münster, que al fin y al cabo eran una institución nacional. Su hijo se trasladaba de cama en cama y de amante en amante. Eran raros los modelos o los jóvenes actores cuyo nombre no se viese trenzado con el suyo. No corrieron demasiados meses sin que las publicaciones considerasen más productivo el escándalo que el respeto. Y entonces, por las portadas, sin tener que abrir las revistas, Hans comprendió que había perdido a su hijo para él y para su causa.

Los diarios también incluyeron con asiduidad declaraciones de Helmut, vestido para hacerlas con ropas excéntricas y fumando en excéntricas boquillas. «Soy pacifista y ecologista. Jamás me pondré al frente de empresas que fabriquen armas o que atenten contra el medio ambiente», eran los repetidos titulares. En el texto proclamaba que había roto sin remedio con su padre y con todo lo que significaba. «La libertad sexual es una de las más pisoteadas por nuestras democracias», rezaba el encabezamiento de una interviú. En ella se definía como homosexual orgulloso de serlo, y exigía para todos que ninguna norma, ninguna coacción se opusieran al cumplimiento de lo más significativo de cada uno: el sexo.

Se vinculó, como pareja de hecho, con un campeón de tenis, que le sacaba grandes cantidades de dinero; pero su vinculación duró sólo unos meses. Después pasó a otros brazos, a otra pareja de hecho, que no fue mucho más larga ni mucho menos ruinosa que la anterior.

Hans sufría sin permitirse exteriorizarlo. Ante sus socios y colaboradores, todo continuaba igual. Si sorprendía en sus ojos un movimiento de compasión, de piedad o de solidaridad, se endurecían de inmediato su actitud y sus facciones. De este modo consiguió que, en su entorno, nada recordase ya a su hijo.

Recibía noticias halagüeñas, por el contrario, del comportamiento de Volker. Por donde quiera que se movía conquistaba a la gente, que se apresuraba a comunicárselo a Hans como compensación de lo que había perdido. Volker aprendía, se preparaba con firmeza y viajaba con aprovechamiento. Cuando una vez al año visitaba a sus padres, pasaba con Hans unas horas al día. Entre ellos se desplegaba una vinculación cada vez más profunda y más cómoda. Siempre que no se tratase de sentimientos, Hans era un experto conocedor del alma humana: comprendía la mesurada ambición de su protegido, se ilusionaba con su ilusión, se esperanzaba con su esperanza y aplaudía sus observaciones, más sagaces a medida que aumentaba en experiencia.

Volker era el hijo que habría anhelado tener. Hans se recreaba en esta certeza cuando estaba presente. Y también cuando lo telefoneaba para consultarle una cuestión peliaguda y le exponía previamente su opinión que, por lo general, Hans compartía. Y se recreaba doblemente cuando, en algún fax personal, lo felicitaba por su cumpleaños, o le daba la enhorabuena por un inesperado éxito económico o social.

Durante una ligera enfermedad que sufrió Hans —más un desfallecimiento que otra cosa—, Volker apareció de improviso en su casa y estuvo a la cabecera de su protector y maestro hasta que éste se recuperó del todo y desechó la idea de tirar la toalla. Pasados tres días, con naturalidad, se despidió y regresó a sus estudios y a sus viajes.

Hans sentía por él una afición expresa y un agradecimiento paternal y magistral que nunca había logrado sentir por Helmut. De ahí que anticipase cuanto pudo el retorno de Volker, juzgando que su formación había avanzado lo suficiente como para rematarse a pie de obra, es decir, a su lado, en el mismo centro del gobierno de la casa y en el estado mayor de donde emanaban todos los dictámenes. Quizá Hans Münster había empezado a sentirse solo y a comprender, de un modo confuso, que añoraba la presencia de Volker. Aunque ni a sí mismo se lo hubiese confesado.

Hans había cumplido, en efecto, cincuenta y tres años. En ellos supo equilibrar el trabajo sedentario con el deporte y el ejercicio físico. Era un hombre maduro y seductor. Su carácter ecuánime y sus pocas pero lúcidas palabras explicaban la atracción que solía inspirar. Multiplicada, es cierto, por su inmensa riqueza. Una riqueza que se hacía perdonar con su sencillez y su generosidad. Tanto era así, que las publicaciones del corazón comenzaron a preguntarse si no vendería más el padre, rodeado de secreto, que el hijo, rodeado de bullicio. A los guardaespaldas habituales, hubo Hans de añadir empleados fijos que apartaran a periodistas y fotógrafos de sus entradas y salidas. Lo cual hizo su imagen más codiciable aún.

¿Verdaderamente le molestaba a Hans Münster tal persecución? ¿Le molestaba que se le vinculase a tal o cual linda modelo, a tal o cual viuda o separada joven, a tal o cual actriz, que siempre salían beneficiadas con esa atribución? Quizá en lo más recóndito, Hans se sentía halagado. Su vida se redujo hasta entonces a unos límites tan estrictos que, entrado en los cincuenta, se enriquecía y se coloreaba con este modo de saltar barreras siquiera fuesen imaginarias. Imposible dejar de sonreír —ahora sí mandaba traer las revistas de papel cuché— cuando tropezaba con su nombre ligado al de una hermosa y deseable mujer. De tiempo en tiempo, hablando por teléfono con Volker, entre bromas, le aseguraba que si alguna vez leía semejantes afirmaciones, las tomase como pura invención y no se le ocurriera seguir tan malos ejemplos. Inconscientemente Hans presumía de conquistador ante el muchacho. ¿Inconscientemente? Pero Volker con un «Descuide, señor», resolvía la papeleta. Hans encontraba a veces a Volker «un poco demasiado seco y muy poco locuaz». Y es que el muchacho era como él había sido mucho más que como él pretendía ser ahora.

En una oportunidad, muy próximas las navidades —lo recordaba porque Volker estaba a punto de presentarse—, tuvo la inminente precisión de reunirse con su hijo, en un despacho de abogados y por una contienda de intereses opuestos. Había que dilucidar una partición dudosa sobre bienes que tanto se podían imputar a la herencia de Eva como a la propiedad de Hans. Los malos augurios con que se amargó al respecto Hans quedaron desvanecidos en el acto de poner un pie en la sala. La absoluta frialdad de Helmut los disipó. Un Helmut envejecido, sumamente delgado, con el largo pelo ceniza recogido detrás de la cabeza y ataviado de manera arbitraria, le tendió una mano insignificante y se dispuso a luchar a muerte, muy bien asesorado, para hacerse con el objeto de la disputa.

Hans asistía dispuesto a renunciar. Más, sólo compareció para darse el gusto de renunciar ante su hijo, respecto al que aún no había levantado los puentes de sangre que lo unían. No obstante, al olfatear la infinita distancia que se abría entre uno y otro —mayor que la que jamás hubiese imaginado—, le salió a flote a Hans el hombre de negocios que era, implacable y durísimo, y peleó con tal juicio y tal denuedo, que aquellos intereses quedaron de su parte, dejando a Helmut pálido de ira. Cuando tomó el ascensor que lo conduciría al garaje, sin escuchar los plácemes de sus abogados, Hans supo con claridad meridiana que la ruptura entre su hijo y él se había consumado. Más aún, que había ganado, a partir de esa mañana, un enemigo en todos los terrenos.

Fue en esas navidades cuando resolvió que había sonado la hora de que Volker permaneciese al lado suyo. Hay sesgos, revueltas, anticipaciones, premoniciones casi que sólo de persona a persona, embargadas ambas por el mismo propósito, pueden ser enseñadas y aprendidas.

Al menos tal fue el razonamiento que Hans se hizo. Lo conveniente de la convivencia de su discípulo y él le pareció muy obvio. En unos cuantos días habilitó la planta de la casa que Helmut ocupara, y a la cual no había vuelto a subir, según las presentidas necesidades y aficiones de Volker. Cuando el joven se instaló no dejaron de maravillarle los detalles y la meticulosidad con que se habían dispuesto sus habitaciones. Él mismo no habría podido hacerlo mejor. Cualquier capricho, utensilio deportivo o gimnástico, vestuario, objeto de escritorio, distribución de muebles, libros de consulta que se le hubiese ocurrido buscar, se hallaban allí presentes esperándolo. «Gracias, señor, es magnífico», le dijo a Hans estrechando su mano. Y Hans, habiéndole enseñado la planta con una dilatada y engreída sonrisa: «Gracias por tantas cosas a ti, Volker, y bienvenido», le replicó henchido de satisfacción.

Volker trataba los asuntos del día, a media mañana, frente a Hans en su despacho. Se había convertido en la correa transmisora más directa de las disposiciones del gran jefe. Su formalidad y su capacidad de trabajo lo justificaban ante todos, hasta ante los que se habían forjado idénticas expectativas, y su amable rectitud se encargó de cautivar a los no cautivados. A uno y otro lado de la gran mesa barroca, Hans y Volker coincidían incluso en lo accesorio; se ponían de acuerdo sin necesidad de hablar; se adivinaban sólo con mirarse, y el joven era la hechura del mayor más exacta que se hubiese anhelado. Cuando Pigmalión oyó hablar a su estatua no pudo rebosar de una plenitud más satisfecha que la que a Hans colmaba.

Algunos momentos se distraía ante la serena atención prestada por Volker; ante las manos inmóviles, como dormidas sobre la mesa, que despertaban de repente y adquirían tanta expresividad; ante los ojos oscuros y almendrados que sostenían con franqueza y sin tensión su mirada. Otros momentos se distraía Hans, mientras escuchaba los argumentos bien calculados y precisos de Volker, mirando los labios de los que emanaban, tan carnales, tan hechos para el beso. Pensaba en Helmut y rechazaba enseguida el pensamiento.

Un día paseaba Hans exponiendo un proyecto difícil, muy arriesgado, pero susceptible de proporcionar importantes beneficios. De repente se interrumpió contemplando la nuca de Volker: delicada y sólida a la vez, rotunda y tierna, tan joven y tan resistente, de la que brotaba el pelo negro y acaracolado por los bordes. Tuvo que violentarse para retomar el hilo del discurso y seguir manifestando su parecer. La interrupción hizo girar a Volker la cabeza. Y se cruzaron sus miradas. Volker, con un brazo sobre el respaldo del asiento, sonreía asintiendo, con la complicidad de quien entiende hasta el último indicio de la propuesta y a quien la sugiere.

Pasaban los meses y Hans Münster, cada noche, al apagar la luz junto a su cama, se repetía que jamás se sintió tan feliz como ahora. Esperaba la mañana con no sabía qué premura. Ratificaba de continuo la compañía de Volker que, poco dado a salir y nada noctámbulo, solía retirarse a la misma hora que él y hasta cenaban juntos con frecuencia, o lo esperaba Hans tomándose una copa si le había sido imprescindible salir a cenar con su familia o por motivos laborales. Esta labor misma se le volvió a Hans llevadera y agradable, como antes no lo era. El trance en que estuvo a punto de renunciar y tirar la toalla, ahora quedaba lejos. Imaginaba que así debería de envanecerse cualquier padre que hubiese creado el más impecable sucesor en su hijo. Quizá, pensaba, como su propio padre se habría envanecido de él.

Una mañana del mes de mayo determinaron, de acuerdo Hans y Volker, ampliar cierta sección de los negocios en algún país occidental de la Unión Europea en cuyo mercado no habían penetrado aún con el ímpetu suficiente, pisándole el terreno y adelantándose a la ya impaciente competencia.

Sacó Hans del bar una botella de champán para brindar por el afortunado entendimiento y por los éxitos futuros. Brindaron. Hans, de pie, con la copa en la mano, paseó luego por el despacho deleitando sus ojos, tras los visillos, con las elevadas coníferas del jardín, con los macizos floridos, los setos recortados... Descorrió las cortinas, abrió el balcón —algo insólito— y respiró el aire perfumado. Volker lo observaba, con una sonrisa, entre la sorpresa y la aprobación. De una forma inconsciente retornó Hans a la mesa, tomó de nuevo la copa, bebió un sorbo, la depositó... Y después, inclinándose sobre Volker, le dio un beso. Sintió que su ordinaria frialdad desaparecía y lo anegaba un súbito y ansioso apasionamiento. Besó primero la mejilla de Volker, luego sus labios. Tomó con las dos manos su cabeza en un gesto inconfundible; la apretó contra su cuerpo, y besó también su cabello, su nuca, sus orejas, su boca... Supo lo que era, por fin, la felicidad plenaria y desbordada...

—¿Qué hace, señor? —exclamó sin subir la voz Volker—. Por favor, por favor...

—Te amo, Volker. Lo siento.

—No es posible, Hans, señor. También lo siento yo. Déjeme, por favor.

—Te repugno, ¿verdad?

—No; pero no tiene sentido. Por Dios...

—Yo también me repugno. Mi amor, mi amor, mi amor...

Hans oprimía la cabeza, acariciaba el cuello de Volker, que se puso de pie. Lo tocaba, lo estrechaba, lo abrazaba contra la voluntad del joven y casi contra su propia voluntad...

Zafándose del abrazo, Volker, anonadado, escapó del despacho. Hans corrió hacia el balcón. Vio la gloriosa mañana de mayo. Vio también, por el paseo principal, a Volker, atravesándolo vacilante, abrumado, como si hubiese bebido más de la cuenta... Llegaba hasta la entrada del parque y desaparecía...

Hans se dejó caer en su sillón. Cerró los ojos. Ocultó su rostro entre las manos. A tientas abrió el cajón donde guardaba una pistola. Sin sacarla, volvió a cerrarlo. Con los brazos cruzados sobre la mesa, abatió la cabeza en medio de ellos y se echó a llorar desesperadamente.

ARENGA CONTRA EL RECIÉN LLEGADO

Desmoraliza a nuestros maridos», gritó con airada voz la anfitriona, y al hablar así la blanca piel de su escote enrojeció de modo llamativo. «Van a acabar por no abrirnos siquiera las puertas para que pasemos. Salen con él, entran con él, no ven más que por sus ojos. Nos destruirá. No respeta hogares. No respeta relaciones de familia. Será la ruina de toda la ciudad.»

De repente enmudeció y prestó atención, acercándose a la puerta de la estancia. Fuera se oyó, con deliberado sigilo, cerrarse otra puerta.

«He ahí», continuó, «cómo me lo arrebata». Y acercándose al balcón, situado a escasa altura sobre la acera, separó los estores. «Vengan, por favor, señoras, vengan. Ahí va con mi marido. ¿No lo estaba diciendo?», gimió, mientras su índice derecho —grueso, corto, tembloroso y acusador— señalaba a través de los cristales. «Es demasiado, demasiado.» Y con un sobresalto en la sotabarba y arrugado el amplio entrecejo, la anfitriona sacó de su manga un diminuto pañuelo y se lo llevó a la nariz, volviendo un poco la cara con aire compungido.

«Lleva apenas un mes en la ciudad y todo ha cambiado en esta casa desde que él llegó. Mi marido ya ni se defiende de los menudos y continuos reproches que yo, por puro cariño, suelo hacerle. Y cuando esto, como es comprensible, me irrita, se atreve a mirarme sonriendo de una insólita manera, antes de abandonar la habitación en silencio. Ya no existe la mutua consideración, señoras. No existe, al menos en mi casa. Se me escarnece, se me desprecia, se me abandona con crueldad al otro lado de un periódico desplegado. Parece que ésa es la bandera enemiga. Ante mis acusaciones, por toda respuesta, mi marido susurra: "Pero si a todo el mundo le es simpático." Como si serle simpático a todo el mundo no fuera la prueba más evidente de una naturaleza viciada y acomodaticia. No olviden, amigas mías, cómo mira a los ojos mientras habla, después de haber besado solapadamente, al saludar, la mano a una señora. Parece que, en cualquier momento, nos va a decir que nos ama, que nos desea, que nos... Ah, perdón, pero es cierto. No sé si con ustedes obra de la misma manera. Supongo que no, porque en mi caso es como si me desnudara, tirando del vestido hacia abajo con los ojos. Desde antes de mi matrimonio no había vuelto a sentir nada igual. No sé qué será de mí, indefensa como estoy, sin la protección de un marido que me ignora. Porque no dudo que es el mismo demonio y que destruirá todo cuanto se oponga a sus caprichos. Mi paz ya la ha destruido. He llegado hasta escuchar detrás de las puertas —me sonrojo al decirlo— sus conversaciones con mi marido, para conocer los peligros que acechan nuestro honor y el de nuestra ciudad. Pero dialogan, para evitar mi intervención, en una clave de apariencia insulsa y baladí. He montado una cuidadosa vigilancia para saber sus pasos y deducir por dónde vendrá el golpe... No obstante, ay, estos sacrificios llevan consigo dolorosas secuelas: mi salud y mi tranquilidad han desaparecido por obra del malvado. Durante el día, por la calle, cuando lo sigo, vuelve con un impúdico gesto la cabeza hacia cualquier lugar en que me oculte, y saluda con la mano en el aire, como si alguien le hubiera advertido dónde me hallaba. Así logra forzarme a que, por un insalvable deber de cortesía, conteste a sus saludos con el alma sangrando.»

«A Dios gracias, no tengo hijas que él pueda seducir, pero a ustedes les suplico que guarden bien las suyas. Ese hombre es capaz de todo. Y sospecho que las jóvenes, enloquecidas, le acechan y se hacen las encontradizas con él. Si por casualidad, creámoslo así, tropieza con alguna de ellas, artero y lleno de sucia amabilidad, se despoja del sombrero, le cede la derecha y le dice una breve frase, que no he conseguido nunca percibir, pero que hace ruborizarse —no quisiera pensar que placenteramente— a la muchacha. De ahora en adelante no les permitan ustedes, bajo ningún pretexto, salir solas.»

«¿Es que no ha deshecho, señoras mías, hasta mis noches? En sueños me persigue, me acosa, porque sabe que soy su más irreconciliable enemiga. Anoche mismo, acercándose a mi lecho y despreciando la presencia de mi marido, que roncaba de un modo lamentable, apretó con sus largas manos mis pechos con tal fuerza que me vi obligada a despertar. Cuando lo hice sudaba y jadeaba, como si me hubiesen espoleado para correr una enorme distancia. Estoy dispuesta a jurar que es el demonio y a elevar a la alcaldía una instancia, firmada por todas las mujeres honradas de la ciudad, solicitando la expulsión de ese hombre fuera de los límites municipales.»

La última frase, en su énfasis, la había aproximado nuevamente al balcón. Lo que vio al otro lado, con una mirada de reojo, pareció herirla como un rayo.

«Ya vuelve, miren, ya vuelve», dijo, la frente contra el cristal. Pero de inmediato, se retiró sofocadísima. «Ha levantado los ojos y me ha visto. El infierno lo asiste, no hay que darle vueltas. Y mi marido, sin darse cuenta de sus ardides.» Y se daba aire con el pañolillo, al tiempo que agregaba: «Ya ni en nuestras casas estamos seguras. Desde fuera se nos mira con lascivo descaro. Toquen, señoras:

el corazón quiere salírseme del pecho. La guerra contra ese hombre me ocasionará la muerte. Yo seré su primera víctima.»

Tras una pausa prosiguió: «Mi marido llevó el otro día su estúpida despreocupación a un extremo inconcebible: lo invitó a comer en esta casa. Invitó al tentador a sentarse frente a mí. Ruego a ustedes que supongan, si pueden, el suplicio que precedió a esa mañana. No me era posible apartar de mi imaginación cómo se desarrollaría la contienda. Las obscenas señales de complicidad que sus pies me harían bajo la mesa. Los contactos de sus dedos y los míos al alcanzarme un salero o un poco más de pan si, como era probable, mis nervios me impidiesen sujetar el que sostenía. Las caricias que iba a ceñirme al cuello su mirada, hasta que yo tuviera que levantarme y quitármelas de allí igual que se quita un pesado collar de abalorios... Mientras la manicura me arreglaba las manos, pensaba yo que esas manos serían las que él habría de rozar al día siguiente, las que besaría al saludarme. Confieso que un hondo terror se apoderó de mí y estuve a punto de negarme a asistir a esa comida, alegando la jaqueca habitual. Pero no fue necesario...»

«No, señoras mías. La mañana del día señalado, infinitos preparativos, que ustedes, como amas de casa, no desconocen, distrajeron mi preocupación fundamental con otras, más abundantes y menudas. Sólo de cuando en cuando, al considerar que sus ojos se encontrarían con los míos y se hundirían en ellos y me buscarían con atrevimiento y con lujuria, hipnotizada quizá yo como dicen que los pajarillos lo son por la astuta serpiente, sólo de cuando en cuando, digo, me sentía desfallecer y, con la mano sobre el pecho, suspiraba, para que mi corazón pudiera seguir, un poco más, sufriendo. Media hora antes de su llegada, me encontraba en el comedor disponiendo el adorno de flores sobre la mesa. Entró mi marido. Sonrió con picardía y dijo: "Deja eso, querida. Él no vendrá a comer hoy. Parece que está terminando algo interesante. Otro día será." Tuve necesidad de apoyarme en la mesa para no caer. No salió de mi boca ni media palabra. Ni siquiera miré a mi marido. Entré en mi habitación, me encerré y me negué a probar bocado. Bocado que, por otra parte, no me fue ofrecido por nadie.»

«Desde ese instante, como a cualquiera le sucedería, le odié más aún. Dispuestos a odiar, las sorpresas se producen. Odiamos a una persona de tal forma que creemos haber llegado al límite del odio y al nuestro, hasta el punto de que, al final del día, nos sentimos cansadas como si hubiésemos luchado con alguien a brazo partido. Pues bien, ese odio puede duplicarse, triplicarse, centuplicarse. Una mujer que odie como yo, puede perfectamente morir de odio en cualquier momento, a no ser que se decida, en legítima defensa, a matar para salvarse y salvar a los suyos.»

«Por eso las he reunido, señoras, en mi casa. Si ustedes no colaboran en la empresa de aniquilar a ese monstruo, yo, como aquellas mujeres que en la antigüedad redimían con la espada a su pueblo, sola y a todo riesgo, lo aniquilaré. Necesito que, de una manera u otra, sienta mi poder y me tema. Que venga a esta casa a humillarse ante mí, a mendigar mi perdón, a jurar enmendarse y dejarse dirigir en el camino del bien por mis consejos. Si es que él, lo cual dificulto, puede tener todavía algún remedio. Lo que no toleraré más será soportar, día tras día, sus desafíos burlones, sus medias frases que me clavan sus triunfos en la cara como en un acerico, sus cortesías empapadas de ironía condescendiente. Estoy desesperada, señoras, ¡desesperada! No sé hasta qué extremos me empujará esta animadversión. ¿Qué traman, por ejemplo, ahora mismo, mientras conspiramos, mi marido y él, en el despacho, contra mí, contra esta mujer desvalida que está llegando al residuo de su resistencia? ¿Qué traman, pregunto, contra esta débil mujer despavorida, a la que un ratoncillo espantaría, a la que un niño podría dominar: esta mujer, ay, que nunca ha tenido el corazón demasiado robusto?»

«Trabajen conmigo, amigas, para convencerle de que el poder de esta ciudad está en mis manos..., perdón, en nuestras manos. De que si pacta con nosotras y busca nuestra alianza acatando nuestras condiciones, nuestras casas se le abrirán con alegría y será nuestro huésped predilecto. De que, si aleja de sí el frío menosprecio con que nos trata, como si fuésemos infelices aldeanas, deteniendo sus miradas en cada encaje excesivo, en cada pliegue mal hecho de nuestros trajes, reprochándonos sin palabras tanto lo torpe de nuestras modistas cuanto lo anticuado de nuestros modelos; si abandona ese desprecio con que, igual que un ser superior, se dirige a nosotras para decirnos, como a usted el otro día —y señalaba a una de las asistentes—: "Ese collar es muy bonito. ¿Por qué no se lo regala usted a su hija?", ah, si abandonase ese desprecio, si me mirase cariñosamente, ¿qué no haríamos en su favor?, ¿qué no inventaríamos para agradarle?: ¿no sería acaso el verdadero rey de la ciudad?»

«Compañeras, reconozcámoslo: nos denigramos con esta laxitud. La lucha está planteada en términos terribles y el dilema es muy claro: "Victoria o muerte." Si él vence, nunca podremos ya vivir como hasta ahora. Una mano levantó la esclusa: el agua ya ha corrido; no volverá hacia atrás. Aceptemos, pues, la situación. Casi todo el mundo es del bando contrario: ¿me abandonarán ustedes también a mi mala fortuna? Este es el minuto en que deben elegir. No hay otra salida. No hay otra solución. No caben intermedios. Señoras: él o yo. Elijan sin más preámbulos: él o yo. Y salgan de mi casa las malvadas, las viles, las que engañan en sueños a sus maridos con el hombre perverso, las que lo codician, las que han sido despertadas de su tibio letargo por los poderes del recién llegado, del hermoso advenedizo que ha aparecido para devorar corderas. Que salgan de mi casa y que me dejen defender a solas mi honor amenazado. Sola yo, sí, yo sola, sola, sola...»

Las señoras, asombradas y mudas, consultándose con los ojos, habían ido todas saliendo —deprisa unas, otras más despacio— de la habitación, en cuyo centro permaneció la anfitriona estremecida por los sollozos.

LOS BESOS

*P*ablo me está besando. Yo apenas me doy cuenta. Ha ano-
checido y, a través de la ventanilla del coche, veo algunas
personas, muy abrigadas, apresurarse. Cierro los ojos. Su
beso continúa. Yo pienso en otra cosa.

Veía sólo el cielo azul y las ramas de la encina. El aire era dorado y muy tibio. De alguna parte, lejos, llegaban voces, rebotando
débilmente, hasta el encinar. Pensé que, tumbada, las oía peor, porque pasarían, como si fuesen pájaros, sobre mí. Me incorporé. Una
gota de sudor resbaló por mi costado izquierdo. Lo primero que vi
fueron los saltos de dos chicharras entre las ramas de un árbol próximo. Todavía sus élitros —o lo que sea con lo que hacen su
estruendo— sonaban con un tableteo poco intenso, como si el
calor de abril no los hubiese endurecido suficientemente. Miré a
mi izquierda. Un grupo de gorriones piaba, cantaba casi. Más allá,
otro pájaro, único, gorjeaba de cuando en cuando. Tuve la sensación de que era la hora de la siesta por la inmovilidad de todo y
su paz. Por la vertiginosa quietud de todo lo que palpitaba, se

movía, se estremecía al sol. Pero eran apenas las doce de la mañana.

A mi derecha, Pablo, con una pajita perseguía una hormiga. Tenía desabrochada la camisa. Yo veía su pecho lampiño, moreno y liso, subir y bajar. Durante el camino había saltado uno de los botones de su pantalón bombacho gris y, por la pierna derecha, le caía, sin ceñirla, casi al tobillo. Con una pajita perseguía a una gran hormiga negra...

> *Pablo saca algo de la guantera. «Espera, yo te abriré», me advierte. Y se apea.*

Se oyó el paso de un tren distante. Me recosté de nuevo, más cerca de Pablo, que estaba sentado y apoyado en el tronco de la encina. Una mariposa amarilla se deslizó entre nosotros. Sin saber con qué intención, moví las aletas de la nariz durante un minuto. Al cesar de moverlas, dijo Pablo: «Eres tonta. ¿Por qué mueves la nariz? Hazlo otra vez». Lo hice. Entonces, además del cielo azul y de las ramas, vi al revés la cara de Pablo sobre la mía. Nunca había visto una cara así, al revés, ni tan cerca. O no me había fijado. Tenía las pestañas muy espesas y un lunar oscuro en el pómulo izquierdo. Seguía atento las vibraciones de mi nariz, entreabiertos los labios. Sus dientes, blancos y anchos, asomaban tras ellos. Llegaba su aliento, a intervalos, hasta mi boca. Percibía yo, en la mía, un vaho, un olor, una vida, que emanaba su piel. Apreté los ojos. En la mano derecha, abandonada sobre la tierra, sentí un cosquilleo. Algo parecido a un escarabajo verde me corría por ella. Asustada, la sacudí y me volví, instintivamente, al lado contrario. Mi nariz tropezó con las piernas de Pablo.

> *Al bajar, como siempre, me he enganchado una media. «Vaya, tres pares en una semana. Qué porquería de coche», digo. Con un poco de saliva humedezco el punto, para detener la carrera. Inclinada, veo las todavía esbeltas piernas de Pablo. La acera está enlodada y llena de charcos. Ha dejado de llover, pero continúa el frío.*

El pantalón bombacho se le había deslizado pierna abajo...

«La casa es ésta. La fachada no me hace ninguna gracia. ¿Y a ti?» «A mí, tampoco —contesto—. Ninguna.»

Pablo bajó, de repente, sus piernas. Yo me encontré con la cabeza sobre su muslo. Nos miramos como sorprendidos. Teníamos once años. No, doce. Y, sin saber por qué, nos habíamos instalado en un lugar escondido. «Aquí, no, que nos ve todo el mundo —había dicho Pablo—: detrás de aquello estaremos mejor.» Y pasamos al otro lado de la pequeña loma. Nos miramos mucho tiempo. A mí me picaban ya los ojos de no parpadear. Sentí que me corría por la sien una lágrima y me dio risa. Un escozor irresistible me obligó a cerrar los párpados: había perdido el acostumbrado desafío. Esperé que Pablo dijera, como siempre: «Te gané. No sabes aguantar». Pero, en lugar de eso, noté que unos labios se posaban sobre mi mejilla con un pequeño chasquido. Me besaba.

Yo no abrí los ojos. Pablo respiraba fuerte. Yo, también, pero no me oía. Me tomó la cabeza con las dos manos y la atrajo más hacia sí. Para mí todo lo del mundo se había reducido a las manos de Pablo, al jadeo de Pablo, a aquel calor de Pablo que yo sentía bajo mi nuca. En aquel momento no recordaba nada. Ni siquiera sabía quién era yo. Pero sí que no me hubiera cambiado por nadie. Por nadie...

Pablo dice: «La calle, sin embargo, no está mal. Es amplia y se puede aparcar bien».

Todavía tenía yo los ojos entornados. Me di cuenta de que me ardía la cara. Pablo me volvió a besar en el mismo sitio que la primera vez. Conservó un poco su cara contra la mía. Yo, sin pensarlo, levanté una mano y le acaricié. Él restregó con mucha fuerza su mejilla contra mi mejilla. Uno de los dos, o los dos, suspiró muy sonoramente. Abrí los ojos. Nos miramos. Yo debía tener los ojos muy abiertos, porque él abrió también mucho los suyos. Se le puso cara de estar espantado. Me hizo gracia y sonreí. Él volvió a suspirar, dejó caer un poco los párpados y sonrió también. «¿Te ha molestado?», preguntó. Yo dije que no, con la cabeza, sin dejar de mirarlo. Teníamos doce años y éramos compañeros de instituto.

«¿No encuentras, Manena?» «Sí, sí. Está muy bien.»

Ni allí ni al volver a la ciudad hablamos nunca más de lo que había sucedido. Pero, de vez en cuando, nos mirábamos mucho, con la cara muy seria y respirando por los labios separados. «Cuando estemos solos —le dije yo unos días después—, podremos cogernos las manos.» Él estaba a mi altura, en la otra fila. Íbamos a la capilla y era viernes. Frunció un poco el entrecejo, como extrañado de mis palabras. Yo tuve miedo. «Pero, ¿y si vamos en bicicleta?», me preguntó. «También —respondí—. Se puede conducir muy bien con una mano sola.» «Bueno, pero tú te pones a la derecha. Yo no sé conducir tan bien como tú.» Y, con la mano extendida, me ofreció el agua bendita.

«¿Vamos?», me dice Pablo con la mano extendida, y me toma del codo izquierdo. «Vamos», contesto. «Si te parece que el piso necesita alguna reforma —oigo decir a Pablo, ya en el portal— podrían hacerla durante nuestro viaje de novios.» «Como tú quieras», le respondo.

Las puertas del ascensor se han cerrado de golpe. Pablo vuelve a besarme. Pero ya me da igual. Ya no somos aquellos. No sé cuándo ni cómo hemos dejado para siempre de serlo.

El alacrán

Al percibir el gesto y la expresión de Braulio, se le acercó una mujer que estuvo, hasta entonces, parada unos pasos más allá. O más bien era un ser revestido de una ligera apariencia femenina. En conjunto, tenía el aspecto de un cono invertido, forrado de toda clase de accesorios y colores. Comenzaba, en efecto, por una cabeza desproporcionada, de cara ancha y gruesa, rodeada o acribillada por una cabellera multicolor, larga y abierta, que alcanzaba a rozar la mitad de los brazos. El busto era ecuménico: dos gemelos podrían, sin peligro de caer, haber desenvuelto en él sus primeros juegos. Y todo este exceso iba agudizándose hacia abajo, hasta dar la impresión de que aquel ser no estaba de pie, sino clavado en la acera: tan delgadas eran sus piernas y tan menudos sus zapatos.

—¿Puedo servirle en algo, caballero? —preguntó a Braulio que, palidísimo y apoyado sobre un solo pie, se encontraba en un peligroso equilibrio, alzando más y más la rodilla izquierda, mientras miraba hacia abajo, con el terror más hondo reflejado en los ojos—. Es admirable, caballero, cómo puede usted sostenerse sobre una sola pierna. Yo apenas si con ambas puedo conseguirlo... Pero quizá usted no lo hace sólo por distraerme. ¿Hay alguna causa, alguna otra causa, que le mueva a seguir en tan difícil postura un tiempo tan prolongado?

Braulio, sin mirar en absoluto a la mujer, respondió:

—Me siento el alacrán por la planta del pie. Viene desde la tierra.

—Ah, señor —continuó la extravagante aparecida—, una cosa tan simple... Baje de nuevo el pie y apriételo contra el suelo. De inmediato el alacrán dejará de existir y apenas si usted percibirá un leve crujido.

—Está dentro, está dentro del zapato —susurró Braulio—. Y ahora sube. Me llega ya al tobillo.

—¿Y le suele llegar hasta ahí con alguna frecuencia? Mi nombre es María. María *la Hospitalaria,* si ello puede ayudarle. Me llaman así porque intento hacer lo que sea por alguien de vez en cuando. Si bien, en general, con muy mala fortuna. No siempre se acierta con los deseos ajenos, ¿verdad? Soy mujer de profesión, caballero, y si de algo le sirvo... Oh, perdone, no intenté molestarlo. Reconocía los hechos nada más... La vida no es tan fácil como pudimos creer al principio. Ni siquiera están las calles bien adoquinadas, lo cual hace aún más complicadas las cosas. Ya sabe usted, señor: una se acostumbra a ser viuda de guerra, pero no a prescindir de la mantequilla en el desayuno. Yo, mientras sale algo (extranjeros casi siempre, no crea usted: los nacionales suelen ser más decentes. O más pobres), mientras sale algo, me dedico a hacer chalecos de punto para los niños pobres. Es mi manera de pasar el rato... Y, a propósito, ¿cómo va su alacrán?

Braulio, que no la escuchaba, con el rostro casi verde, se decía a sí mismo:

—Sube, sube.

—Pues si sube, señor, apoye de nuevo el pie en el suelo. Estará, al menos, un poco más cómodo. Evaristo lo decía siempre: «del mal, el menos». ¿A dónde alcanza ya aproximadamente?

—Ahora llega a la rodilla. Al hueso izquierdo de la rodilla. Marcha con mucha lentitud. A veces se detiene.

María *la Hospitalaria* se agachó y apretó con violencia la rodilla de Braulio, golpeándola después con el enorme bolso de hule negro que colgaba de su brazo derecho.

—Ya está. Ya está —gritó con entusiasmo, en tanto que Braulio contraía de dolor los labios—. Ya podemos tomar una copa. —Y buscaba sobre la acera el cadáver del alacrán—. ¿Dónde se habrá metido? ¿Dónde habrá podido meterse?

—Ahora me sube por el muslo. Rápidamente. Muy rápidamente. Debe de haberse enojado. Usted no tenía que haber hecho lo que hizo... Sus patas se clavan cada vez más. Ya no recuerdo casi mi infancia. Sólo un campo verde, no muy grande, y un cubo donde alguien hacía espuma con agua y jabón. La espuma rebosaba: no sé más.

—Sí, ciertamente la espuma suele rebosar. Con una caña de escoba cortada hacíamos pompas de jabón. Eran muy hermosas. Luego, la boca nos sabía muy mal, pero no valía la pena pensarlo de antemano. En el Corpus Christi, las magnolias llegaban en una batea de mimbre. Venían cerradas entre las hojas, como en un estuche, y atadas alrededor. Por la tarde, las abríamos y eran grandes como palomas. Daban ganas de llorar.

—Oh, sí. Oh, sí. A menudo daban ganas de llorar. Tan sólo ahora, el alacrán, por la cintura...

—Ay, la cintura, señor. Qué linda palabra. Demasiada hermosura para nada, ya usted ve.

—Sí, sí —repetía Braulio. Y ello fue lo último que dijo. A partir de entonces comenzó a emitir sin interrupción un suave ronquido. Como el de un perro un segundo antes de ponerse a ladrar. Sus ojos empezaron a girar en las órbitas, a cada instante a más velocidad, y sus manos seguían, impotentes, la marcha del alacrán, que, al llegar al sitio del corazón, hizo una asombrosa pausa de unos minutos.

—Es un alacrán muy raro el suyo, ¿no cree, señor? —monologaba María—. Cualquier otro hubiera tomado una decisión más firme de atacar cuanto antes. No es cosa de alacranes estar dando paseos por los lugares reservados en exclusividad a las caricias. Pero así van los tiempos: nadie sabe ya estarse en el puesto que le corresponde.

El ronquido de Braulio se acentuaba y producía el efecto de que inminentemente se echaría a aullar. María le rascaba la nuca, como se hace para calmar a un mastín excitado, y le hablaba en un tono casi inaudible, diciendo muchas frases cariñosas y vagas:

—Así, así... No hay por qué preocuparse. Eso pasará... Todos tenemos nuestros pequeños alacranes. Es cosa natural. Qué haríamos sin ellos, ¿me quiere usted decir? ¿En qué emplearíamos tanto tiempo libre?... Así, así. Al pie de las montañas el sol no puede verse. Es casi mediodía cuando aparece, ya madurito, como el Príncipe de Gales. Lo recuerdo. O ¿quién sabe?... Vamos, la gente que se ríe desconoce por qué... Pero usted se está viniendo abajo, mi querido señor. Usted está casi sentado en la pura calle. Debe reportarse. Apóyese en mí. Ah, no. Ah, no: esto sí que no se lo consentiré nunca. Debe mantenerse erguido hasta el final. Qué triste espectáculo el de un hombre vencido. Dígame: ¿es que un alacrán es superior a un hombre? Parecía usted tan fuerte, tan bien plantado, y mírese usted ahora, caballero. Mírese, se lo ruego.

La cabeza de Braulio chocó contra la acera con gran ruido. El ronquido había cesado. Con el golpe, el ojo izquierdo se rompió como si fuera de cristal. Y de él, poco a poco, con lentitud y esfuerzo, salió un alacrán oscuro que, después de una vacilación, fue a instalarse en la comisura derecha de la boca del muerto.

—Ah, ya entiendo. Ahora entiendo. Por fin lo han dejado a usted en paz. Descanse usted, señor, y enhorabuena —exclamó alegremente María.

Y se alejó, con una sonrisa, por la acera, moviendo con torpeza su feo cuerpo.

DIÁLOGOS ALREDEDOR DE UN CATAFALCO

1

C uando el marqués de Trassierra hubo terminado de llamar
a la puerta, sintió un anómalo y súbito desfallecimiento.
Quiso entonces retirarse, e incluso descendió dos o tres
escalones; pero la puerta se abrió antes de lo previsible y de nuevo tuvo que subir hasta ella.

Bajo el dintel, ligeramente inclinado hacia el marqués de Trassierra, vestido con una librea verde galoneada en plata y casi de
perfil se hallaba, en apariencia, el marqués de Trassierra.

El personaje que venía vestido de marqués procuró, con absoluta inutilidad al principio, superar su zozobra, atribuyéndola al
peregrino mal que acababa de asaltarlo. Dio unos pasos hacia
delante y se introdujo en el vestíbulo. A sus espaldas la puerta se
cerró con suavidad.

—¿Me da el señor marqués su abrigo y su sombrero?

—Ah, sí, por descontado —contestó Cristián. Y, mientras se
despojaba de esas prendas auxiliado por el mayordomo, pensó

que quizá acabase por pedirle también su chaqueta y sus pantalones y le obligara a ceñirse el calzón y la verde librea galoneada en plata. Qué rara noche aquella. Y el caso es que había despedido al chófer. Cuando este le preguntó: «¿Dónde espero al señor?», le había contestado: «No me esperes, Cesáreo, cualquier amigo me llevará hasta casa». Y ahora se veía obligado a confiar en cualquier amigo: un riesgo impredecible—. Ah, sí, por descontado.

El mayordomo recogió con esmero el abrigo y el sombrero, y murmurando: «Buenas noches, señor marqués», comenzó a alejarse hacia el interior.

—¿Dónde se sirve la cena, amigo mío?

—La cena se sirve en la otra ala del palacio. Supuse que el señor estaría enterado. Si viene a la cena, el señor debió entrar por la puerta del bulevar. Aquí sólo está el catafalco.

—¿Qué catafalco? —interrogó el marqués de Trassierra con sorpresa.

—Ese, señor —dijo el mayordomo señalando la puerta abierta de un salón próximo que aparecía muy iluminado—. De momento, no disponemos de más.

—Oh, entiéndame, entiéndame —se aturulló el marqués, dudoso de la intención del mayordomo, duduoso en general de todo.

—Es que el señor marqués hace unas preguntas tan ingeniosas que son de respuesta muy difícil.

—Quería decir que para quién es ese catafalco.

—Para la duquesa viuda, señor.

—Pero ¿es que ha muerto?

—Sí, señor. Es norma general de los señores duques no disponer catafalcos más que para los miembros de la familia definitivamente fallecidos.

—¿Y cómo es posible que no se haya suspendido la cena?

—Exigencias de la política, señor. El ministro de Comercio de Tanzania no parece que debiera interesarse en profundidad por la salud de la duquesa viuda.

—Bueno, ni la duquesa viuda por las cenas del ministro de Comercio, reconózcalo. ¿O piensa usted que debió aplazar algunos días su defunción por la visita?

—Ah, no, señor, ella era muy dueña de morirse cuando le viniera en gana. De cualquier modo, señor —agregó el mayordomo bajando la voz—, la duquesa viuda nunca estuvo en los detalles.

—Sospecho que usted no le profesaba una excesiva simpatía.

—La simpatía que en términos generales se les profesa a las duquesas viudas, señor.

—Pero, dígame, puesto que, al fin y al cabo era su madre, la duquesa joven no habrá asistido a la cena.

—Por supuesto, señor, qué disparate. Ha pretextado una jaqueca como es lógico.

—En ese caso, ¿podría verla?

—No. En estos momentos está cenando en el Bois de Boulogne.

—Pero eso queda muy lejos de esta ciudad —exclamó asombrado el marqués.

—Bastante lejos, creo.

—Queda, si mal no recuerdo, en los alrededores de París.

—Como sabe el señor, la duquesa joven queda también un poco por allá.

—¿Quiere usted decirme, como antiguo habitante de la casa, cuál es la costumbre? ¿Voy a cenar, o acompaño a la duquesa viuda?

—Las dos cosas, señor. El señor marqués, antes de pasar al comedor de ceremonias, puede saludar un momento a la duquesa viuda. Estimo que esta noche no necesita una compañía especial. Espero que, por fin, se encuentre suficientemente divertida. La conversación con ella siempre fue poco fácil.

—Pasemos, pues.

—Por aquí, señor.

2

—¿Está realmente muerta? —preguntó el marqués de Trassierra.

—Todo lo que es posible a su edad, señor. Recuerde que la duquesa viuda tomó parte activa en la guerra contra los hugonotes.

—Quiere decir, sin duda, en la guerra contra los católicos.

—Quiero decir en la guerra de religión, señor.

—Qué toque tan exquisito el de adornar el cadáver con la diadema de la casa ducal.

—Es una reproducción. La auténtica la tiene la duquesa joven.

—¿Y no le parece demasiado una diadema ducal para ir al Bois de Boulogne?

—En efecto, en efecto. Para ir, sí. Pero para volver, sobre todo si se quiere volver con un poco de dignidad, nunca se llevan suficientes diademas.

—¿Opina usted que la diadema ayuda a la dignidad?

—En el caso de la duquesa joven, sí. En el de la duquesa viuda, como ve usted, es la dignidad la que ayuda a la diadema. Pero esta dignidad es casi imposible conseguirla en vida.

—A propósito, ¿de qué ha muerto? Seguramente del corazón: fue tan apasionada.

—Sin embargo, ha muerto de cáncer como todo el mundo. La duquesa viuda nunca fue aprensiva más que para las enfermedades ducales. No quiso reconocer que las cosas habían cambiado para siempre.

—Encontraría, si se me requiriese mi opinión, un poco siniestra y recargada la mortaja con la que se la ha envuelto.

—No es ninguna mortaja, señor. Es el camisón de dormir que la señora duquesa tenía puesto. Lo único que se ha hecho es bajar sobre los hombros la capucha. De otra forma, hubiese quedado oculta la diadema.

—Bien, pero supongo que la diadema se la habrán colocado después.

—Se equivoca, no ha sido preciso: la señora duquesa dormía siempre con todas sus joyas puestas. Las falsas, por supuesto.

—En fin, espero poder enviarle mañana algunas flores.

—No lo haga, señor. La duquesa viuda detestaba las flores: la hacían parecer más vieja, si es que eso era posible.

—¿Es que usted no la encontraba hermosa?

—La hermosura nada tiene que ver con la edad, señor: son categorías distintas. El tamaño, por ejemplo, no tiene nada que ver con el color. Pero la duquesa casi nunca estaba para razonamientos.

—Se diría que el cadáver ha empezado a descomponerse.

—Una aguda observación, señor. Se me olvidó decirle que en la otra ala del palacio también han empezado a servirse ya los cócteles.

—Gracias, amigo mío. Vayamos hacia allí. Queda bastante lejos.

—A un cuarto de hora apenas. Sígame, por favor.

3

—Por fin, solos, amor —dijo con fervor el marqués de Trassierra.

—Bastante solos —comentó, algo evaporada, la duquesa joven.

—Únicamente el cadáver de tu madre escuchará mi declaración.

—Si lo que has de declararme lo puede oír el cadáver de mi madre, quizá fuera mejor que me alejara: no me interesará.

—Me refería a lo sagrado de mis palabras, amor mío.

—Lo sagrado no es cosa de cadáveres.

—Entiéndeme, quiero decir que lo que voy a exponerte es tan puro que hasta tú misma puedes escucharlo.

—Eso espero, Cristián —exclamó riendo la duquesa joven—: no en vano soy una mujer casada.

—Eso espero, digo yo también.

—¿Recelas de que te haya engañado a tal respecto?

—Oh, no, querida mía, ¿cómo iba a recelar? Tienes un marido demasiado evidente.

—Imaginaciones tuyas. Un marido nunca lo es demasiado.

—¿Demasiado marido, o demasiado evidente?

—Las dos cosas.

—Al menos el tuyo está gordo como un paquidermo y además no te deja vivir.

—Está en su derecho, me parece. Dime, si no, qué otra cosa ha de hacer un marido.

—De acuerdo. No hemos venido a discutir la posición de los maridos.

—Pues ya me dirás qué hemos venido a discutir.

—Nada, amor mío. Hemos venido a confesarnos nuestro amor.

—¿Una vez más? ¿Haremos algún día una confesión válida?

—Sí; cuando tú te olvides de ti misma —suplicó el marqués con la mano sobre su corazón.

—Eso sería un descuido imperdonable en el que no pienso incurrir. Preferiría, en último extremo, olvidarme de ti.

—¿Es que podrías acaso, amor, amor?

—Seguro que sí, si no me recordara a cada momento que tengo la obligación de olvidarte.

—Ay, cómo es el amor —dijo el marqués con voz ensoñadora—. Nos hace igual que niños.

—Ya era hora de escucharte decir una frase agradable.

—¿Crees que ella nos espía? —El marqués miraba hacia el cadáver de la duquesa viuda.

—Era muy curiosa, por supuesto, como todas las duquesas viudas, sobre todo si son madres; pero creo que no habrá llevado su curiosidad al extremo de morirse para espiarnos.

—Me pareció que se acercaba una mano a la oreja para hacer de pantalla.

—Yo también lo vi. Pero no lo hizo para oír mejor: es un tic nervioso que adquirió durante la guerra.

—¿Durante qué guerra, mi amor? El mayordomo y yo...

—Durante la suya, por supuesto.

—De todas formas, me quedaría más tranquilo hablando de amor contigo en otro sitio.

—Pues vayámonos al Bois de Boulogne. Allí tendremos mayor libertad.

—Sí, vayámonos, siempre que me prometas que el cadáver de tu madre no podrá seguirnos.

4

—Vamos a amarnos eternamente —sugirió el grueso duque a su prima y cuñada.

—Sí, querido, eternamente, ¿por qué no? O por lo menos, intentémoslo, que luego no pueda echársenos nada en cara. ¿Me lo juras delante del cadáver de mi madre?

—Te lo juro. Que nada nos separe.

—Eso es, que nada nos separe. Arranquémonos la piel a tiras lentamente, mi vida.

—El mundo es malo. Tratará de deshacer nuestro paraíso y llenarlo de reptiles.

—Lo intentará, lo intentará. Esa es su obligación, por otra parte. Estréchame contra ti, amor mío.

—Pero prométeme que gritarás cuando te haga daño. —El grueso duque oprimió contra su pecho a su joven cuñada—. ¿Por qué te necesito? Dime, amor, ¿por qué me necesitas?

—No te pongas así, es cuestión de minutos. Tampoco hay que exagerar. Amémonos aquí, a solas, y luego Dios dirá.

—¿Crees que, después de esta noche, podremos vivir separados?

—Desde luego que no: el mundo es tan pequeño... Y además somos de la misma familia —aclaró la condesa acercando la mano a las rojas y abultadas mejillas del duque.

—Tu mano me corta cuando me acaricia.

—Perdona, no era esa mi intención.

—Tus ojos son cambiantes como las olas del mar.

—Y, sin embargo, estoy haciendo lo posible para que se queden quietos. No es culpa mía, amor.

—Tus brazos están distraídos, mi bien.

—Ay, es una vieja costumbre. Pertenezco a una familia de grandes nerviosos. Por otra parte, has de reconocer que no es fácil abarcar todo tu cuerpo: hago lo que puedo, mi amor.

—No entiendo lo que dices, amor mío.

—Era lo que desde el principio me temía. Buenas noches, amor —dijo la condesa saliendo del salón del catafalco.

—Buenas noches —respondió el duque cayendo de hinojos ante el cadáver de su tía.

5

—Qué hermosa, qué atenta y qué inesperada sorpresa —dijo el ministro de Comercio de Tanzania al entrar en el salón donde se elevaba el catafalco.

Lo habían dejado, después de cenar, solo con el servicio y éste había determinado conducirlo ante el cadáver de la duquesa viuda. A la primera doncella le pareció oportuno quitarse la cofia y hacer una reverencia. La segunda vaciló un momento; luego, llevándose el pequeño delantal de organdí a la cara, retrocedió, giró del todo y corrió gritando:

—Ay, por Dios. Ay, por Dios.

—Perdón, señor ministro —musitó la primera doncella—. Es la falta de costumbre.

—Qué hermosa, qué atenta y qué inesperada sorpresa —repitió el ministro—. Qué hermosas colgaduras, qué hermosos paramentos, qué hermoso solio, qué cirios tan hermosos.

—Y la lámpara ¿no le parece hermosa, señor ministro? —interrogó la primera doncella.

—Cierto, qué hermosa lámpara —completó el ministro—. ¿Y es todo natural?

—Desde luego, señor. En esta casa ducal detestamos las imitaciones.

—Cómo les agradezco que se hayan tomado por mí tanta molestia —afirmó el ministro emocionado.

—Al contrario, señor, nosotros somos los encantados. La duquesa viuda siempre fue complaciente con los miembros de los gabinetes extranjeros, con todos los miembros.

—¿Insinúa usted que no fue del todo fiel a su marido?

—Por favor, señor. La duquesa viuda no tuvo marido nunca. Su título era hereditario.

—Perdón, perdón. Desconozco las últimas tradiciones del país.

—Es cosa excusable, señor. No siempre es fácil estar al tanto de las tradiciones más recientes. Yo misma, a veces...

—La señora duquesa ha despertado —comentó el señor ministro de Tanzania—. ¿Cree usted educado que le presente mis respetos?

—No, señor, haga como si no se hubiese dado cuenta. La señora duquesa es muy corta de vista. Se volverá a morir rápidamente.

—Si no tuviese mañana llena de juntas y comisiones toda mi agenda, me quedaría aquí horas y horas.

—No sería sensato: la señora duquesa viuda ronca un poco. Lo acompaño hasta la salida.

—Muy amable —dijo el señor ministro de Comercio de Tanzania mientras salía del salón del catafalco hacia la entrada.

DÍA SIN ACCIDENTES

Ahora sí que a Ivo no le cabía la menor duda sobre la aviesa intención de aquellos hombres. Había salido al anochecer, por las traseras del castillo, con el mensaje escondido bajo el cinturón. Montado en Ernesto, ágil como una ardilla, saltó limpiamente el foso. Sobre su cabeza Ivo oía el aleteo de Martita. Al descender del picacho, entre breñales, había visto, por vez primera, a los hombres. Uno era mucho más viejo que el otro; pero ambos tenían la misma infame catadura, parecidos zurrones, descuidadas barbas y trajes harapientos. La luna era nueva y la blancura de Ernesto el unicornio resaltaba en la creciente oscuridad. La gaviota parecía un pañuelo que el viento obligaba a volar no demasiado alto. Ivo percibió la sorpresa de los hombres y sospechó que lo seguirían. Así había sido.

Galopaba Ernesto a campo traviesa en dirección al campamento donde los aliados se encontraban. Sin novedad cruzaron la línea enemiga, evitando las hogueras de los centinelas, que dormitaban sentados, con el fusil entre las piernas. Después de algunas horas de carrera Ivo había recuperado la tranquilidad. Era imposible que aquellos hombres le hubiesen seguido. Si no, los habrían denunciado la inquietud de Ernesto o los breves gritos de aviso de Martita. Por otra parte, iban a pie y no parecía su calzado el más oportuno para correr sobre terrones, brezos y espinares. El mensaje estaba, por tanto, bien seguro. Ivo resolvió, en consecuencia, dar un descanso a Ernesto.

La minúscula y abandonada edificación, si así podía llamarse, en que se detuvieron constaba de un cuartito, junto al que había un pajar bien abastecido. Se apeó Ivo, llevó a Ernesto al pesebre, se tumbó cerca sobre la paja, y pasando la mano por el cuello de Martita, que se había situado cerca de él, le dijo:

—No creo que me duerma, pero si lo hago, despiértame dentro de una hora. Urge llevar el mensaje antes del amanecer.

Al ver que Martita, ladeando graciosamente la cabeza, le miraba con el ojo izquierdo, agregó:

—No, hija. No puedo darte pescado. No he traído.

Apenas terminó de decir estas palabras, Martita se volvió precipitadamente y batió sin ruido las alas. Por la puerta que unía el pajar a la habitación entraban voces. Sin saber por qué Ivo comprendió que pertenecían a los hombres aquellos. Parecía inútil, de momento, preguntarse por qué procedimiento habían conseguido llegar hasta allí. El caso era que ambos bandoleros se encontraban a tres metros escasos de distancia y que el mensaje corría gravísimo peligro. Sacándolo, pues, Ivo de donde lo escondía, lo ató con un bramante bajo el ala derecha de la gaviota. Y se dispuso a escuchar la conversación de los taimados seguidores.

—Bobadas —decía el más viejo—. Pamplinas. No se notará nada. Con el serrucho que llevo en mi morral lo hago en dos patadas. Y ya puede venir toda la Guardia Civil diciéndome que el caballo no es mío.

—¿Y si se le sale la sangre? —preguntaba el más joven, a quien por la voz se le notaba menos audaz que al otro—. No sabemos cómo está hecho ese animal. Yo no lo había visto en mi vida.

—Nada de sangre. Tú déjame a mí. Lo cojo por el cuello mientras tú lo sujetas y ras-ras, ras-ras, le corto el cuerno en menos que canta un gallo. Luego nos montamos encima, y a trotar. A ver quién es el bonito que nos lo reclama. Se acabó ir por el monte en el coche de san Fernando.

Ivo miró horrorizado a Ernesto. No era el mensaje lo que buscaban. El cuerno único del animal brillaba, como si fuese un chorro de agua, bajo la escasa luz que descendía de la claraboya. Su cuerpo musculoso, esbelto y blanco, estaba inmóvil. Dormía. Su cabeza de infanta austríaca era larga, delgada y altiva. Los belfos sonrosados se estremecían, en ella, levemente. Por todo el arqueado cuello y hasta los ojos, divididas aquí por el agudo cuerno, le caían las crines, espesas y prolongadas, como hilos de plata fina. La cola barría el suelo sin ensuciarse con él. Parecía una majestuosa cascada de espuma, de nieve, de nube blanca. Ivo miraba aterrado dormir a su amigo. Imaginó las zafias y malolientes manos de los hombres manchando el terciopelo de su piel. Un serrucho herrumbroso chirriando contra el milagroso cuerno. Destronada la alta soberbia del unicornio en medio de una cuadra. Se estremeció. Martita siempre estaba dispuesta a obedecer. Martita nunca había perdido el sosiego ni el sentido del humor. Martita, gris perla por arriba y blanca por debajo, levantaba hacia Ivo su anaranjado pico y esperaba.

En el inmediato cuarto se oyó ruido.

—Ivo, no seas pelmazo, levántate. Que llegas tarde a la tienda —decía la abuela desde la cocina.

—Con esta maldita oscuridad me he deshecho una espinilla —gritó el viejo—. Ea, ya tengo el serrucho. Vamos.

—No. Primero echemos a suertes quién ha de sujetar a ese bicho. Puede tirar una coz y acabar con el más pintado.

—A suertes. Suerte, la mía con haberte traído, cobardón.

—Venga. A los chinos. Cada uno coge cinco.

Ivo habló en voz muy baja con Martita. Ella, riéndose a la chita callando, se introdujo en el cuarto.

—¿Cuántos hay? —preguntó el viejo transcurrido un instante.

—Tres.

Mientras a tientas los contaban, la gaviota golpeaba frenéticamente con su acerado pico, ora a uno ora a otro.

—Tramposo, ¿me vas a tirar a la cara los chinos que te sobran?

—Tú a mí. Ay, mi ojo. ¡Canalla!

—Ay, mi cabeza.

—Eso digo yo. Ay, mi cabeza.

Los hombres se abalanzaron uno contra el otro y rodaron en lucha por el suelo.

—Ivo, ¿te levantas o no? Tendré que echarte agua —se oía gritar a la abuela—. ¡Gandul!

Ivo pensaba que la abuela acabaría por no dejarle escapar con Ernesto si no se apresuraba. Antes de despertar del todo, se puso en pie rápidamente, montó en el unicornio, susurró:

—A mí, Martita —y salió galopando, libre otra vez, a campo abierto, en busca del refuerzo.

Todo había concluido de modo favorable.

—Ya voy, abuela, ya voy. Es que Ernesto estaba en un apuro. Le querían cortar el cuerno y convertirlo en un caballo corriente.

—No me asustes, hijo. ¿Y lo has salvado?

—Sí, gracias a Martita.

—Pues anda. —Y volviéndose—: Mariblanca, ¿está listo el barreño?

—Sí, mamá —se oyó decir desde la cocina.

—Ivo, a la ducha.

Ivo saltó de la cama, se colocó un traje de baño y bajó la corta escalera de la casa. Al llegar al patio miró a su alrededor. Eran las ocho de la mañana del día 7 de mayo. Los geranios estaban bien colorados y erguidos. Los tiestos, colgados de las paredes, junto a los zócalos, en el borde del aljibe. Dos mujeres —«Buenos días, Ivo, madrugador»—, una de rojo y otra de rosa, con una lata amarrada en la punta de una caña, regaban las macetas más altas. El cielo era de un azul desvaído, como convaleciente. La cal reverberaba. El agua del aljibe estaba verde y muy quieta. Todavía no habían llegado las libélulas. Ivo se situó debajo de la ventana de su casa. En ella apareció la cabeza de la abuela, coronada por su moño blanco.

—¿Ya?

—Sí —contestó Ivo.

La abuela volcó sobre él, poco a poco, un gran cubo de agua.

—El Niágara, el Niágara —chillaba excitada.

Luego, otro. Y otro. Mariblanca se los alcanzaba desde dentro. De repente, arriba, se formó un guirigay. Ivo, a la espera del agua, levantó la vista.

—Abuela, ¿ya no más?

La abuela asomó medio cuerpo por la ventana.

—Sube, Ivo. Deprisa. Tú que sabes nadar. Tía Mariblanca se ha caído al barreño.

Ivo subió de tres en tres los peldaños, redondeados de tanta cal, de la escalera. Entró en la cocina. De un revoltijo de tela negra, espuma, manos y pelos, sacó a Mariblanca. Mariblanca se quedó de pie, en medio de la cocina, chorreando por todas partes, con aspecto de buzo. Tenía unos cincuenta años. Menuda, delgadísima, de ojos pequeños, negros y brillantes como cuentas redondas de azabache. El pelo, suelto y empapado, le llegaba hasta la cintura. En el naufragio había perdido una zapatilla. La abuela se había sentado, riendo, en una silla muy baja de anea. Ivo hacía gimnasia sobre un charco de agua.

—¿Qué te pasó, querida? —preguntó la abuela—. ¿Una congestión?

—No. Era que no me dejaba salir. Me había cogido de una pierna y no me dejaba.

—Pero, ¿quién te había cogido? Espero, al menos, que fuese alguien de nuestra confianza.

—¿Cómo que quién? —Mariblanca estaba asombrada por la indiferencia de la abuela y de Ivo—. ¿Cómo que quién? ¡El tiburón!

—Ah —dijo la abuela comprendiendo por fin—. Menos mal que llegamos a tiempo. —Y se levantó.

Al barreño, cerca del fogón, apenas si le quedaban cuatro dedos de agua. La abuela, ya en la puerta, se volvió con el rostro severo.

—De ahora en adelante, Mariblanca, te prohíbo hacerte a altamar sin advertírmelo. Tengo ya suficientes preocupaciones. Pues bien empieza el Día sin accidentes... Ivo, vístete.

—No me gusta el mar —iba diciendo la abuela mientras le alcanzaba a Ivo su ropa—. No puedo remediarlo. No me gusta nada el mar. Es gordo y tiene mal genio. En nuestra familia no ha habido nunca gente así. Y además se tragó a tu padre. Sin ningún motivo. Porque tu padre tenía manías, es verdad, pero era un buen y pacífico pescador que a nadie hizo daño. Como no fuese a él mismo. Entonces vivíamos cerca del puerto. Hasta que ese mismo día me cansé de oler a pescado. Vamos, no dejar ni que un padre conociera a su hijo... Por eso me gusta que tú trabajes en una tienda de flores. En la casa de antes no se podía parar. Era como si una tuviera todo el día una merluza enrollada al cuello. Qué peste, Dios mío... Tu abuelo, no. Tu abuelo era de tierra adentro: gente seria. El mejor bedel de la universidad. Don Ivo le llamaban los estudiantes. En verano, como se aburría, se colocaba una bata negra mía para estar más fresco, y se iba, con su bastón, a pasear por el parque. Parecía un canónigo, sólo que con buena figura. Pero en la universidad todos están locos. En una fiesta de fin de curso hablaba don Luis Guadalcanal, el de Ciencias Biológicas: un tío petardo... Niño, esa camisa. A ver cuándo aprendes a abrocharte cada botón en su ojal... Hacía un calor de espanto en el Aula Magna. Y tu abuelo se hartó de oír tantas sandeces. Además, tenía sed: lo natural. Se levantó de la última fila. Atravesó, por en medio de todo el público, hasta el estrado del conferenciante. Y se bebió su vaso de agua. «Gracias», le dijo sonriendo, porque tu abuelo era muy correcto... No te aprietes tanto el cinturón, que te vas a partir... «Muchas gracias», le dijo. «Estaba fritito.» Lo despidieron aquel mismo día. A la gente de la universidad no hay quien la entienda. Pero la prefiero al mar, mira. Porque el mar se tragó a tu padre. Sin derecho ninguno. Aunque quizá fuera tu padre quien se quisiera tragar al mar. Le gustaba tanto. «Es como una sopa de pescado», decía siempre. Y acabó de una empachera... Los zapatos no se sacan atados, Ivo. Ni se meten sin calzador. Eres un medio marido y no sabes manejarte. No sé qué va a ser de ti. Hay que guardar las formas, Ivo. Eso, sobre todo. Si no, presiento que acabaremos mal... Yo prefiero esta casa. La boca no te sabe a sal más que un par de días a la semana. Y no corres el riesgo de despertar y encontrarte con un barco en la habitación. Es mucho más tranquila... Anda, anda, no hables más y lárgate, que vas a llegar tarde. Pero primero da un beso a tu tía: confieso que esta mañana hemos estado con ella demasiado duros.

—Pero, ¿dónde está, abuela? ¿Se habrá puesto a secar en la azotea?

—No la conoces. ¡Qué disparate! Está en la peluquería.

Ivo atravesó la pequeña entrada y llamó a una puertecilla pintada de gris:

—¿Se puede?

—¿Quién es? —preguntó desde dentro Mariblanca con voz asustada.

—Yo —contestó Ivo.

—No estoy segura de que seas tú. Últimamente hay quien quiere robarme, por cualquier medio, los secretos de fabricación.

—Te doy mi palabra de que soy yo.

—Pero, ¿no hay nadie desconocido ahí?

—No. Abre.

Mariblanca abrió con precaución la puerta y la cerró deprisa, una vez que Ivo hubo pasado. La habitación era cuadrada y tan oscura como el cuarto de trabajo de un fotógrafo.

—No veo nada. Enciende —dijo Ivo.

—Espera, espera. Ya estoy dándole con la escoba a la bombilla. Sólo a fuerza de golpes puede encenderse. Catorce años llevamos así. El día que tú naciste se apagó por primera vez. Y hasta ahora. Pienso yo si estará averiada la instalación. Porque parece raro, ¿no?

Se encendió por fin la luz. Mariblanca estaba encima de una mesa cuadrada, con una escoba al revés en la mano y una enorme peluca rubia en la cabeza.

—Pareces una walkiria —observó Ivo.

—*Soy* una walkiria.

—¿Has hecho pelucas nuevas?

—Por supuesto, por supuesto. La última que tú viste fue la de Lady Godiva. Ahora tengo la cabellera del Nilo y otra, muy fina, de color grosella. Pero están dormidas. Te las enseñaré durante el almuerzo. ¡Mamá! —gritó de pronto—, la bombilla de la peluquería está averiada.

Desde fuera, la abuela contestó:

—Qué pesada eres, Mariblanca. Todos los días igual. ¿Cuándo te convencerás de que no está averiada, de que sencillamente esa bombilla *es* así?

Ivo, con su uniforme verde botella de botones plateados y su gorrito echado a la derecha, salió silbando a la calle. A su lado, llenos de alborozo, retozaban Ernesto y Martita.

El cobrador del trolebús tenía cara de pocos amigos. Su aspecto era agrio y la barbilla le llegaba al estómago. Sentado, con su mostradorcillo por delante, sin decir una sola palabra, alargó su billete a Ivo. Martita se deslizaba anadeando sobre las maderas de la primera plataforma y del pasillo para evitar que el cobrador impidiera su entrada. Ivo, algunos días, le daba permiso para volar cerca del trole. Otros, prefería correr la aventura de pasarla de contrabando. Ernesto, por su cuenta, unas veces detrás, otras delante, lo acompañaba con un gracioso trotecillo hasta la parada.

—Sin empujar —dijo un hombre irascible.

—Perdone usted —murmuró Ivo. El empujón fue del todo imprescindible: Martita se había puesto a jugar entre los zapatos del hombre y corría peligro.

Allá delante, de pie, el conductor charloteaba con la gente, debajo de un letrero que decía: «Se prohíbe hablar con el conductor». En los asientos había algunas mujeres gordas y despechugadas con cestos de la compra, y algunas mujeres delgadas y de luto con expresión muy seria. Por el pasillo, colgados de la barra, dos trabajadores con monos manchados de cal, un marinero de Capitanía, tres o cuatro estudiantes no despiertos del todo, con el agua escurriéndoseles todavía por el cogote, un oficinista muy circunspecto, con el periódico debajo del brazo y sacudiéndose la solapa con dos dedos...

Martita, con el pico, llamó la atención de Ivo. Aunque no lo hubiera hecho, él habría caído, no tardando, en la cuenta. En la plataforma delantera, una muchacha con trenzas y una cinta roja en el pelo, con un sencillo traje de flores, apoyada contra el cristal de la ventanilla, se sonreía. Ivo supo enseguida que estaba mirando a Ernesto. Desde lejos, cerca del cobrador todavía, Ivo lo supo bien claro. Y le cuchicheó a Martita:

—Es absolutamente necesario rescatarla.

Ya se lo había dicho antes al capitán de *La Bella Adelita:*

—Mi capitán, es absolutamente necesario rescatar a la joven Lady Elisabeth, secuestrada por los filibusteros.

Pero el capitán, gordo como un cachalote, se rió igual que se vacía un cántaro y le replicó, todo lleno de grasa y galones dorados:

—Cunegundo no suelta sus rehenes, mi querido grumete.

—Si da usted su permiso, yo intentaré que los suelte, mi capitán.

—Nunca he visto un grumete más petulante. Inténtalo si quieres, con tal de que no te alejes mucho.

—Gracias, mi capitán. —Y dio media vuelta. El capitán, congestionado de la risa que le producían sus propias palabras, chilló:

—Y con tal de que no descuides la cocina.

Ivo descolgó un bote por el costado de *La Bella Adelita* y bogó en dirección de *La Sirena Tuerta*. Era un hermoso barco de tres palos, claveteado en cobre y forrado con madera de teca. Al salir de los pasos de Charleston, arrió el pabellón británico e izó la negra bandera de la piratería. Desde la línea de flotación al tope de los mástiles estaba todo él cargado de crímenes. No pasó mucho tiempo sin que el bote abordara a *La Sirena* por la popa. Con una escala de gancho, seguido por Martita, ascendió hasta cubierta Ivo. En su pequeño castillete estaba el terrible Capitán Cunegundo. Tenía cara de pocos amigos. Su aspecto era agrio y la barbilla le llegaba al estómago. Con suerte y atrevimiento podría Ivo atravesar la nave y llegar a proa, donde Lady Elisabeth, con largas trenzas, cerca del timonel, miraba entristecida ir y venir las olas. Por si acaso, Ivo tomó la precaución de poner un cuchillo entre sus dientes. Avanzó lentamente, agachado, casi a rastras, pegado a la borda, aprovechando cualquier escondrijo: las redes, los rollos de cuerdas, los botes salvavidas, los grandes cubos de limpieza, los bordes de las escotillas...

—Niño, cuidadito con los pisotones —le advirtió el oficinista cicunspecto.

Volvió a avanzar lentísimamente, utilizando para ello la derecha o la izquierda, según el ojo tuerto de cada pirata.

—Troncho con el niño. Pero ¿qué buscará en el suelo este angelito? La lata que está dando... —dijo una de las mujeres gordas.

—¿Se te ha perdido algo, pequeño? —le preguntó amablemente una de las delgadas.

—No, señora. Es que nací así.

—Qué desgracia. Vaya por Dios.

Y enfiló directamente a proa, casi a cara descubierta. Ya Martita había llevado la noticia a la joven Lady Elisabeth, y ella, con su sonrisa, le animaba a proseguir su hazaña.

—A babor. A babor —gritaba desde su castillete el Capitán Cunegundo.

Se acercaba el fin: la victoria o la muerte. Dos pasos le quedaban para llegar a la joven Lady Elisabeth, cuando una desmesurada mano le agarró el hombro derecho. El cuchillo relampagueó entre sus dientes. Se volvió dispuesto a vender cara su vida. Era el marinero.

—Deja salir, caramba —le ordenó.

—Tendrá usted que pasar por encima de mi cadáver.

—Anda, niño, que estás como una cabra.

La joven Lady le sonreía más pronunciadamente que nunca. Juntos bajaron la escala hasta el bote. Iba a enterarse el capitán de *La Bella Adelita* de lo que era capaz un pobre grumete.

Ivo tropezó, al llegar al bote, con el borde de la acera.

El trolebús se alejaba sonoro calle arriba.

«BOUQUET» Plantas y flores.— Victoria, 8: decían la fachada y las tarjetas. La tienda era irregular y reducida. De la calle la separaba tan sólo un gran cristal con una puerta en su extremo derecho. Sobre maceteros y escalones cubiertos de raso verde unos tiestos de barro cocido exhibían las flores del tiempo. Al fondo, un arquito con una cortina daba a la trastienda en forma de triángulo. En el suelo de la trastienda, tallos recortados, hojas de camelia, ramas de esparraguera. Sobre un tablero, don Jacinto preparaba, con su guardapolvo azul marino, los ramos y confeccionaba melifluamente los arreglos.

—Aprende, niño, aprende. A ver si eres útil para estas delicadezas algún día. ¡Qué manos! ¡Qué manos tengo!

De los encargos se ocupaba la señorita Margarita, pintada como un coche de arriba abajo, con la cara chica y las caderas anchas.

—Qué casualidad, hombre —solía decir Ivo—: Jacinto y Margarita. Menudo ramo hacía yo con estos dos memos.

—¿Se le ofrece a usted algo? —dijo la señorita en chunga al verlo entrar—. Vaya horas. Tú siempre llegas con la tienda abierta.

—Déjalo, Margarita —intervino don Jacinto desde su cubil—. Como es el Día sin accidentes habrá venido más despacio.

—Cierto —dijo entre sí Ivo—. Todo está lleno de cartelitos. *Prudencia... Ellos lo esperan... La vida merece la pena...* Una niña rubia sobre un indicador de dirección prohibida, unos chiquillos cruzando la calle, una madre y sus hijos llorando...

—Eso es, don Jacinto —agregó en voz alta—. He venido más despacio por ayudarles un poquito a los coches.

—Pues ya estás llevando el encargo de anoche. Ahí lo tienes. Y sin torcer una flor. Me gustaría a mí ver cómo llegan los ramos.

—Igualitos que salen, don Jacinto. Pregunte usted por teléfono.

—Anda, anda. Y no tardes. Con accidentes y sin accidentes. Que siempre estás en Babia. Ah, espera un poco.

En la tienda entró un señor panzudo, con cartera y gafas. La cara era redonda y terminaba en una doble papada. Las patillas de las gafas se le incrustaban en la carne. A Ivo le entró gana de pincharlo para que estallara como un globo.

—¿Qué se le ofrece, señor? —se adelantó Margarita.

—Unas flores.

—No —pensó Ivo—. Va a ser un chocolate con churros. ¡Qué valor tiene!

—Pero, ¿un ramo o un centro de mesa: así, preparadas, en su cacharrito, que hace tan mono y luego puede servir para un sinfín de cosas?

—Bueno. Pues, sí. Con cacharrito.

—Inocente —pensó Ivo.

—¿De qué precio lo quiere el señor?

—Pues... De unas mil o dos mil pesetas.

—Mire usted. Este que ve aquí dispuesto es de tres mil. ¿Estará bien? Es casi de su presupuesto.

—Bueno. Pues sí.

—Inocente —siguió pensando Ivo.

El hombre gordo se llevó la mano al bolsillo interior.

—Lo mandará antes de comer, ¿verdad? —pagó.

—Descuide usted. Ahora lo lleva el chico. ¿Su tarjeta?... «Julio Martínez Capilla. Ingeniero de minas»... ¿Me da la dirección para el sobre? —Margarita se dispuso a escribir.

—Sí. Señorita Lo Távara. Lo: una ele y una o... Calle del Recuerdo, cinco.

—Nada más, señor. Muchas gracias. Hasta otro día. —Margarita lo despidió en la puerta. Se volvió—. Ya puedes matar dos pájaros de un tiro. Llevas el ramo de ayer y éste.

—Sí —dijo don Jacinto desde dentro—, que lleve la muestra del escaparate. Esas flores tienen ya dos días: así se aprovechan.

—Por eso —ratificó Margarita.

Ivo cogió la terrina con la mano derecha y el ramo de claveles con la otra. Ninguna de las casas a que se dirigía estaba lejos. Salió de la tienda.

Por la calle la gente andaba despacio a pesar de la hora. Volvía la cabeza; miraba los escaparates; se detenía en las aceras para charlar; se saludaban a distancia. La gente iba de claro y estaba alegre. Se conocía que mayo había llegado. Ivo caminaba, con sus claveles por un lado y su arreglo de flores variadas por otro, al lado de las casas, procurando no tropezar con nadie, silbando de cuando en cuando a Ernesto y Margarita, dichoso con su cargamento. Verdaderamente mayo había llegado con todas sus preciosas consecuencias. Sin embargo hay que aclarar que Ivo prefería las flores sin domesticar. Las de la tienda le parecían señoritas cursis, ensombrecidas, artificiales y parlanchinas. Ivo prefería los geranios, las malvas, los jazmines, las madreselvas, los jaramagos. O las yerbas del campo: el mastranzo, la juncia, la yerbaluisa, el poleo... A Ivo, ni para él ni para nadie, no le gustaban las prisiones.

En una bocacalle una vieja le preguntó qué día era.

—El Día sin accidentes, señora —contestó—. ¿La ayudo a cruzar la calle?

—No, si digo qué día del mes.

—Ah. Siete, señora: un número bonito. —Y siguió andando, pegado a las fachadas, levantando de cuando en cuando las flores para esquivar a un transeúnte.

—Lo Távara —pensaba—. Qué nombre tan precioso. Debe corresponder a una señora alta y pálida. Más pálida que alta. Pero joven. Muy joven. La deben querer casar con el hombre gordo a la pura fuerza. Qué faena. Y el tío pánfilo se lo dice con flores. ¿No

te parece, Ernesto? Deberíamos intervenir en este embrollo... Ya
lo sé. Ya sé que enseguida. Pero antes dejaremos los claveles a
esta Eduvigis García, que es una solterona antipática... me parece.

Y dejó los claveles.

La calle del Recuerdo era muy corta y de mediano aspecto. Muy
bien sabía Ivo que, para conseguir el encubrimiento de la violencia que contra Lo se ejercía, debía ser así.

—¿Verdad, Ernesto? Tú espérame sin alejarte.

Entró en el número 5. La portería estaba en el hueco de la escalera. Tenía una puerta con cristales pegados con tiras de papel.
La oscuridad era grande. Ivo, cegado, tenía que tantear el terreno
antes de asentar los pies para evitar caerse con el arreglo de
flores.

—¡Portera! —Asomó, como lo pudiera haber hecho por entre
los barrotes de una jaula, una mujer con pinta de pájaro.

—¿Qué pasa? Tanto portera ni portera —graznó con malos
modos.

—Que traigo esto para la señorita Lo Távara. Que me diga usted
el piso en que vive.

—Esa no está. La he visto salir a misa. Démelo usted a mí. —En
los ojos se le notaba la avidez por la noticia. Antes de que Ivo
hubiera llegado a la puerta, sabría ella de parte de quién venía el
ramo.

—No. Lo subiré yo.

—Bueno, pues en el segundo derecha. Lo que es como no esté
la idiota de Catalina...

Subió Ivo. La madera de la escalera estaba muy gastada. En el
primer rellano se detuvo. Comprendió que, entre la portera y la
idiota de Catalina, no le dejarían entrevistarse con Lo. Estaban con-
juradas. Pero, a pesar de todo, se saldría con la suya. Dejó sobre
un peldaño el cacharro con flores. Abrió el sobre. Extrajo la tarjeta de «Julio Martínez Capilla. Ingeniero de Minas». Sacó de un bolsillo otra de la tienda. Con el bolígrafo escribió estas palabras:
«Deseche todo temor. Tengo mis ojos pendientes de usted. La felicidad está muy próxima. Su esclavo, Ivo».

Cuando una mujer, con el pelo gris y muy despeinado, le abrió la puerta y le soltó un «¿Qué pasa?», Ivo se dijo: «La carcelera», y le pasó el alentador aviso entre las flores.

No obstante, añadamos algo que Ivo no llegó a saber. Don Julio Martínez Capilla, Ingeniero de Minas, casado, era primo lejano de la señorita Lo Távara. Aquel día había sido invitado a almorzar con ella. La señorita Lo tenía cincuenta y cinco años. La señorita Lo tenía, además de cincuenta y cinco años, un genio inaguantable y una nariz superlativa. La señorita Lo había sido fea desde niña y se había perfeccionado por el uso. La señorita Lo había sido, también desde niña, una completa solterona. Pero al leer la tarjeta que acompañaba a las flores, la señorita Lo quedóse un momento en suspenso. Suspiró· con quinquenios de retraso. Reclinó la frente sobre el marco del balcón. Olió una de las flores, que no olía a nada. Volvió a suspirar. Se estremeció. Tomó el devocionario de encima de la mesa. Suspiró. Llegó a la iglesia sin enterarse. Suspiró. Y puede decirse que aquella mañana la señorita Lo no oyó con devoción la misa. A la hora del almuerzo, no agradeció a su primo lejano don Julio Martínez Capilla, Ingeniero de Minas, su delicado obsequio, que ocupaba triunfante el riguroso centro de la mesa, y su primo lejano la encontró además todo el rato extraordinariamente distraída.

En la puerta de su casa, desenvolvió los dos claveles: uno, para la abuela; otro, para Mariblanca. Pero la abuela estaba inconsolable.

—No hay comida, hijo. Absolutamente ninguna. He mandado a Mariblanca a la plaza y se ha ido al parque.

—¿Otra vez al parque?

Desde la peluquería, irrumpió Mariblanca con expresión dolorida:

—Oh, Ivo, estaba deseando que llegaras para contártelo. Ya sabes cómo adoro las cosas diminutas: una hojita de yerbabuena, un ala de mariposa, un trocito de lápiz, un pétalo. Hoy he visto un poquito de tierra. Ay, ay, ay, qué maravilla. Está hecho de nada: de granitos, de cristalillos, de patas de hormigas, de cachitos de hueso, de limaduras de piedrecillas. De multitud de nadas. ¿Tú lo has visto? Ay, y apareció.

—¿Quién?

—Ella.

—Una lagartija —le aclaró la abuela—. Qué porquería. Por su culpa nos ha dejado en ayunas.

—Tan graciosa y tan estilizada como un brochecito de turquesas. Era recién nacida. La garganta le hacía tac-tac. Se azuleaba más de la cabeza a la cola. Y sabía manejar la cola descuidada y elegantemente, como si ya tuviese edad. Yo le tiraba piedrecitas por juego y ella, desconcertada, se acercaba cada vez más a mí. De repente, sin yo querer, le rozó una y le desprendió la cola. Fue como si se la hubiese desabrochado. ¡Ay! El pequeño rabo se puso a saltar como un loco. Vino una hormiga negra. Lo mordió por la punta. Resistió las sacudidas. Subió. Bajó. Pero no lo soltaba. Luego lo arrastró no sé adónde. Odio a la hormiga y al éxito de la hormiga. Hoy que era el Día sin accidentes... —Y se cubrió la cara con las manos.

—Ya le he dicho yo —intervino la abuela— que no se preocupe. A su lagartija le saldrá otro rabito. ¿Verdad, Ivo? Díselo tú también.

Ivo le separó las manos, las besó, le dio su clavel y la convenció de que ya le estaría creciendo un nuevo rabo a la lagartijita. Después bajó a la calle y subió un poco de comida fiambre.

Se sentaron a la mesa. La abuela exclamó:

—Olvidaba arreglarme. Ivo, por favor...

Ivo le alcanzó una caja de lata. La abuela extrajo collares de cristal, sortijas y unas cuantas pulseras. Distribuyó todo convenientemente en su cuello, sus dedos y sus muñecas. Luego se clavó en el pelo una alta peineta de falsos brillantes.

—Empecemos —dijo bendiciendo la mesa en latín—. *Benedictus benedicat.*

—Aprovechando la ocasión de esta sana comida, si bien un tanto helada, no puedo por menos de contaros una verídica historia —comenzó a decir la abuela—: La gallina era blanca, se llamaba Dolores y estaba relativamente harta de andar todo el día perseguida por sus polluelos. La zorra era delgada, se llamaba Fly y estaba relativamente harta de pasar hambre. El perro era de color perro, se llamaba Tom, como todos los perros, y estaba relativamente harto de guardar el corral en lugar de irse por ahí de bureo, a ladrarle a la luna con sus amigotes.

»Los tres, sin embargo, cumplían, aun a regañadientes, su obligación: la gallina se balanceaba delante de los pollos; la zorra frecuentaba el hambre; el perro se atenía a su penoso oficio de guardián. Hasta que un día, los tres la quebrantaron. Viendo escaparse al perro, la gallina asomó el pico fuera de las bardas del corral. Y estaba entusiasmada ante la danza de los juncos del río, cuando sintió los dientes de la zorra. "Qué juncos tan raros —pensó—, cómo pican." Pronto salió de su mortal error. No obstante, estaba ya a sus buenos cien metros del corral, extrañada de que sus pollitos no la siguieran esta vez.

»Cuando Tom regresó era demasiado tarde. Sin pararse a pensar, corrió en persecución de la malvada zorra, que se alejaba a ojos vistas, con las fauces inundadas de gustosa saliva, recreándose ya en su banquetazo. El buen Tom ganaba terreno. Cada segundo se aproximaba a la víctima y a la delincuente. Su asombro fue indescriptible cuando vio que la zorra se detenía y, después de diversas contorsiones, se acostaba en tierra. Tal asombro creció al ver que, suelta, también Dolores se acostaba. El repentino sueño de las dos lo llenó de curiosidad. Se acercó. Agachó el hocico. Miró. Olió. Pero no mucho. Porque enseguida decidió acostarse junto a las otras dos.

»¿Qué había sucedido? Una cosa sin importancia. El perro, antes de dormirse, había visto un delgado hilo de alambre tendido en el suelo. Y, en efecto, así era. Un cable eléctrico había dormido a la víctima, al criminal y al policía. ¡Qué sutil acertijo! ¿Nos sería posible comprender a quien dispone esta extraña justicia? Decidme, por favor —concluyó la abuela—, ¿nos sería posible comprenderlo?

En el patio se oyeron gritos:

—¡El recovero! ¡El recovero, que me mata a mi niña!

La abuela dijo:

—Ya está doña Rosario de paseo con su niña. Lo menos son las tres.

Ivo se asomó a la ventana. El toldo verde daba al patio una luz de jungla. Doña Rosario, de negro, empujaba una silla de ruedas, donde había un cuerpo desmedrado, blanquecino, vestido con un traje de un azul rabioso, con flores en el pelo y una pulsera en un tobillo. La cabeza le colgaba sin fuerza sobre el hombro derecho. Sus ojos eran como dos boquetes. Podía tener lo mismo treinta años que ciento quince.

—Guapa, reina, ¿te han hecho daño a ti, mi vida? —La cara ladeada no hizo gesto alguno. Los ojos no se habían movido. Ni la boca—. Vaya por Dios.

—Vaya por Dios —dijo también el recovero—. Perdone usted. Llevo un día... —Y con la bicicleta cargada de cestas se metió en su casa.

La abuela, junto a Ivo, comentó por el toldo:

—Ya nos ha echado esa mujer el manto. Tocaron a no ver. Yo me siento como dentro de un acuario. ¡Casera! ¡Casera! Que me están creciendo aletas. Mujer, levántenos usted un poco estas enaguas.

El patio se había ido poblando de niños innumerables con el pelo rubiasco del sol. Se reunían, en concilios vociferantes, con palos y cañas de escoba, alrededor de un poyo circular abarrotado de macetas. Algunas mujeres comenzaban a coser en sus puertas, sentadas sobre sillitas de anea como la de la abuela. Olía a comida, a flores, a polvo, a risas. Olía descaradamente a vida.

A las seis de la tarde, con un arreglo de rosas y gladiolos amarillos en la mano, Ivo, distraído, caminaba despacio. Pasaba por una calle a ambos lados de la cual se abrían pequeñas tiendas. Con los ojos cerrados, decía la mercancía de cada una: helados, especias, zapatos, leche... Sólo por el olor. Una mujer alta y enjuta hablaba con el revocador de una fachada:

—No vuelvo más. Son malas. No hay ni una buena. Todas son igual de malas.

En una esquina un cura, en una moto, estuvo a punto de atropellar, sin éxito, a una muchacha. Después del susto, ella, con los ojos casi redondos, sonreía. A todo lo que encontraba. A Ivo, por ejemplo. Ivo también sonrió. Y el cura. Y la moto. Atravesó una plaza. Se cruzó con un motocarro conducido por un muchacho de su edad, que apenas pedaleaba, con la camisa abierta y fuera del pantalón, flotando. La gente, sin apresurarse, iba camino del parque. Ivo tenía que cruzarlo. Sobre la tierra había hojas desprendidas. En los bancos muchas personas sentadas, voceándose y riendo alto. Algunas flores olían tan fuerte que parecía que chillaban también. Como los niños chicos. Unos muchachos jugaban con piedras, con pelotas, con bicicletas. Para avanzar, había que saltar sobre niños agachados, arrastrándose o haciendo pis. Las niñas cantaban con las cinturas cogidas:

«Qué hermoso pelo tiene,
Carabí urí, carabí urá.
Qué hermoso pelo tiene,
¿quién se lo peinará?»

El cielo se asomaba, de un azul dorado, tierno, casi comestible, entre los árboles más altos, donde mejor cantan los pájaros. Ivo se volvió para hablar con Ernesto y Martita:

—Aquí se va viviendo —les dijo. Pero se había puesto un poco triste. Levantó la mirada. Vio la luna borrosa, blanca y menguante. Se animó—. Podríamos subir. Sin armar tanto lío como arman los americanos. Nosotros tres. Luego volveríamos por la abuela y tía Mariblanca. Y encontraríamos allí a todos los demás. Allí nunca es de noche ni de día, sino otra cosa diferente. Si admiten monos y perros, también a vosotros os admitirían, digo yo. Iríamos en un vuelo. Puffff... Una estrella, otra estrella. Aquí, no. Aquí, no. Más alante... Aquí, Ernesto. Y tú te pararías, con Martita, asustada la pobre, sobre tu cruz.

Había salido del parque. Ahora iba bajo las espesas acacias de fuera. Una rosa del ramo le decía, muy repipi, a un gladiolo:

—Ustedes son los que nos siguen a nosotras. Retírense, por favor, que luego se murmura.

El gladiolo cabeceaba con aire de guasa. Por delante de Ivo pasaron dos niñas de tres o cuatro años, cogidas del brazo. Una decía:

—Si tú vas asín y te chocas con tu novio, ¿te vas a quedar asín? ¿No te va a dar un vuerco el corazón?

—¿De qué color será la luna? —se dijo Ivo—. Alegre. Yo creo que será alegre.

Por una ventana baja abierta salía una voz:

—¿Te das cuenta? Lo ponen en pasiva. Piénsalo bien: en pasiva.

Fue a cruzar la calle. La rosa decía:

—Ay, qué pesaditos. ¿Por qué insisten?

—Iremos esta noche —dijo Ivo a sus amigos—. Sin falta. Ya veréis. Esta misma noche estamos allí.

Ivo no pudo pensar más. Un coche blanco se le echó encima. Lo arrojó contra la acera. Su nuca golpeó con el bordillo. Las rosas y los gladiolos se esparcieron a su alrededor. Se hizo un silencio momentáneo y enorme. Todo en la tarde abrió los ojos sorprendidos. También Ivo se había quedado con los ojos abiertos. Ernesto y Martita, junto a él, se miraron gozosos y exclamaron:

—¡Por fin!

Entre la gente que se arremolinaba, aleteó una gaviota. Y se escucharon los ecos de un galope. La luna pareció tender los brazos.

LOS RINCONES OSCUROS

I

A medida que anochecía, comenzó a sentir que el pelo se le iba volviendo rojo oscuro. Se llevó la mano a la cabeza y miró los dedos, por ver si estaban teñidos de rojo. Pero no. Fue entonces cuando se dio cuenta de que la herida de la pierna había dejado de dolerle. Con cuidado se remangó el pantalón. Buscó arriba y abajo. Buscó en la otra pierna. Pero no descubrió herida alguna. Cerró los ojos un momento y sintió un ligero mareo. Con la sien derecha apoyada en el tronco del árbol, intentó convencerse de que otra vez se había equivocado. De que no silbaban las balas ni él era un pobre soldado. Ahora se encontraba mejor. Ahora se encontraba casi bien. Pero quería estar seguro de algo: del sitio en que se encontraba o de otra cosa cualquiera.

Levantó su mano derecha a la altura de los ojos. Se miró la palma, hundida y amarillenta. No le recordaba nada. No había visto antes esa mano... Él sabía que, hace mucho tiempo, alguien había contemplado la lluvia exterior con la frente apoyada en los cristales. Alguien de corta estatura, quizá un niño, y de un color notablemente azul.

Hoy todo era distinto. La mano ésta podía pertenecer a una persona que no supiera lo que él sabía y que quizá ni siquiera hubiese contemplado la lluvia mientras empañaba con vaho los cristales... Había también unos grandes autobuses amarillos y podría ser que una mujer, con un mantón negro, cruzase la calle de un momento a otro. No estaba muy seguro de lo que después sucedería.

Siempre hay un armario cerrado cuya llave se ha perdido hace tiempo, y una voz que pregunta qué estará pasando dentro y a qué se espera para morir.

A medida que la tarde iba cayendo sufría un poco menos. Pensó en la larga cuesta que bajó al mediodía, y vio delante de él el pico de un monte que tenía aún algo de nieve. Pero estaba lejos. Cerca sólo había una tierra rojiza y el tronco del árbol. La cuesta había que subirla después, mucho después, si fuese posible, teniendo buen cuidado con las piedras que, sin duda, resbalarían. Sí, luego. Por de pronto era preciso estar seguro de alguna pequeña cosa. Tocó la tierra por si estaba caliente, y de pronto pensó que todo empezaba a ser inútil.

O mejor, que todo acababa de ser inútil. Porque al pie de la malva real aquella, en el pueblo donde se habían muerto de viejos sus abuelos, vio correr a la hormiga...

Al principio no le concedió la menor importancia. Lo veía bien claro: estaba vestido de blanco y tenía tres años. De haberlo imaginado antes habría reventado de risa. Pero era tarde. La hormiga tenía la cabeza más grande que el cuerpo y un hermoso color leonado.

Sin embargo, ¿era aquello la cabeza y esto el cuerpo? ¿Le llegaba la cabeza a la cintura o es que la cintura le llegaba hasta el cuello? Con una pajita, sin saber por qué, la partió en dos. Y de repente supo que se había quedado infinitamente solo.

Tenía la cara húmeda, pero no hizo caso. Sonrió al recordar que hay quien se pasa la vida silbando o tocando una flauta sin que la serpiente se enderece sobre su cola. Los perros sí suelen levantarse y apoyarnos las manos sobre los hombros. Pero es que los perros son distintos a todo...

En algún remanso había él visto, cerca del verde oscuro de las aguas, una multitud de pingüinos totalmente blancos y muy despeinados, como una piel acariciada a contrapelo. Eran pequeños, de algo menos de una cuarta, igual que pichones, y tenían una boca redonda, charolada y vibrante como la de los gusanos. Esos gusanos que, a la hora de la siesta, acostumbran subir hacia el embozo desde los pies de la cama, hasta que se grita agitando de modo vertiginoso la cabeza. En algún remanso se había él sentido desgraciado y con la cara muy húmeda. En efecto, el atardecer produce siempre una cierta extrañeza y es difícil atinar con algo muy seguro.

Él estaba convencido de que, pasado un tiempo, podría abrir los ojos y ver el techo de color heliotropo. Y entonces, todo sería mentira y podría dormir. Y, metiendo la mano en el bolsillo de su americana, encontraría la llave. Por eso, ahora se retardaba entre estos soportables sufrimientos. Hasta que, como un hachazo, sintió en el entrecejo una pregunta: ¿y si abriera los ojos y viese el techo heliotropo? Todavía tenía la mano levantada a la altura de los ojos. Un cosquilleo le subía desde el codo. Con los ojos cerrados, se miró la palma. Estaba llena de trozos de hormiga. Gritó dos veces. Un poco de luz se filtraba por debajo de una puerta. Quiso con todas sus fuerzas despertar. Pero le era imposible.

Desde la boca, por la comisura derecha, le corrió un hilo de sangre oscura. Fue la última certeza.

II

Iba la niña a la cabeza del ejército vestido de amarillo. Tenía una larga melena rojiza y su carne era verde pálido. Un verde lleno de hambre. Un verde a punto de morirse de tristeza. Un verde a punto de dejar de serlo.

Todos iban nadando de pie. Marcando el paso sin ruido. Moviendo los brazos como aspas de un molino dormido. Con las caras extraviadas. Sólo la niña estaba viva. Viva en el aire sin aire. Como un pájaro que consistiese todo en un poco de bermellón sobre un poco de oliva. Sin un trino. Sin otra cosa que eso. Es necesario fijarse bien, y que quede bien claro: sin nada más que eso.

Entonces precisamente fue cuando la niña recordó que tenía que hacer su gimnasia diaria. Su gimnasia de las siete de la mañana, con la ventana abierta, mirando las borlas de sus zapatillas, la criada de enfrente sacudiendo la alfombra; las borlas de sus zapatillas, la criada de enfrente; las borlas, la criada; las borlas, la criada...

El mar dormía entre ella y la caseta a rayas, donde estaba —con su malla rosa— la gimnasia sobre las puntas de los pies, con una barra de 100 kilos de peso entre los dedos, por encima de su cabeza.

Fue necesario correr, correr, correr. Con la ropa por la cintura (su trasero tiene hoyitos como el de los niños), entre los salivazos del mar interminable. Llegaba tarde casi, arrastrando el pelo por el agua, como un cometa borracho, mojándose los zapatos de charol con botones y los calcetines blancos.

Cuando pisó la playa se puso a llorar. Se puso a llorar con la cara entre las manos porque se había empapado los lazos de las trenzas.

Se requiere conocer las enigmáticas propiedades del granito, sus diminutas y relucientes propiedades, las aptitudes de la sensitiva y de la mimosa, para poder llorar, de pie, a solas, en una playa desconocida. Para poder llorar —lo cual no es bueno— sin una mesa por delante, sin una silla, sin un hombro de nadie por delante.

Se necesita haber sobrepasado muchas veces la velocidad del sonido, tener dentro de la cabeza una escafandra, para poder llorar a solas, como el que orina. Para poder verter encima del mar un llanto rigurosamente inútil.

Con una anémona en la mano, la niña estaba quieta. Con una estrella de mar sobre la raya del pelo, la niña estaba hermosa. Sólo que nada servía para nada.

Y, por fin, se dio la vuelta y entró en el circo. En medio, un chimpancé en pijama marcaba números en un teléfono y se quitaba unas botas blancas. Se oía reír a la gente, pero no había nadie. En la pista estaba el chimpancé guiñando los ojos, rascándose la barriga con toda su furia, sentado sobre una pequeña cama de color de rosa.

En ese momento fue cuando empezaron a entrar por la ventana los percebes. No antes, sino en ese momento. Y venían hacia mí, que no estaba allí ni en ninguna parte, golpeándome con sus pezuñillas; besándome con unos besos grandes y redondos como sortijas. Y me iba quedando sin sangre, poniéndome del color de los percebes, que se hinchaban hasta engordar como brazos de cocinera. Deprisa, deprisa, cada vez más deprisa. Cada vez más deprisa...

Se necesitaría saber lo que tarda una medusa en dar la vuelta al mundo; lo que tarda un alga en transformarse en ángel; lo que un escorpión tarda en realizar un acto de caridad perfecta, para entender todas estas cosas. Sólo las estatuas que pasan las noches de noviembre en los parques podrían entenderlo. O la luna. Quizá la luna también sepa algo de esto; pero con ella no se puede contar...

III

Uno se sienta y mira. Y ve el mar palpitando. Lleno de ramos encendidos, de botellas naranjas, de ciervos llenos por todas partes de raíces, de ojos de vidrio, de náufragos dormidos en sus hamacas.

Se ve el mar, ruidoso como un párvulo. Jugando sin descanso al rugby como un adolescente. Haciendo sin cesar el amor, como un joven etíope. Recordando, recordando como un viejo marino.

Pero yo sé que debajo de tanta tramoya hay algo que no gira. El centro mismo donde descansa el vértigo. La médula del mar, que es más el mar que el mar que valsa y rueda y topa con la frente florida de vellones.

Hay algo allí que se está quieto, que se hace sin cesar el dormido, que sostiene, que rige. Que se hace el dormido. Que perdura...

Y uno vuelve la cara. Y ve a la belleza beberse el decimosexto ginfizz de la tarde.

Ve a la belleza con pantalones cortos saltando en la punta de su pértiga.

Ve a la belleza trepando por las rejas de la Casa de la Moneda.

Ve moverse un amatista claro y, colgando de los alambres, una remota camisa de seda amarilla, de cuando nada se había torcido para siempre.

La belleza, montada en motocicleta, estrellándose contra los autobuses. Alzando los ojos a los semáforos. Con la dirección rota, dando alaridos de júbilo, impotente contra el volante, subiéndose sobre las aceras...

Yo no entiendo muy bien esto que digo, pero hay uno que lo está entendiendo. Uno que me conoce mejor cada día y a quien yo, escondido, acecho y no descubro.

Cuando el día 17 de octubre, a las ocho y veinticinco de la tarde, alguien os quiera tirar de un puntapié el cigarrillo que estéis fumando, miradlo a los ojos. Bebedle los ojos con la atención con que se bebe a través de una pajita un batido de frambuesa. Y en adelante os dará todo lo mismo...

Hay un pavo real que arrastra una bandera de diamantes por todas las playas del Pacífico. Hay una palmera azul que da dátiles de oro. Hay un gato de Cheshire que es sólo una sonrisa prendida en el aire... Yo no sé más. Yo no sé más que eso.

IV

Siempre me lo andan diciendo: que no borde sin cañamazo. Como si fuera tonto. Me he casado tres veces; he tenido doce hijos: ¿qué otra cosa se puede hacer más que bordar sin cañamazo?

Mi primera mujer tuvo tres hijas. Pero eran demasiado pequeñas: no servían. Poco a poco se fueron perdiendo. Las guardábamos en cajas de zapatos, y con un algodón, cada mañana, les limpiábamos los ojos. Una me parece que se ahogó en un campo de arroz... Era muy risueña. La madre es la que era muy risueña. Las niñas, no. Se llamaba María. María y algo más. Pero de todas formas es lo mismo. La madre, digo.

A la segunda mujer empezaron a salirle hojas el mismo día de la boda. Hojas grandes y brillantes. Todo se puso perdido en el otoño. No había modo de mantener la sala decente. Y los pájaros ensuciaban la batería de cocina. Era muy alta y muy dura. Pienso yo que demasiado dura. De poco le aprovechó a la pobre: un guardia forestal se la llevó una mañana, que daba pena verla.

La tercera mujer no sé nunca por dónde anda. Si hay luz, no la veo. De noche va y viene, y se pone a temblar de arriba abajo. Si se respira fuerte, se apaga. Si no, con sus mordiscos te levanta ampollas en el cuello. Nunca se está a salvo.

El día menos pensado, cierro la casa y me voy a bordar a otra parte.

V

Mi hermano era médico. Mi hermana se casó con un Gil Torres, también médico. Todos eran médicos por parte de mi madre. Por la de mi padre, no: telegrafistas. En mi casa todos han sido siempre hombres de carrera.

Mi marido era viajante, pero muy alto. Yo he estado en toda España y la mitad de América. En Valencia, cuando yo chica, por seis reales te daban un kilo de naranjas o una arroba. Y te la llevaban además a tu casa. El cielo estaba siempre azul y mi hermano era médico.

Yo me casé con un viajante. Y, por la nochebuena, en Buenos Aires se me murió mi hijo. Todos decían que aquel verano vino muy caluroso y se iban a las playas locos de contentos. Yo empecé a tener frío, y a ver la nieve por todas partes, y a sentir unas ganas grandísimas de comer naranjas con cáscara. Y aquel frío y aquellas ganas no se me quitaban con nada, ni con naranjas. Y mi marido no se quiso venir a España, porque él era viajante. Y me vine yo. No he vuelto a saber de él ni de mi hijo.

Se quedaron los dos en Buenos Aires. En mi familia, por parte de mi padre, todos eran telegrafistas.

Mi hermano Pedro tocaba la guitarra. *La favorita* y muchas óperas. Yo tocaba el laúd. Por afición, porque nadie me daba nada. Me sentaba en el suelo y me ponía a tocar. Mi madre se ponía blanca, blanca y se iba yendo, yendo, yendo... Me sabía la boca a sal o como a hierro oxidado. Allí, al lado de la chimenea, me acordaba de mi hijo. Pero no me podía acordar mucho tiempo, porque todavía no había nacido. Creo.

Cuando volví, como ya no tenía hijo, me coloqué de cocinera, y por las noches tocaba el laúd para que no me pasara nada malo. Y mi madre venía a oírme tocar. Venía, es decir, iba viniendo...

Una noche entró la señora en mi cuarto y me dijo: «Estrella». (Yo me llamaba Estrella. He tenido el pelo largo y negro. No muy rizado, pero lo suficiente. Ahora me lo han rapado. A María Antonieta le cortaron el pelo antes que la cabeza: siempre pasa lo mismo.) Y me dijo:

—Estrella, no me gusta esto. Esto del laúd no me gusta.

—Puedo tocar otra cosa —le contesté.

—No; no me gusta que una criada toque el laúd: es ridículo. Será mejor que yo se lo guarde.

Me lo quiso quitar. Yo le di con el atizador de la chimenea en la cabeza. La debí de convencer. Pero no dijo nada. Se quedó quieta sin decir nada, ni una palabra sólo.

Luego ya me quitaron el laúd. Y me quedé aquí sola. Sin madre y sin hijo, porque ellos no vienen a oírme tocar. Y estoy aquí, mano sobre mano, no sé hasta cuándo. Por más que, aunque me trajeran el laúd, no podría tocarlo. Las manos se me han puesto de una forma muy rara. Y cuando estoy alegre canto, canto, canto, canto... Canto hasta que me sale sangre por la nariz y me caigo redonda al suelo, riendo.

VI

Él se fue para diez minutos. Pero yo le dije: traeme una rana verde. No dejes de traerme una ranita verde claro, como aquellas que vimos a la vuelta de Cáceres cayendo entre la lluvia.

Todo el mundo tenía puestas las televisiones. Y yo salí al balcón a decírselo a voces: «Honorio, la ranita, no te olvides».

Porque él no quiere tener hijos. Dice siempre que él y yo estamos bien así, solos. Y se va por las mañanas con todas las mujeres de la ciudad. Y yo me quedo sentada en la cama, hasta la noche. Pero él entonces, cuando vuelve, no quiere tener hijos, porque no se puede viajar con niños.

Los trenes iban atestados. Pero me pondrán un niño en brazos y una cesta de huevos debajo del asiento. Yo lo guardaré. Yo lo guardaré.

Me dicen que no es verdad. Pero yo lo he visto con una mujer rubia, del brazo. La miraba. Yo también soy rubia, pero menos. Y además, es distinto. Cuando voy a besarlo me dice: «Bah, cosas de putas; yo no quiero tener hijos». Y empiezan a abrirse las puertas una a una y entra el toro negro con las puntas de los cuernos blancos y me mira. Toda mi sangre, toda mi sangre... Porque yo sé lo que quiere, y me tiendo, y cierro los ojos. Hasta que me despierta la sangre.

Cuando me afeité la cabeza y me rellené los arañazos con polvos de talco, me dijo: «Tú estás loca». Y yo me estuve mirando en el espejo toda la tarde, hasta que salió la luna. Y la luna era yo.

Sé que es verdad, pero me callo. Porque vale más callarse y cerrar los ojos. Para que se abran las puertas y no se sepa nada de nada.

Parece mentira que una cosa tan pequeña o una cosa tan grande... Y luego el abanico y la mecedora. Así, así, así. Entraban mariposas de todos los colores, pero yo no tenía ganas de bromas. Me quedé, apoyada en la barandilla del balcón, despidiéndolo: «La rana, Honorio, la rana verde, que no te olvides».

Iba vestido de gris, como siempre, con su camisa zurcida. Pero de esto hace ya cien años. Cuando aquel niño se cayó del triciclo, y la maceta se desprendió del balcón al mismo tiempo, o casi.

VII

«¿Me amas más que cstos? ¿Me amas más que estos?» «Sí, señor. Sí, señor.» Y así estuvimos toda la tarde, paseándonos por el lago. Él decía: «Yo no soy yo. Yo soy el Señor». Pero la gente se miraba a hurtadillas y se reía. Eso pasa ahora. Yo digo que soy San Pedro, y me preguntan dónde tengo las llaves. Se me han olvidado en alguna parte las llaves. He perdido las llaves en alguna parte. Pero yo soy San Pedro.

Muy bien sé yo lo que pensar... Pero no es verdad. Yo no estoy loco, porque sé que cuando soy San Pedro es que no soy San Pedro. Porque si digo: «Yo no soy yo», no quiero decir que no sea yo, sino que no soy lo que ellos ven. Pero por dentro soy yo un poco todavía. Y ellos, por fuera, no me ven. Me ven sólo a mí. Yo sé lo que digo.

Esta gente que me mira y se ríe da pena. Cuando él hablaba yo cerraba los ojos y lo veía, y si abría los ojos, era mucho peor. Porque cuando se ha llorado mucho, casi no se ve nada, y brilla el aire, y entonces se tropieza y se pierden las llaves.

Yo soy yo. Pero no puedo decírselo a ellos. Para ellos, yo no soy yo. Porque dentro estamos los dos apretados. «¿Me amas más que estos?» «Sí, señor», contesté. Y desde entonces: «Sí, señor; sí, señor; sí, señor». Toda la vida es eso: apretar las llaves. Cuando se abren las manos, están vacías. «Sí, señor. Sí, señor...»

Y vienen, y se ríen. Si ellos hubieran oído cantar un gallo aquí, encima del hombro izquierdo, durante tantos años, ya verían. Pero es mejor decir lo otro, y ponerse a barrer la casa y a ordenar los baúles.

Y si no, que me miren la cara y las manos... Ya no es como antes. Ahora empiezo a predicar y me vuelven la espalda: «Otro día será», dicen. «Tómate este vaso de leche.» Y el gallo aquí, cantando, aleteándome contra los ojos. Y el otro preguntando: «¿Me amas más que estos?» Yo podría decir: «Dadme el vaso de leche», y bebérmelo de un tirón, y acostarme temprano, y dormir, dormir, y salir por las mañanas a la granja a recoger los huevos del gallinero y a acariciarle a las vacas la frente. Pero no puede ser. Porque el gallo está despierto siempre, con los espolones y con las alas. Y tengo que buscar también las llaves. Que me las han escondido ellos, los niños. «San Pedro Quiere Rosquillas.» Y van en la Semana Santa detrás de mí, alborotando, como cochinillos. Y yo no paro de oír a este gallo cantar, cantar, cantar. Y de pronto: «¿Me amas más que estos?» «Sí, señor; sí, señor; sí, señor.» Y le paso al gallo la mano por las plumas, y es como si se durmiera. Pero yo sé que no, que cuando diga: «Yo no soy yo», me meterá de oreja a oreja su quiquiriquí, como una aguja de hacer punto.

VIII

Cuando se toma una taza de consomé caliente al lado de un mandolinista, todo el mundo sabe que es fácil morirse de repente.

Cuando se atraviesa, de madrugada, un pasillo en tinieblas, se percibe ciertamente un fuego fatuo en los rincones más oscuros.

Cuando se intenta meter una bala de carabina por el ojo de un rinoceronte, se comprueba cómo los ángeles se paran un momento.

Cuando la luna se pone a soltar sus enjambres azules, catorce ovejas abortan sobre la paja.

Cuando se eriza el vello de los muslos, no se distingue bien el sabor de las bocas ajenas. (Cosa que, por otra parte, tampoco es indispensable para perder la vida.)

Cuando Casiopea sufre un desmayo, hay una víbora que introduce la cola en la boca de un niño mientras sorbe el pecho de su madre.

Cuando llueve desesperadamente sobre el mar, se desatan las doncellas los lazos de la enagua y suspiran con los ojos entornados.

Cuando en la playa más recóndita agoniza una ostra, se descuelgan los vasares en un hotel de lujo.

Cuando en un cine ponen en marcha el fumigador de ozono pino, siempre hay en la fila 17 dos personas que se aprietan las manos.

Cuando un avión negro bombardea el Extremo Oriente, puede decirse que la primavera está próxima.

Cuando un hombre de mediana edad hace lo que se le ocurre, es muy probable que lo conduzcan a la silla eléctrica.

Cuando se encuentra la llave del armario cerrado es demasiado tarde para abrirlo.

El mariquita

La cúpula de la Capilla de la Anunciación tenía azulejos blancos y verdes. Desde la azotea, yo los veía brillar al sol como fragmentos de cristal en un estercolero. La Capilla estaba en las últimas. Todo el santo día, con un libro en las manos, iba y venía yo de una claraboya a otra: desde la que daba al almacén de maderas a la que daba al patio de mi pensión, situada en el número ocho de la calle.

El mariquita vivía en el número doce. En un cuartito de su azotea, junto a los lavaderos. El mariquita lavaba su ropa y cantaba. Durante el día, no hacía otra cosa más que lavar su ropa, cantar y echarle de comer al canario, al que piropeaba hasta ponerlo histérico dentro de su jaula. Por la noche, no sé.

Doña Antonia lo llamaba *el hombre malo*. Doña Antonia era muy fea, la pobre, pero oía tres misas cada mañana y mataba de hambre a los huéspedes de su pensión. Dieciocho pesetas, lavado aparte, y un plátano de postre. El cuarto de baño estaba pintado de añil. El huésped principal, el más antiguo, se llamaba Cándido, y era dependiente de unos ultramarinos. Doña Antonia, además de la pensión, tenía un gato gordo y estúpido, que se pasaba el tiempo mirando al canario del mariquita. Atendía por *Moro;* pero no atendía casi. El mariquita, cuando le echaba la vista encima, le tiraba trozos de leña y lo amenazaba de muerte. Una noche el gato se perdió.

—¡Estudiante! ¡Estudiante!

Yo levantaba los ojos del libro y miraba al mariquita tender una camiseta.

—¿Has visto cómo se han puesto los geranios?

Yo decía que sí con la cabeza, y seguía hacia la claraboya que daba al almacén de maderas.

Al lado había un tostadero de café. Por la tarde, toda la calle olía a café solo muy cargado.

—Ay, por Dios. Con tanto café, luego uno no pega un ojo en toda la noche.

Yo pensaba una grosería y avanzaba hacia la claraboya que daba al patio de mi casa.

—¡Estudiante! ¡Estudiante!

El mariquita se descolgaba del cuello una taleguilla, donde guardaba los alfileres de la ropa acabada de tender.

—Ay, la primavera, chiquillo, cómo viene la tía, ¿tú la has visto?

Yo, sin querer, dejaba de pensar en el derecho hipotecario y pensaba en la primavera, en los geranios y en el desaparecido gato de doña Antonia. También pensaba dónde iría el mariquita al oscurecer.

—Mañana llega mi Paco con la licencia.

Su Paco era moreno y esmirriado. Se parecía un poquito al canario, pero en más grande. Y no cantaba. Se sentaba en la barandilla de la azotea («Ay, Paco, que te vas a caer») a fumar y a ver al mariquita lavar su ropa. De vez en cuando, llenaba un cubo de agua y se lo echaba al mariquita por la cabeza. El mariquita corría por toda la azotea dando gritos como una rata.

—Ay, Paco, qué risa. Ay, que ya no puedo más. Ay, qué bien lo pasamos. Ay, por Dios.

Su Paco se volvía a sentar en la baranda.

—Paco, ten cuidado, hijo, que te vas a caer. Ay, qué palpitaciones me dan sólo de verte.

Y cantaba a voz en cuello:

«De mí, ¿qué sería sin ti?
De mí, ¿qué sería sin ti?
Sin ti...»

Su Paco le volcaba otro cubo encima.

Su Paco no le debía ser muy fiel que digamos. El mariquita, algunos días, cerraba la ventana de su cuarto y no lavaba ni cuidaba al canario ni regaba sus geranios ni decía esta boca es mía. Hasta que de pronto, una mañana, aparecía con el pelo más rizado que nunca, y cantaba más fuerte y peor.

—Estudiante, guapetón, ¿de verdad que te has fijado en la primavera? Qué hermosura. Mi Paco está al llegar. Se me sale el corazón por la boca. El delirio. Ay, qué tontísimos somos, teniendo la felicidad tan a la mano...

Por la mañana del día de la Ascensión los azulejos reverberaban más que nunca. El mariquita nunca trabajaba en las fiestas de guardar. Pero, dentro del cuartito, menudo jaleo había formado.

—¿De dónde vienes, anda, de dónde vienes? Atrévete, si eres tan hombre. Me lo han dicho todo, grandísima pécora. Pasando hambre: pasando hambre que estoy para que no te falte a ti de nada. Ni tu tabaco, ni tu aguardiente, ni tu de nada. Y la ropa, como el mejor del barrio. Aquí estoy, como una tonta, planchando con la calor que hace. Una víctima desgraciada es lo que soy. Que si quiero desayunarme tengo que esperar a que tuesten el café los de ahí al lado y respirar hondo. ¡Ay! Y te portas así conmigo, cuando deberías de besar el suelo que yo piso.

Hubo una pausa en que cabrillearon más los azulejos de la cúpula.

—Con esa guarra, Dios mío, con esa guarra, que se salvó cuando los Inocentes porque era más vieja y más puta que Salomé. ¡Ay!

Su Paco hablaba más bajito, pero tenía que estarle diciendo cosas mucho peores. Porque se oyó un ruido sordo y luego otro, bastante menos sordo.

—Ay, Paco, que no. Que yo no quería, te lo juro. Que es que se me fue la plancha. Ay, Paco, dime algo. Ten piedad de esta infeliz. ¿Qué va a ser de mí ahora? No seas así, Paco. Mira que eres. De lo que no hay eres. Ay, no me gastes bromas. Abre los ojos, hombre. Ay, Dios mío. Ay, Paco. ¿Qué he hecho yo, madre mía? Ay, Paco. ¡Ay! ¡¡Ay!!

Era la hora de comer. Me llamaron. Bajé las escaleras. No dejaban de escucharse los gritos.

EL EXTRAÑO JUEGO

La duquesa Irina había insistido mucho, acaso con exceso: «Este juego, en mi opinión, no es enteramente normal». A pesar, sin embargo, de su oposición y la de sus fervorosos partidarios, era preciso reconocer que, durante toda la velada, no se había jugado a otra cosa. El juego, por lo demás, no era nada difícil de entender. Sólo los pobres más jóvenes de la ciudad podían participar en él. Se trataba de comer, sin interrupción, el mayor tiempo posible. Sobre la larga mesa, instalada en el gran salón y cubierta de hilo y encajes blancos, se alineaba una interminable sucesión de rebosantes bandejas de plata. Toda clase de pequeñas y grandes golosinas concurrían allí. Por otra parte, cada comensal debía alargar al de su izquierda, continuamente y de uno en uno, determinada clase de pastelillos de nata y no otra: equivocarse suponía la eliminación y pérdida del juego.

Las apuestas de los asistentes habían crecido mucho en número y valor. La princesa Carnetti, de raso solferino y con aderezo de amatistas, posada la mano sobre el hombro de su concursante favorito, le animaba con cariñosas frases. El Procurador General, por el contrario, había dado orden de detención contra su candidato, segundos después de su eliminación. «Quién había de suponer —se quejaba— tan escasa capacidad de estómago bajo una expresión tan voraz.» Cuando entró, la Condesa de Oliván parpadeaba con tal prisa que todos empezaron a temer por su vida. Una tenue y húmeda sonrisa le empapaba toda la cara y le resbalaba hacia el escote. Su proverbial miopía la obligaba a saludar sin descanso a diestro y siniestro. Y, no obstante, todo el mundo pensó: «La condesa está triste».

«Oh, yo no puedo jugar», exclamaba dirigiéndose a un mayordomo, al que evidentemente confundía con otra persona. «Anoche estuve con Yacovliévicht. Ya ustedes saben cómo achucha. No podría ni pensar en comer un bocado. Y menos, en verlo comer. La idea sólo me horroriza.» A media noche comenzó a adelgazar con desacostumbrada velocidad. Poco después nadie hubiera podido decir en qué punto del salón se encontraba: tanto había perdido.

Por entonces, casi todos los competidores habían sido expulsados del certamen. Sus madres, sentadas frente a ellos, entristecidas y avergonzadas, habían bajado la vista. Las de los resistentes, por el contrario, los miraban sin parpadear, con una tierna ansiedad en las cejas, en las comisuras de los labios, en los dedos pulgares.

Fue de madrugada cuando se retiró el penúltimo de los comensales. El ganador sonreía, con actitud estúpida y cansada, temblándole el párpado derecho y tabaleando, sin poderlo evitar, con la mano izquierda cubierta de nata sobre el borde del último plato. Una cerrada ovación le rodeó. Los que habían apostado por él, enriquecidos, le besaban las mejillas y le colgaban, alrededor del cuello, una corona de laurel. Él se levantó y, a través de la mesa, con una postura algo forzada, quiso besar a su madre, que, orgullosa y ruborizada, le contemplaba desde el otro lado. En ese momento sucedió la desgracia: al intentar besarla, vomitó sobre ella todo lo que había comido. El rostro de la mujer quedó oculto; pero, a través de la suciedad, se percibía que continuaba sonriendo a su hijo muy cariñosamente.

Las 6 y 25 p.m.

I

«He salido a los campos
a recoger lo que esta dulce hora entrega.
Reflexión, puedes volver mañana...»
O no, no vuelvas nunca. Sólo quiero estarme así, con los ojos cerrados. Si muevo la cabeza, siento su rodilla contra mi oreja... Estarme así, morirme así... Bueno, morir, no todavía... A través de mis párpados noto el calor del sol. Nada más. He pasado el brazo debajo de su corva. Estrecho contra mí esta querida pierna. Es todo lo que anhelo... No queda, no debe de quedar mucho día por delante. ¿Cuánto tiempo hace que estamos aquí, a plena luz? Qué hermoso amarse al aire libre. Cuánto silencio. Abro los ojos: por la ladera, algunos pinos, y esta yerba corta, tan verde, y alguna pequeña margarita... Aquí se le pregunta a las margaritas si alguien nos ama: «Sí», suelen contestar...
Estábamos sentadas, frente al jardín, en el ancho columpio. Yo llevaba unas largas coletas. Margaret me decía:

85

—Las personas demasiado inteligentes acaban siempre mal. No debería ser tan lista.

Yo amaba a Tom. Y Tom miraba siempre por encima de la cerca para verme, y dibujaba en ella con sus tizas de colores. Teníamos quince años; pero yo me moría de amor por Tom...

Una sombra ha caído sobre mí. Será una nube o una rama quizá. ¿Qué importa? Oprimo este muslo firme, tan deseado. Me abandono... Un soplo de aire me echa el pelo sobre los labios... Entonces tenía aquellas feísimas coletas. Al volver a casa, ya tarde, vi las letras mayúsculas de tiza amarilla sobre la cerca: «Tom ama a Margaret». Me senté en el columpio del jardín. No sabía qué hacer. Lloré hasta que me llamaron para la cena. No, no había sido demasiado inteligente... Y allí empezó todo. O había empezado mucho antes acaso. Ahora ya es difícil saberlo.

La ciudad está abajo, a lo largo del río. Del otro lado, la campiña. Hay una mancha roja: serán amapolas, un campo de amapolas... Huele a azahar. Llega desde abajo el perfume. En este país huele el aire siempre a alguna flor. Y se puede estar al aire, con la pierna de un hombre apretada en los brazos, besando una rodilla... Algo ha dicho que no he entendido bien. No importa. Con mi mano derecha acaricio su tobillo; toco, arriba, la terminación de su calcetín, el elástico; por encima aún, toco el vello de la pierna, el hueso de la espinilla; acaricia la yema de mis dedos la aspereza del vello. Otro vello... No debo pensar eso... Sé que la piel que toco es morena y joven. Me gusta. Amo a su dueño. O quizá esto es ya más que el amor. Debe de ser más: nunca había sentido nada semejante. Esta confianza, esta indiferencia por el resto, este alejamiento de todo... Quedarme así, con los ojos cerrados, sin paisaje.

Todo había empezado ya, creo. Me gustaban demasiado los muchachos. En los ascensores me dejaba besar. Y aquella noche, al salir, en la escalera... El rellano tenía una alfombra de dibujos verdes y amarillos. Era muy espesa, porque no me sentí caer. O quizá él me dobló por la cintura con más miramientos de lo que hubiese sido imaginable. Ya no lo amaba, pero me gustaba todo aquello. Miraba la alfombra y pensaba en las letras amarillas: «Tom ama a Margaret». Se apagó la luz. Tom se puso encima de mí. Le sabía la boca un poco a alcohol. Se escurrió de repente, y yo sonreí en la oscuridad... Allí pasó.

Este vello tan rubio. Sé que es rubio. Cuando entró en el comedor no lo hubiera creído. Pareció que la luz aumentaba. Al principio creí que era mucho más alto, de guapo que lo vi. Me miró acogedor y sorprendido. Se sentó en una mesa próxima... Ahora lo tengo aquí, debajo de mi mano. Toco, sin verlo, su cinturón de cuero, su vientre liso, el hueso de su cadera... Me miraba de vez en cuando y yo lo miré también, sin saber —¿o sí?— lo que empezaba. Nunca creí que unos cuantos días fueran suficientes. Ah, pero quiero más... No, Shelley, no: el día de hoy no se basta a sí mismo; necesita tener el día de mañana...

Y pensar que llegué hasta aquí desde aquello... Su mujer estaba todavía en la clínica, con la sietemesina metida en la incubadora. Hacía frío la primera vez que fui a su casa, o lo tenía yo. Dos años para acabar viendo tanta miseria: aquel cuarto de baño lleno de medias sucias y de jerséis colgando de la ducha; los huevos duros, el vino agrio; sus zapatillas rotas por los dedos... Dos años ciega, entonces: sin enterarme de nada de lo que estaba delante de mis ojos. Vomité escrupulosamente antes de irme. Él salió hasta la puerta, indeciso, empequeñecido, feo. No sé por qué se dirigía a mí aquel hombre, ni con qué derecho ya.

—¿Volverás?

—Está claro que no —le contesté.

El aeropuerto. No tierra, aire por medio. Aquel empleado que me daba consejos mirándome el escote; aquella azafata desdeñosa... Muy cansada. Demasiado cansada. Sólo quería un poquito de sol. Cerrar los ojos al sol y no hablar más... Y al día siguiente de llegar aquí entró él en el comedor. Estaban las ventanas abiertas, el aire transparente. Una mosca grande azul planeaba sobre mi mesa. Olvidé que debía seguir comiendo. Tenía los ojos tan grandes. Le miraba la boca cuando me di cuenta de que me estaba yo misma mordisqueando los labios. Parecía que alguien me había puesto con fuerza su mano en el estómago, y apretaba...

Está atardeciendo... Las primeras mariposas las vi ayer, de dos en dos. Ahora sé que mis brazos bastan para pasarlos por debajo de los suyos y apretarle los hombros. Y sé que vendrá cada noche a mi habitación desde la suya. Sin armar ruido. «¿Duermes?»... ¿Cómo iba yo a dormir, sin él, ya ni una noche más?

La ciudad va a lo largo del río. Es igual que un collar. Desde aquí parece que está tumbada. Pronto se encenderán las luces y bajaremos otra vez. Un beso... No, no, estar así. Luego. Él me está sonriendo.

—*Mi amor, mi amor.*

Aquí acaba la vida. Lo seguiré hasta donde vaya. Definitivamente... Tantas manos, tantas bocas, tantos torsos, tantos sexos. Se acabó. Ya tengo el cuerpo que buscaba. Esto es más que el amor: tiene que serlo. Este incesante deseo y esta absoluta seguridad de que es posible. Y de que, a apesar de serlo, no desaparece como sucedió antes.

Margaret no sabía: «No seas tan inteligente...». Yo tampoco podía imaginar que fuese así, tan simple. «¿Quieres?» «¿Comemos ya o después?» «¿Salimos?» «Volvamos, anda, volvamos. Para estar solos...» Y mirarse de hito en hito hasta que tiemblan las piernas y hay que regresar al hotel, deprisa, para no hacer el amor en una acera... En la acera estaba la maleta pero yo no encontraba quien... Tengo algo de sueño. Será la paz a lo mejor. No, sueño. De felicidad. Levanto los ojos y lo miro. Qué pestañas tan largas. El labio de arriba le sobresale un poco, se le hincha como en un mohín. Y es mío. Podría devorarlo... Ah, que traiga su mano hasta mi pecho, que me roce y me mate. Me mira. Me hundo en él. Me mira. Lloraría, lloraría.

—*¿Me quieres? Di.*

Me contesta que sí. Todo es bueno. No me extraña que este pájaro de arriba haya trinado de repente. Hay una nube traslúcida abajo, sobre el río... Quisiera saber cómo me imagina para transformarme según su gusto. Pero mejor no: que me ame como soy. Así hay que amar. ¿Cómo soy?... Igual que yo lo amo como es. O como sea, porque eso no me importa. Yo amo. Y es bastante.

II

Dentro de nada va a empezar a hacer fresco. Ya llevamos aquí tres horas y ésta está quedándose dormida. Mira que la ocurrencia de venir a sentarse a la Sierra. Porque todavía hay humedad. Claro, que como ella está encima de mí... Se me está durmiendo la pierna; si la estiro, se cae. Esperaré un poco; pero si tarda, la estiro... Todas son igualitas: ellas, ellas. Esta no sabe decir más que «¿Me quieres?» Apenas habla otra cosa de español. Y la otra es peor. Bueno, lo mejor que ha podido pasar ha sido esto. Ya eran cinco añitos de aguantar tres veces por semana el rollo de los gatos y la tía vieja y los enfermos del seguro. Que no se hubiera metido allí, quién le mandaba. «Ya tengo tanto ahorrado... Ya tengo tanto...» Mejor para ella. Al fin y al cabo, a mí plin. Me queda el Derecho Mercantil; luego, la placa y a mi pueblo. De doctorado, ni hablar, para lo que sirve... Además que hay que aprovechar mientras mi padre sea alcalde. Aquí me voy a quedar yo, porque ella tenga tanto ahorrado. Y porque los enfermos del seguro le den la lata de cuatro a diez. Es una amiga nada más, qué coño. Una buena amiga, pero de eso a... Vamos, que ni a la ventana te asomes. Y además que era mayor que yo. *Era,* qué gracioso, cómo cambian las cosas... Me parece que voy a estirar ya la pierna, y que se joda. ¿Cómo se llamará ese bichito colorado? Aceitero. No, los aceiteros son blandos, me parece, y más largos. Será un escarabajo. *Coccinella septempuntata.* El profesor aquel era calvo y gordo. Y maricón. «La cochinela», decía: no le hacía caso nadie. Le llamábamos *la Cochinela,* o sea, la mariquita... Quiero una placa de cerámica: son más originales. A la gente hay que engañarla un poco. Con estilo, con pose, y todo lo demás. «Especialista en arrendamientos rústicos y urbanos.» Y luego, a los ejecutivos, que es lo que da. Tendré que repasar un poco el Procesal, qué antipatiquísimo es. Este verano.

La tía pesada esta... ¿Por qué no quitará la cabeza de ahí? Se me ha dormido la pierna completamente. Es que ni la siento. No voy a poder levantarme. Desde aquí le veo los pechos. Las extranjeras van desnudas debajo de la blusa. Tiene una espetera bonita, la verdad: anda, que si encima no la tuviera. Porque lo que es otra cosa... Es sosita.

—*Estás besando la franela del pantalón.*

Uy, es que ni se entera. Y me lo estoy poniendo perdido con la tierra y la hierba fresca... Además, seguro que me lo mancha con la boca. Eso no, que no se la pinta.

«¿Por dónde se va a la Mezquita?», me preguntó. «El plano lo tengo en mi habitación.» Yo no la había visto en mi puta vida hasta entonces. Y llevaba, por lo visto, cuatro días en la pensión. Se sentó en la cama, qué manera de sonsacar. Yo me senté a su vera. Me abrió el plano sobre la mismísima bragueta. En mi vida he visto yo un plano que sirviese para tanto. Las españolas son distintas, otra cosa. No es por nada pero hay que joderse, caramba. Y anda que no se mueve... La otra, nada. La llevaba al cine y se quedaba quietecita en su butaca. En verano, con los brazos al aire, se estremecía cuando la rozaba con los míos. Le daba un repelús, pero no decía nada, que es lo suyo... Claro, que en el fondo todas son iguales: no pueden vivir solas. Y la pobre tampoco era muy guapa, la verdad. Corrientucha, feúcha. Últimamente estaba más pochita. De los años. Y de los enfermos del seguro, según ella. No sabe hablar de otra cosa que de tristezas y de ella y de los gatos esos. Mira, bastante he aguantado. Cinco años, qué barbaridad. Hasta que me di cuenta de que la cosa iba ya en serio, y eso sí que no...

Esta quiere empezar otra vez. Y hace frío, joder. ¿No se cansará? El amor, valiente idiotez... Cuando nos metimos entre los álamos, ya sabía yo lo que iba a pasar. Además, que me gustaba la calentona. Y es que tiene una manera de restregarse, de echar las tetas arriba, de mirarte la bragueta que... Nos tumbamos debajo de los árboles. Ella se quejaba un poco, pero no por lo que yo creía. Es que se había clavado una piedra en el culo. Pero estas inglesas no dan su brazo a torcer por nada del mundo. Y yo que creí que era por otra cosa... Sin el menor motivo, claro. Para mearse, todavía me dan ganas de reír. ¿Dónde tendrá esta el virgo?... Anda, ¿pues no se sonríe? Lo mismo piensa que me estoy timando con ella. A estas alturas. El aceitero o como se llame esta mierda de bicho se va a ir a hacer puñetas... Me parece que es el artículo 361 el del transporte combinado. Valiente cabronada: estando las cosas en los códigos y los códigos a la mano, no sé por qué tenemos que aprendernos de memoria los artículos. Y un código como ese, lleno de galeones todavía, más antiguo que mi abuela... Coño con el bichito: se acabó, descanse en paz, por tonto...

Se le ocurrió tomar un helado, vaya un capricho, y darme un poquito a mí. Pum, en ese momento entró la otra con una compañera. El helado era de menta, pero en mi vida he visto a nadie más de color verde que ella. Yo ya le había dicho que a terminar:

con ese carácter no se le podía... Qué ácida, la cabrona. Media hora
que estamos juntos, pues a pasarlo lo mejor posible. Ea, no, señor.
Nada de eso. Chucuchú, chucuchú: las penas, las tristezas, los
reproches, que si tú no me quieres, que si estoy muerta de trabajar de sol a sol, que si no gano nada... Anda con viento fresco. Cuidado que toda la vida así... Se me atragantó el helado. Luego nos
ha visto más veces, parece que nos busca. Me alegro, así se desen-
gaña. Volver yo, no, eso desde luego. A tomar por saco. Si es que
nunca la he querido... Me daba compasión: tan poquita cosa, tan
sin nadie; pero de eso a sacrificar mi porvenir... Ya le he sacrificado cinco años, que se dice muy pronto. Ahora termino la carrera
y a mi pueblo. Esto tenía que llegar... Yo estiro la pierna pase lo
que pase, que son las seis y veinticinco, leche. Ojalá se vaya esta
turista pronto: yo tengo que repasar el Mercantil, y bueno está lo
bueno. Hasta que se las espolvorea, pase; pero ya va cerca de un
mes. Mañana mismito la embarco. A hacer turismo, ángel mío, que
la vida son tres días y España no se acaba aquí. No me voy a ir
yo de mi pensión por ella, que se busque otra. Lo hemos pasado
bien, ¿no?, los dos, ¿no?, pues santas pascuas. Por ahí fuera se hace:
aquí paz y después gloria. Ya estoy yo hasta los cojones de hacer
el caballero español. El gilipollas, vamos.

Otra vez la misma pregunta.

—*Sí, te quiero.*

Pero ¿por qué querrán saberlo tan a menudo? La gente no cambia así como así. Y además que qué vas a contestar, coño. Que
sí, que sí, ¿no te jode la lady?

—*Oye, ¿nos vamos, guapa? Que si nos vamos, di.*

III

Estará con la rubia esa. Con la desenvuelta esa. Tiene una pinta de extranjera que apesta. Desnuda dentro de sus trajecitos ligeros, con los muslos al aire y el pelo lacio por los hombros. La muy
puta... O a lo mejor no, porque estos días tenía exámenes. Pero lo
habrá dejado todo, como si lo viera. Lo ha vuelto loquito perdido. Va delante de él moviendo las caderas, deslizándose, volviendo

la cara, sacudiendo los pelos, y me lo ha vuelto loco, qué asco. Él antes no era así... O sí era. Porque esta no será la primera vez que me lo hace. Habrá habido muchas, pero una es la última que se entera... Este vaso está desportillado, vaya limpiadoras: cada día se cargan media docena, y luego nos echan la culpa a nosotras... La estará besando. Tendrá una lengua de niña rica. Debe ser una turista. Una lengüecita de color de rosa. Se la entrará en la boca la cochina. Y aquella noche, después de la fiesta, porque yo lo besé de refilón en el portal me preguntó que qué me pasaba. Así son. «¿Qué te pasa?», me preguntó. Después de cinco años. Si tuviera que trabajar como yo, no se besarían los muy puercos... ¿Dónde habré metido el talonario de recetas? Con estos jaleos, me van a poner en la calle el día menos pensado. Vaya, en el bolsillo, ¿no te digo? A trabajar las mandaba yo a estas perras. Todo el santo día. Se les iban a pasar las ganas de quitarle los novios a la gente. Pero estarán con las manos cogidas, me lo figuro, mirándose a los ojos como si nunca hubieran mirado otra cosa. Y yo aquí, ganándome la vida. Sí, sí, vaya una vida: la comida de los gatos y de la vieja, el alquiler de la cochambre. «Hay que pintar», me ha dicho esta mañana. Claro que hay que pintar. Hay que hacer tantas cosas. Pero yo tengo que ahorrar algo para mi boda... Las manchas son cada vez mayores. Encima de la cabecera de la cama hay una, más oscura, que parece un caballo desbocado. O una tortuga, qué sé yo. Malditos gatos. Se suben a la cama, de noche, y no dejan ni dormir. Y la tía preguntando cada media hora qué hora será ya. No sé cómo no me vuelvo loca... Son cinco años, que no es un día ni dos. Y la idiota de Mercedes me pregunta todavía si estoy enamorada. Yo qué sé. Ya no me importa eso: son cinco años. No se lo debía de haber contado. Ahora se estará riendo de mí. Y encima dice la cretina que es porque tengo muy mal genio y no le cuento más que lástimas. Me carcajearé entonces, ¿no te fastidia? Si una no va a poder ni contarle sus cosas, ya me dirá ella para qué sirve un novio. Mal genio: desde las siete en planta, dándole la leche a los gatos y dejándole la comida a la vieja; sin sentarme en todo el santo día; tratando a esta gentuza, y para más inri quieren que esté alegre como unas castañuelas. Para que luego lleguen estas zorras rubias, estas desabrochadas, con sus manitas limpias y se lo lleven todo... Estarán por ahí. Con la tarde que hace... Y yo, en la jaula. ¿Por quién? ¿Ya, por quién?

Aunque no esté enamorada. Yo lo que quiero es irme. Son cinco años, una vida. Cinco años ahorrando, haciendo planes, y ahora me dice que él nunca había pensado en otra cosa que en una buena amistad. Como para seguir enamorada... ¿Dónde habrán puesto el maldito frasco? La del turno de las tres es una guarra: deja todo donde le sale de las narices... Vaya unas manos: no me sorprende, llenas de padrastros. Son manos de hombre, de trabajador. «Eres muy poco femenina. Tienes que hacerle creer que lo necesitas: eso es lo que les gusta.» Y lo necesito. ¿Es que no lo necesito? Porque tengo que irme, tengo que vivir un poco mi vida, algo de eso que llaman descanso o retiro o lo que sea: otra cosa. Yo ya no puedo más. Tan sola. Y en este sitio... Qué burra es Luisa. Vaya una educación. Qué manera de pedir la llave.

—*¿Por qué la pides así?*

Porque hace seis días que se ha muerto su hermana y en este jodido ambulatorio nadie le ha dado el pésame.

—*Lo siento, mujer, hija.*

Ni a mí, mira ésta. ¿Se ha interesado alguien por algo mío? ¿Me han consolado por lo que me pasa? Aquí cada uno va a lo suyo: a la que no se mantiene tiesa la pisan los caballos. Y yo quiero irme. Quiero casarme para irme... La estará abrazando con la mano en el cuello. A mí, si me lo ha hecho seis veces en cinco años, es todo lo del mundo. Debería de haber sido como todas: dejarme sobar, haberme acostado con él y que me hiciera un niño. Veríamos si ahora salía por peteneras. O si me dejaba con el hijo, que también los hay. Cinco años al lado de un hombre sin enterarte de nada: ni de lo que piensa ni de si te quiere o no. Todo se finge aquí, qué porquería.

Hoy tampoco bajo a merendar con las otras. No las puedo ni ver. Me dan arcadas: en la sala, a carcajadas, sorbiéndose los cafés y las tortas. Parece que lo saben y me miran. «¿No quieres un poco de pastel?», me dijo Mercedes ayer con mucho retintín. Ni le contesté. Ahora iré yo, cuando esté la sala vacía. Prefiero tragarme el polvo que levanta la limpiadora: porque lo hace a propósito, eso lo sé yo. «Como viene usted siempre la última...» Qué envidia nos tienen, porque ellas no saben más que fregar. «Es que hasta media noche no termino. Echo cinco horas en limpiar todo, ¿comprende?» No, no comprendo, ni me importan las horas que ella eche; pero prefiero tragarme el polvo que levanta a oír a las demás hablar de hombres, gastándose bromas y contando chistes verdes. Son unas cualquiera... Cuando los vi en la heladería creí que me daba algo. Tuve que apoyarme en el mostrador. Y él, brindándome el toro, le pidió de su helado. Chupando los helados de la primera que aparece. Así vienen luego las enfermedades...

Es la segunda vez que se cae esta cucharilla, y hay que ver el doctor cómo me mira. La vieja me rompió ayer tres platos. «Ay, ya no tengo ni fuerzas», pues que no coja los platos, la estúpida. No hace más que entorpecer. A esas edades deberían morirse. Luego, con recordar que me recogió huérfana tiene bastante. Que me hubiera dejado suelta, ya me hubiera yo arreglado. O me hubiera muerto, mejor... Y los gatos y la humedad y los vecinos: no puedo. Y por si fuera poco, esto, esto de este par de sinvergüenzas. Entonces, ¿es que voy a estar toda la vida así? Si no me caso ¿qué? Ah, no: me tomo todo el veronal del ambulatorio. Me tomo el botiquín entero; pero así, no... Yo le contaba lo que había pasado cada dos días; le decía lo que teníamos ahorrado, bueno, lo que yo tenía ahorrado; le compraba alguna cajetilla... Que si estaba enamorada. Yo qué sé: era mi novio, salíamos, y yo esperaba... ¿Tú esperabas, idiota? ¿Qué? Míralo, con la rubia del pelo lacio, con la jovencita. ¿Que no tenías más que eso? A ella ni le va ni le viene. Delante de estos ojos, maldita sea, tomando helado, comiendo mariscos, riéndose. ¡Idiota!

Pero esto no se queda así. Le escribiré. Una carta muy corta... No, suplicar, desde luego que no... Suplicar, sí. Es tu vida, ¿qué suplicar, no, ni qué ocho cuartos? Tengo muchos años para andar así... No importa... No soy una niña... Por eso, por eso: una cartita entre decepcionada y cariñosa. Y muy femenina. En papel azul... No puedo, qué cursilería. Con estas manos, en papel azul... Pues sí. «Querido: si tus sentimientos hacia mí han cambiado...» No: «Si es tu voluntad que nuestras relaciones terminen precisamente ahora que íbamos a contraer matrimonio...» No: «... a casarnos»: es más sencillo. «Me abandonas con el ajuar terminado y el corazón terminado también, rompiendo todas tus promesas...» Parece la carta de una criada. Todas somos lo mismo, no hay que ponerse moños. «Yo podía legalmente exigirte...» ¿Qué? Nada. Más vale no ir por ese terreno. Suplicar: «Una última entrevista para devolvernos los regalos y para que me expliques tu comportamiento...» Sí, de cabestro hijo de la gran puta. Y de regalos, nada...

—*Perdone, doctor, ¿qué me decía?*

A mí me importan tres pares de pelotas las cortinas.

—*Sí, perdone, me había distraído.*

No puede una ni pensar. Hay que estar pendiente de esta tropa. Y qué modos. Como si no fuésemos seres humanos. Cada una tiene sus problemas, señor, menos soberbia.

—*Sí, señora, sí, la van a ver por rayos, pero no se queje usted tanto. Qué exageración. Lo suyo es cosa de nada.*

Sabrá esta fiera corrupia, vieja asquerosa, lo que es que la planten a una después de cinco años. Ojalá me doliera a mí el esófago y nada más. Qué egoístas son todos. Huy, las seis y vienticinco todavía... Sí, le escribiré la carta. Nos veremos. Lo convenceré. Son nubes de verano... No lo convenceré, qué voy a convencer. Está bien claro. Si me lo dijo: «Yo creo que tú me has interpretado mal. Dispensa, debes de haberte equivocado. Yo te tengo afecto, pero nunca estuve enamorado de ti». Después de cinco años. Con razón me tomaban el pelo estas marranas.

Tengo hambre. Me voy a merendar. Yo sola, sí, ¿qué pasa? Como siempre. Y seguiré sola, rodeada de los pestosos gatos y con la vieja como una cruz a cuestas. Sola. Sola. Siempre.

—*¿Me decía, doctor? No, no estoy llorando. Sí, ahora mismo le preparo la papilla.*

UNA DESPEDIDA

Alguien salía para Roma a la mañana siguiente.

—¿Qué quieres que te traiga? —me había preguntado—. ¿Una pequeña cerámica?

Yo le dije adiós delante de su casa con una mano en alto. En la acera charlaban unas cuantas mujeres y dos hombres sentados. La noche era demasiado calurosa para no saber de lo que hablaban.

Yo me puse a cavilar si mi amigo habría querido referirse a una cerámica antigua, recogida en alguna de esas ruinas primorosas que abundan tanto en Roma, o a una cerámica reciente, de la semana última, en que pusiera *Recuerdo de Roma,* en italiano para evitar posibles confusiones.

Al llegar a mi casa se oía cantar a una radio en la habitación de al lado. Sonaba como los alaridos de una persona emparedada y ya casi podrida; pero con el balcón abierto a una noche tan clara, daba risa. Aún faltaba para el amanecer, y yo tenía atrasado todo el trabajo. Por la tarde había comprado una bombilla para sustituir a la que se me fundió la noche anterior. Con medrosa diligencia la coloqué. Ardía.

Fue en ese momento cuando me asaltó la convicción de que la belleza es mortal. Siempre lo he sabido, y lo he dicho a la primera ocasión que se me ha dado, e incluso a veces sin que se me diera la ocasión. Pero hasta entonces no tuve la absoluta seguridad, la metafísica evidencia, de que la belleza está hecha de muerte. Es... No quiero hablar de eso.

Poco después empezaron a llegar los insectos por el balcón. Menudos como recortes de uñas. Yo me estaba cortando despacito las uñas debajo de la luz. Con alas transparentes, invisibles... Debo aclarar que tengo un instintivo miedo a todo lo que vuela: mayor miedo cuanto menor es lo que vuela. Me parece ridículo que me digan: «Una mariposilla de la luz no puede hacerte daño». También eso lo he sabido siempre. No es al daño lo que temo, es precisamente a la mariposilla de la luz. Me levanto de un salto apenas entra desde el exterior, y corro despavorido por la habitación, tropezando con la cama y las sillas, manoteando como si nadara, en busca de algo con que defenderme, deseando con toda el alma pedir auxilio a los de fuera: como si los de fuera estuviesen para eso. Gracias a Dios sólo lo he hecho una vez y no fue necesaria su ayuda, porque la mariposilla había salido cuando ellos llegaron dispuestos y armadísimos con palos y cuchillos.

A los demás insectos los golpeo con una plegadera o con un alfiler de la ropa, y luego voy depositando sus cadáveres sobre una cuartilla. Algunos hay que se quedan pegados a la madera y, si por respeto a lo que está muerto no los quiero tocar, sólo con bastante paciencia pueden ser trasladados al papel. Conseguirlo lleva tiempo, y he podido comprobar que ponerse nervioso es contraproducente en estos casos. Sin duda alguna, tal anomalía no sucede sino con una de las fundamentales clases de insectos que me visitan: los que son de color castaño y agitan verticalmente toda la parte posterior del cuerpo, rizándola con cierta blandura no desprovista de gracia. En realidad, supongo que se trata de un movimiento muy natural y casto, pero a simple vista no lo parece.

La segunda especie es amarillenta y tiene una desproporcionada cabeza triangular. Creo, sin mucho fundamento, que va hacia la muerte con mayor alegría por lo que he observado. Conozco otras muy numerosas variedades de esos animalillos: unos que son como aristas de esmeralda muy clara; otros, empolvados de purpurina, y hasta algunos de un impecable negro, que me aterran. Pero estos ya no pueden calificarse sin abuso de insectos.

Por la mañana le doy la cuartilla cementerio a un compañero que vive conmigo hace ya años y que trabaja durante el día. Él mira todos aquellos cuerpos con una meticulosa curiosidad, y los tira. Es muy alto, pero habla más alto todavía.

Cuando no se tiene tabaco, piensa uno con invasora constancia en lo esencial que se hace un cigarrillo a veces. Y en que esa es una de las veces. Y piensa que Roma debe de ser muy grande, y resulta difícil comprender que haya ciudades con mayor número de habitantes, lejos o cerca de ella. No creo que las haya, aunque sí creo que tendrán más insectos todavía que habitantes.

Los puertos —se continúa, ya desbocado por tantas razones, una de las cuales acaso la ausencia de tabaco— son unos parajes admirables. Así como los pasillos de las casas. Es de esperar que, en una casa honesta y ordenada, las cosas trascendentales ocurran en las alcobas, en los cuartos de estar, quizá en los comedores, todo lo más en los recibimientos. Me refiero a la petición de mano de las hijas, a las muertes repentinas, a las solicitudes de divorcio, al amor. Sin embargo, de todos es sabido que tales acontecimientos ocurren, por lo regular, en los pasillos, mientras se va o se viene, de un modo inopinado. Y a pesar de tener conciencia de que ello en ningún aspecto es recomendable.

«Si me trajese una cerámica amarilla...» Pero yo estaba persuadido de que era muy improbable. A nadie se le ocurriría traer nunca de Roma cerámicas amarillas. Quizá en Roma ni siquiera habría esas cerámicas. En toda Roma. Ni en Italia. Italia tiene un contorno de forma peculiar...

«O azul.» Yo recordaba haber visto en Segovia un plato azul. Sin el acueducto, por fortuna. Era un azul inexistente en la vida diaria. Como si dijéramos, un azul de fiesta de guardar. Un día de agosto, hace tiempo —era miércoles— me regalaron una jarra de mimbre, embreada por dentro para tener el vino tinto. Las hay en las peores tabernas de Galicia. No obstante, esa jarra no era azul. Casi ninguna lo es, por cierto. Al contrario, los azulejos de san Sebastián con dos flechas en el muslo derecho y otra en el brazo izquierdo, mirando a un ángel sin saber por qué con una expresión pasmada, sí hay costumbre de que sean azules. «Pero me parece que no me traerá un azulejo así.» ¿Dónde había visto yo, al anochecer, unos brazos desnudos? No, no; no «brazos desnudos» sino «unos» brazos desnudos. Cerca de algo amarillo. O después de algo amarillo puede ser. Un coche, un traje, un anuncio, una almohada, una cerámica traída desde Roma, un pelo muy teñido...

Fue cerca del estanque y estábamos bebiendo cerveza. Yo me sentía mareado de mirarla durante tanto tiempo fijamente. Tanto, que me dijo que su pelo era teñido. Puso una boca tan encantadora al decirlo que yo no la entendí. Sólo mucho más tarde supe lo que con eso había querido decirme. Pero ya no estábamos cerca del estanque. Ni cerca sólo. De ahí que no pudiéramos beber cerveza juntos...

Hay momentos, me atrevo a decir meses, en que querría uno tener los ojos verdes y el aire ingenuo a ver si así es mejor. Como las caras de los calendarios. También fue en junio, junto a aquel estanque de agua clara, tan clara...

No se lo hubiera podido explicar a nadie sin mucho esfuerzo. Tampoco con él. ¿Por qué, a la altura justa en que, a la izquierda de los retretes más humildes, se cuelgan rectángulos de papel de periódico, habían colgado un mazo de papeles de celofán? ¿A qué ángel estaba destinado, y qué terrible decepción habría de sufrir? Ah, en verdad el hombre es un ser incomprensible.

Como cualquiera puede imaginarse, fue este un pensamiento de todo punto consolador: completamente incomprensible.

Al levantar los ojos de la cuartilla de los insectos, erguida sobre el hierro del balcón, llena de gracia y de esperanza, vi cómo sonreía la mañana. En ella, alguien iba a salir hacia Roma. «¿Qué te gustaría que te trajese?», me había preguntado. Y yo lo despedí para siempre —sí, para siempre— agitando una mano.

LUCHA HASTA EL ALBA

Puede afirmarse que nada llega de repente. O, al menos, que nada alcanza, de una vez, esa máxima entidad a la que denominamos de una cierta manera, y que sólo unos instantes, con toda probabilidad, conserva los caracteres de plenitud que, en teoría, suelen distinguirla. Por ejemplo: un hombre, la guerra o el amor se van elaborando. Pero, apenas concluidos, comienzan a deshacerse. En efecto, la muerte (considerada no como un estado ni como un acto, sino como una meta) empieza a conseguirse en el instante de nacer, muy poco a poco: desde el minuto que sigue al parto, el ser humano se desvive. Y la guerra, apenas declarada, va ya camino de la paz o viceversa. Y el amor, de idéntica manera, sólo dura un momento; luego va ya camino del desamor: vuelve el amante al punto de partida, si bien por otra senda. Empezará por sentir un cierto disgusto ante cosas que, días u horas atrás, le habían encantado: el amado —descubre— hace ruido comiendo la sopa, tiene las piernas arqueadas, se ríe a destiempo o de una forma sobrecogedora, etcétera. De ahí que un cadáver, la paz y el desamor tengan también un más o menos largo proceso de formación, y pueda asimismo afirmarse que tampoco aparecen de modo repentino. Lo que es descomposición para un ser es composición para otro, contrario o no... Y así se organiza esta fantástica balanza de poderes que llamamos vida con harta desmesura.

Nada, por tanto, sorprendió al señor Gutiérrez que, mientras se detenía en el anterior razonamiento, aquella inusitada sensación se le acercase con extrema reserva. Había tomado una cena somera, como de costumbre. Bebió luego su ligero café en un grueso tazón de loza, y se dispuso a leer unas páginas del libro que traía, hacía un mes, entre manos: un libro grueso, encuadernado en piel azul oscuro y suave al tacto. Pero, apenas había iniciado la lectura, notó que, inconscientemente, acariciaba con la punta de la lengua la segunda muela de la parte izquierda de su maxilar inferior. Y, lo que es más, notó esa segunda muela, que hasta entonces le había pasado inadvertida por completo.

El hecho no le preocupó demasiado y continuó leyendo. Dos párrafos después tuvo la impresión —la impresión sólo, pero por segundos más acentuada— de que la muela adquiría vida propia, independiente, de que crecía y casi le llenaba la boca. Esto, hasta cierto punto, le produjo un sentimiento placentero de hombre original y minucioso que observa sus personales reacciones a través de una especie de cenestesia. Y, decidido a prolongar y proteger tal estado, abandonó la lectura, se levantó y fue al cuarto de baño. Con la boca bien abierta, permaneció un buen rato ante el espejo, y comprobó que nada extraordinario sucedía en su interior. Los huesos dentarios —unos bien conservados y otros bastante mal—, las encías, la lengua, el frenillo revestían el aspecto habitual. Tan sólo, quizá, la lengua, en el vértice de su dardo, sufría cierta aspereza o escozor, como si alguna de sus papilas se hubiese inflamado. Pensó que el instintivo e insistente roce con la segunda muela de la izquierda del maxilar inferior, había provocado tal anormalidad. Esa era, en efecto, la única explicación.

Durante el último cuarto de hora, la impresión de presencia de la muela se había abultado: casi llegaba a transformarse en algo nuevo, distinto, exento y por encima del mismo objeto que la producía. Llegado a este aprieto, el señor Gutiérrez se dijo en alta voz que iba a tener dolor de muelas. Pero sin exagerado temor, porque nada le movía a considerar que aquello creciese de tal modo que le impidiera conciliar el metódico sueño. Miró su reloj de pulsera, y vio que pasaban diez o doce minutos de la medianoche. Retornó al libro y quiso hundirse en su lectura, olvidándose de esa pequeña luz roja que se encendía, más cada vez, tras su carrillo izquierdo. Pasado un cuarto de hora, percibió que había leído tres páginas sin enterarse de su contenido, pendiente como estaba de su mínimo y tenaz visitante. Algo así —imaginó— como el cazador que ha visto entrar en una guarida a la pieza y, casi vuelto de espaldas, mira a uno u otro sitio fingiéndose indiferente, y silba y disimula, para que, confiada, la pieza salga a la luz de nuevo, siendo así que, en realidad, con los nervios tensos y bien agarrada la escopeta, aguarda impaciente esa ocasión. O —continuó imaginando— como aquel a quien se le entrega un reloj, con el encargo de que lo examine a fondo puesto que le van a preguntar enseguida pormenores del mismo, y lo toma, y le da vueltas, y lo estudia al milímetro —la cuerda, las manillas, la numeración, la caja, las minúsculas asas—, pero olvida fijarse en la hora marcada, la cual va a ser lo único sobre lo que se le interrogará.

El señor Gutiérrez, abandonado ya sobre la mesa el libro, pasea despacio por la habitación. Molesto, no tanto porque el sufrimiento que la muela le inflige sea insoportable, cuanto porque no consigue olvidarse de él. Pasea y, ahora sí, está al borde de lograr, a fuerza de fijar su pensamiento en un objetivo, distraerse de ese mismo objetivo. A la manera —razona— del que, concentrada toda su atención visual en una mira algo lejana, acaba por traspasarla en cierto modo y perderla de vista, a causa de una especie de abstracción, que viene a sustituir por ventura a la distracción imposible de obtener.

Casi no recuerda el señor Gutiérrez por qué se encuentra paseando en lugar de leer como suele. Hasta que una puntiaguda llamada le hace caer en la cuenta de nuevo. Esta vez el dolor ya ha llegado. No irresistible, pero dolor al fin. Y el señor Gutiérrez, torciendo feamente la boca, soba con la lengua la muela dolorida —«¿Ella es la dolorida, o lo soy yo?», se interroga—, la acaricia como si pretendiera adormecerla, y luego, ante la inutilidad de tal intento, la aprieta con una excepcional violencia contra la correspondiente del maxilar superior, casi desafiándola. Así se calma un poco. Pero no tarda en volver la misteriosa forma de personalidad y aun de protagonismo que la muela está, a pasos agigantados, adquiriendo.

Como de un recalcitrante enemigo, de quien se temen mayores males, desearía el señor Gutiérrez separarse de aquella muela en rebeldía; apartarla de todas las demás, y arrojarla por el retrete abajo. Con los dedos dentro de la boca, la remueve, trata de desarraigarla. En apariencia, eso amaina el dolor. Pero por qué poco tiempo. Sólo el que le basta al señor Gutiérrez para convencerse de que no es ya la muela lo que le duele, sino algo interior: el corazón de la muela quizá o su propio corazón o su propia cabeza.

A la manera de un criado descontento que siembra la insubordinación entre los otros, ocupados antes en sus particulares quehaceres, la muela maldita ha contagiado al resto de la boca. Al señor Gutiérrez le duele toda ella. La lengua, en viajes de reconocimiento, tantea una hinchazón de encías, un débil temblor de raíces, una palpitación inadecuada: un motín manifiesto. El señor Gutiérrez se palpa la cara. Tiene un poco de barba, pero nada más: lo normal a estas horas. Ha de tranquilizarse. Debería dormir. Se acuesta. Apaga la luz. Oye dar una hora. La lengua, incesante, gira y patina dentro de la boca. Ahora le duelen también los pómulos, las orejas, los hombros, los omóplatos, las clavículas. Le desciende el dolor, centímetro a centímetro. Se encuentra enemistado gravemente con toda la parte superior de su cuerpo: los brazos ya y las manos también. Odia esa parte, sólo por el nombre, superior. Da la luz. Mira sus piernas, alejándose, paralelas, distantes, casi ajenas. Opina que, acostado, él es sólo la mitad de su cuerpo. De ahí que se incorpore para entrar en contacto y tomar posesión de aquella parte sana de sí mismo. O eso cree él, al menos. Pasea.

Fuma. El tabaco le sabe a dolor. Tira el cigarrillo. Se acuesta. Apaga la luz. Suena otra hora. Se oprime con las dos manos la cara hasta sentir que sangra la parte interior del carrillo izquierdo. La sangre, sin embargo, no le sabe a nada. Aprieta con furia las mandíbulas y advierte cómo salta una pequeña esquirla de alguna de las muelas de atrás. ¿O será una partícula de sarro? ¿O un trozo del dolor? Lo busca con la lengua. Da la luz. Escupe. Entra al cuarto de baño. Se enjuaga. Enciende un cigarrillo. Lo apaga lleno de asco. Se enjuaga la boca con un líquido de sabor repugnante. Todo a su alrededor es nauseabundo. Suena otra hora. Pasea. Se acuesta. Apaga la luz. La da. Se desespera. Suena otra hora. Se tumba boca abajo. Ahora siente también como si los tobillos comenzasen a pronunciarse en contra. Cada miembro de su cuerpo reclama independencia: vive su vida propia. Se apartan, unos de otros, los dientes. El cuello se le desmorona como un haz no bien atado por el vencejo. Todo el señor Gutiérrez se disgrega, gime, tiembla, se hunde, se arrasa. Y la muela, la inicial enemiga, se le ríe triunfadora en la boca.

El señor Gutiérrez, a estas alturas, ya tiene la metafísica certeza de que la muela se ha desmesurado. De que primero fue del tamaño de dos muelas corrientes; luego le ocupó toda la cavidad bucal libre; ahora llena el dormitorio entero. El señor Gutiérrez la ve, blanca e impúdica, como una jamona que derramara su carnaza en la barra de un bar nocturno. No tardarán en venir pájaros a anidar en su muela. Y fundará un molino. Y en el agua de la presa, verde pálido, se bañarán muchachas esbeltas y desnudas... Oye tocar diana, vagamente, en un cuartel cercano. Por entre las persianas se filtra, imprecisa, de puntillas, la madrugada, aterida y hosca al ver la muela del señor Gutiérrez, tan adversaria y tan enorme... Pero se filtra, se filtra, y, con sus manos extendidas de sonámbula, seria y eficiente igual que el relevo de una enfermera de noche, se acerca hasta la cama... Se acerca... Se acerca hasta la cama del señor Gutiérrez... del señor Gutiérrez... del señor...

Que, por fin, respira ruidosa, lenta, acompasadamente.

Una historia común

Yo no creo haber hecho nada malo esta mañana... Me parecieron todos muy nerviosos. Iban y venían por los pasillos, esquivándose unos a otros. Ella le gritaba a la madre de él, y los dos niños, con las manos llenas de cosas, entraban en el dormitorio de los padres, que yo tengo prohibido. La pequeña —la más amiga mía— chocó contra mí dos o tres veces. Yo le buscaba los ojos, porque es la mejor manera que tengo de entenderlos: los ojos y las manos. El resto del cuerpo ellos lo saben dominar y, si se lo proponen, pueden engañarte y engañarse entre sí; pero las manos y los ojos, no. Sin embargo, esta mañana mi pequeña no me quería mirar. Sólo después de ir detrás de ella mucho tiempo, en aquel vaivén desacostumbrado, me dijo: «Drake, no me pongas nerviosa. ¿No ves que nos vamos de veraneo, y están los equipajes sin hacer?» Pero no me tocó ni me miró.

Yo, para no molestar, me fui a mi rincón, me eché encima de mi manta y me hice el dormido. También a mí me ilusionaba el viaje. Les había oído hablar días y días del mar y de la montaña. No sabía con certeza qué habían elegido; pero comprendo que, en las vacaciones —y más en éstas, que son más largas que las otras dos— mi pequeña podrá estar todo el día conmigo. Y lo pasaremos muy bien, estemos donde estemos, siempre que sea juntos... Tardaron tres horas en iniciar la marcha. Fueron bajando las maletas al coche, los paquetes, la comida —que olía a gloria— y los envoltorios del último momento. Yo necesitaba correr de arriba abajo por la escalera, pero me aguanté. Cuando fueron a cerrar la puerta, eché de menos mi manta. Entré en su busca; me senté sobre ella; pero él me llamó muy enfadado —«¡Drake, venga!»—, y no tuve más remedio que seguirlo. Mientras bajaba, caí en la cuenta de que, en el lugar al que fuéramos, habría otra manta. Ellos siempre tienen razón.

Los tres mayores, mi pequeña, su hermano y yo... Era difícil caber en aquel coche, tan cargado de bultos; pero estábamos bien, tan apretados todos. Yo me acurruqué en la parte de atrás, bajo los pies de los niños. La madre de él se sentó en un extremo, que suele ser su sitio, y todavía no se le habían olvidado las voces de ella, de la mujer, porque no decía nada; sólo miraba las calles y la luz, que era muy fuerte, a través del cristal... Los niños se peleaban con cualquier pretexto esta mañana; seguían muy nerviosos. Yo sufrí sus patadas con tranquilidad, porque sabía que no iban a durar y porque era el principio de las vacaciones. Cuando, de pronto, el niño le dio un coscorrón a mi pequeña, yo le lamí en cambio las piernas con cariño; pero ella me dio un manotazo, como si la culpa hubiera sido mía. La miré para ver si sus ojos me decían lo contrario. Ella, mi pequeña quiero decir, no me miraba.

Fue cuando ya habíamos perdido de vista la ciudad. Él se echó a un lado y paró el coche. Los de delante daban gritos los dos, no sé si porque discutían o por qué. La madre de él no decía nada; ya antes había empezado a decir algo, y ella la cortó con muy malos modales. Tampoco los niños decían nada... Él bajó del coche y cerró de un portazo; le dio la vuelta; abrió la puerta del lado de los niños, y me agarró por el collar. Yo no entendí. Quizá quería que hiciese pis, pero yo lo había hecho en un árbol mientras cargaban y disponían los bultos. Me resistí un poco, y él, con mucha irritación y voces, tiró de mí. Me hizo daño en el cuello. Me bajó del coche. Empujó con violencia la puerta, y volvió a sentarse al volante. Oí el ruido del motor. Alcé las manos hacia la ventanilla; me apoyé en el cristal. Detrás de él vi la cara de mi pequeña con los ojos muy redondos; le temblaban los labios... Arrancó el coche, y yo caí de bruces. Corrí tras él, porque no se daban cuenta de que yo no estaba dentro; pero aceleró tanto que tuve que detenerme cuando ya el corazón se me salía por la boca... Me aparté, porque otro coche, en dirección contraria, casi me arrolla. Me eché a un lado, a esperar y a mirar, porque estoy seguro de que volverán por mí... Tanto miraba en la dirección de los desaparecidos que me distraje, y un coche negro no pudo evitar atropellarme... No ha sido mucho: un golpe seco que me tiró a la cuneta... Aquí estoy. No me puedo mover. Primero, porque espero que vuelvan a este mismo sitio en el que me dejaron; segundo, porque no consigo menear esta pata. Quizá el golpe del coche negro aquél no fue tan poca cosa como creí... Me duele la pata hasta cuando me la lamo. Me duele todo... Pronto vendrá mi pequeña y me acariciará y me mirará a los ojos. Los ojos y las manos de mi pequeña nunca serán capaces de engañarme. Aquí estaré... Si tuviese siquiera un poco de agua: hace tanto calor y tengo tanto sueño... No me puedo dormir. Tengo que estar despierto cuando lleguen... Me siento más solo que nadie en este mundo... Aquí estaré hasta que me recojan. Ojalá vengan pronto...

La viuda y el espantapájaros

Aquella mañana, cuando todo hubo pasado, Marta comprendió que todavía le quedaban fuerzas para cinco o seis muertes más, y que, mientras su marido se había quedado de pronto rigurosamente inservible, ella estaba más viva que nunca. Esto le pareció, al principio, un contradiós.

Toda la noche anterior, el velatorio se le estuvo antojando una broma pesada. Antes habían llegado las amortajadoras: una, alta y esquelética; la otra, regordeta y bajita. Con mucho trabajo, le colocaron a Urbano el traje de boda, de tiesa pana negra. Urbano había engordado en los últimos treinta años. El pantalón no podía abrochársele: se quedó abierto, atado con una cuerda a la cintura, y hubo que tapárselo con la chaqueta, para tapar así el lino más o menos blanco que asomaba. No era tiempo de flores. El cadáver tenía las uñas negras, porque la muerte había llegado de improviso. La cara, sin afeitar, dura y arisca. La pernera izquierda del pantalón reposaba en el ataúd como una bolsa vacía, y el pie derecho, descalzo y deformado, aparecía allí erróneo, vuelto un poco hacia dentro, como exigiendo la presencia del pie izquierdo.

Marta repasaba con todas sus fuerzas lo que había sucedido. Se decía: «Resignación... Sola... Irreparable... Para siempre... Sola», todo lo que sabía que iban a decirle a la mañana siguiente. Pugnaba con valentía por llorar: fijaba los ojos en un rincón del dormitorio sin parpadear hasta que se le irritaban; imaginaba escenas desastrosas; pero no lloraba. Veía cómo la cera goteaba sobre la solería roja y amarilla; cómo los hombres echaban la ceniza de sus gruesos cigarros en el suelo; cómo la maestra se dejaba vencer por el sueño y con placidez cabeceaba, con los brazos cruzados sobre el vientre, apartándose cada vez más del respaldo del asiento, hasta que, después de haber tocado casi las rodillas con la frente, se reincorporaba no bien despierta y empezaba de nuevo a dormitar. Veía el crucifijo de la cabecera, traído de la iglesia, reflejando su sombra parpadeante a derecha e izquierda. La de la derecha le parecía más fuerte; quizá la vela de la izquierda estaría mejor encendida... No tenía sueño. No tenía hambre. No tenía nada. Y desde luego, tampoco tenía ganas de llorar.

De cuando en cuando, alguna mujer, arrugada y de negro, se le acercaba:

—Toma algo, Marta, mujer. No vas a estar así toda la noche. Algo caliente. Un poco de tila, aunque sea. Voy a hacértela.

—No, no, qué disparate —contestaba Marta, y seguía contemplando cómo la cera manchaba la solería, y diciéndose qué difícil iba a ser quitarla, una vez seca, al día siguiente. Usaría quizá la navaja de Urbano...

A cada hora, la prima Vicenta sacaba café. Marta oía el ruido de las cucharillas contra las tazas. «Con lo caro que está el azúcar.» Hacia las cuatro, alguien dejó caer un plato y se rompió. «¿Quién habrá sido? Me cago en su padre», pero no volvió la cabeza. Miró, con los ojos desorbitados no porque albergara el temor de dormirse, al mismo rincón del dormitorio, y cambió la postura de las manos, que ya le hormigueaban. Las puso, con un rápido y breve gesto, debajo del delantal. Un instante después, con la derecha, se adelantó el pañuelo negro sobre la frente y la volvió a esconder. No pestañeaba.

—Parece una estatua —se decían los asistentes unos a otros. Ella los oía, allí, a su lado, y los veía moverse de puntillas trasladándose, aburridos, de un lado a otro. Le habría gustado no ser la viuda. Volverse y permitirles irse con un atisbo de sonrisa. No porque le fuera ninguno de ellos simpático, sino para que la dejaran en paz, para que no la compadecieran. Le gustaría decirles:

—A vuestras cosas, ea. Esto se ha terminado. Dejadnos solos de una vez.

Alguien, en un momento dado, de madrugada ya, debió de contar algo gracioso, porque tres o cuatro reprimieron unas risas, y una mujer siseó fuerte. Marta estuvo a punto de preguntar:

—¿Qué pasa? ¿Qué habéis dicho? Yo quiero enterarme también. Quiero reírme. Porque Urbano se ha muerto pero yo, no. Me parece...

Durante toda su larga vida de casada —y ahora, sin saber por qué, no se le hacía tan larga— se había figurado que, si se moría Urbano antes que ella, ella se moriría media hora después. Lo de «en caso de duda, yo la viuda» no iba con ella. Sin embargo, qué bobada, hoy era todo muy distinto. Urbano estaba cerca, bien tumbado, bien serio, con las manos cruzadas sobre el pecho, oscureciéndose por horas, con un párpado casi levantado y la boca un poquitín torcida (ella le había limpiado, recién muerto, una espumilla con la punta de su mandil negro), con las mejillas hundidas y el pecho demasiado alto, como una persona que descansa sin apoyar la cabeza en una almohada. Y así era: en su casa no había otra que la de la cama de matrimonio, ni cojines tampoco. No había encontrado nada que sirviera de cabezal a no ser un par de juegos de sábanas bordadas; pero eran de su ajuar y prefirió dejarlas. En los acontecimientos que suceden una sola vez en la vida no siempre se acierta con los pormenores... Y además, ¿qué importaba? Marta se sintió de improviso muy cansada. No tenía sueño, es verdad, pero tenía gana de dormirse. Al día siguiente, el funeral, el entierro, el visiteo, los rosarios... Que la dejaran tranquila. Que se fuesen todos a la mierda. Que se llevaran de una vez al muerto.

Como si la hubiera oído, la sacristana comenzó:

—*Domine, labia mea aperies*—y todos, menos la maestra, contestaron:

—Sin pecado concebida.

Así empezó el quinto rosario. Marta no intervenía. Le dolían las mandíbulas de tanto apretarlas. Tenía una flema en la garganta: sacó un pañuelo del bolsillo y escupió en él, luego se lo llevó a los ojos pero los tenía secos. Respiró hondo. Pareció que suspiraba. La miraron las mujeres sacudiendo la cabeza y haciéndose señas de comprensión.

—Es que eran uno solo. Qué matrimonio. Ya no hay de eso... Ahora y en la hora de nuestra muerte, amén.

Marta se volvió hacia su prima:

—La estera. Ese cirio de abajo me va a quemar la estera.

Vicenta dijo:

—Voy. Como era en un principio y ahora y siempre... —Se levantó. Quiso poner el cirio derecho, pero le cayó un goterón de cera en la mano y lo dejó escapar.

—Imbécil —masculló Marta y golpeó con el talón el suelo.

Empezaron a dolerle las piernas y se le entumecieron los dedos de los pies. Se preguntaba qué pintaba ella allí, al lado de un muerto, con esa gente por detrás murmurando. Le entraron deseos de salir al corral y mecerse en el columpio medio destrozado, bien arropada con la toquilla. Les echaría de paso de comer a las gallinas y se refrescaría, al fondo, con el agua del pozo, después de haber escuchado el chillido de la garrucha. Eso era real, eso se oía y se tocaba... Todo estaría oliendo a era y a gallinaza. A cosas verdaderas: no este pestazo a cera y a palidez y a gente floja y a café aguado que aquí había.

Se levantó. La sacristana detuvo en seco un avemaría. Vicenta quiso tomarla de un brazo. Marta hizo un gesto de desagrado mientras se sacudía.

—Ahora vuelvo —le escupió casi. Y salió.

El aire era el aire de siempre: frío y honrado. Al atravesar el corral, tres o cuatro gallinas cacarearon con sordina como si la hubiesen reconocido. Marta se apretó el nudo del pañuelo debajo de la barbilla. Era enjuta y alta. «Derecha como un huso», dijeron siempre de ella. Los ojos, negros y hundidos, relumbraban con la presentida luz del día. Subió los dos escalones que conducían desde el corral al cobertizo del lavadero. Se asomó a la ventana. La aurora era aún muy pálida. Detrás de la huerta, a la otra orilla del arroyo, subían los chopos en busca de la aurora que, verde y delicada, se dejaba sorber por ellos. Se dejaba sorber dócilmente, como un enfermo recién levantado, débil todavía, que se va acercando, risueño casi, temeroso, despacio, a quien lo llama. El agua estaba quieta. «Urbano, también. ¿Y qué? ¿Puedo yo remediarlo?» Sintió un rencor... El campo se iba abriendo igual que una gran flor. Y trascendía. Aspiró Marta el perfume del amanecer, de los animales, de la tierra enfangada. Descendió de nuevo al corral. Se descalzó por instinto. A través de las espesas medias negras, sus pies huesudos sintieron la paja, el estiércol, la humedad del terrizo. Le pareció que una vaca próxima y gigantesca le echaba una amable vaharada. Alzó la cara, y aspiró tan fuerte que estuvo a punto de un mareo. Se le dilataron las narices. Buscó el aroma bienhechor de las cuadras, el espeso aire de las cuadras cuando, al anochecer, cae a chorros la leche, entre las patas de las vacas normales, levantando espuma en los cubos, mientras desentendidas rumian con los serenos ojos posados en los pesebres, y apenas sienten que el gañán, hábil, acaricia el largo pezón oscuro, lo calienta, llamando a la leche, con sus tirones. La vaca sabe bien que no es la boca del ternero la que reclama ahora, pero eso no le importa: abre las patas y con calma espera hasta escuchar que un nuevo chorro cae, ruidoso y alegre, en la cubeta...

A Marta se le resbaló el pañuelo sobre los hombros. Con las dos manos se alisó el pelo a ambos lados de la raya y repuso el pañuelo en su sitio. Se calzó sin mover casi el cuerpo.

«Todo esto es mío ahora», de dijo. Y le subió desde el estómago a la boca un buche de acidez. «Sólo mío», y se agrandaba el amargor. Pero miró otra vez el alba, ahora casi azul, y las bardas del huerto cuyas piedras deberían estar frías, escurridizas, agudas, como barnizadas. Miró las hortalizas imperturbables, igual que ayer, quizá más crecidas. «No ha pasado gran cosa, por lo visto.» Las lechugas, los tomates... «Los pimientos no se han dado bien este año, ahora lo que es los calabacines...» Sonaron pasos. Giró, molesta, la cabeza. Era su prima.

—¿Qué te pasa, Marta? ¿Te encuentras bien? ¿Qué haces aquí tú sola?

—Nada. Miro.

—Anda, mujer. Vamos dentro. Hay que seguir viviendo. Hay que hacerse a la idea —y suspiraba igual que si el alma se le fuese a partir. «A ella que no la tiene», dijo Marta entre dientes.

Luego se imaginó los juncales, un poco más allá, en el leve recodo del arroyo, donde en verano croaban las ranas como locas. Y le vino a las mientes aquella yegua que tuvieron, *la Cordobesa,* tan buena moza y tan brillante. Y los días de cochura, cuando se pasan las manos sobre las cortezas tostadas y erguidas lo mismo que pechos de mujer. Y pensó con rebelde pesadumbre en sus dos pechos...

—Sí —dijo. Y entró.

Cuatro o cinco mujeres, puestas en pie, la aguardaban.

—Anda, mujer, Marta, descansa. Antes o después, esto tiene que sucedernos a todas. Ahora hay que descansar —le decían. Marta sintió que la tocaban, que la estrechaban entre sus brazos. Y le dio asco—. Hazlo siquiera por...

—¿Por quién? —preguntó Marta mirando fijamente a la que hablaba.

—Por ti, por todos, por el pobre Urbano que santa gloria haya.

—Ah —concluyó Marta y se dejó llevar.

La condujeron a la habitación que, hasta hace cinco años, había sido de Marcelo. Cuatro paredes, un catre y una mesilla junto a él. La percha la habían sacado de allí poco después de aquello. La tendieron sobre la cama sin cabezal. Le echaron por encima un mantón negro. Un fleco de lana trenzada le azotó la mejilla. Marta, con un movimiento brusco, lo apartó. Salieron las mujeres.

—Duerme aunque sea un poco, hija. Nosotros lo velaremos. No te echará de menos, ya verás.

Marta se quedó en la oscuridad con los ojos abiertos, mirando, sin verlo ni querer verlo, el techo y las vigas. Por unas rajas de la contraventana entraba de puntillas el día, el susurro del día. Entraban ya sus rumores y sus ruidos: el gallo, las llantas de los carros, las trallas de los mozos, las esquilas de los rebaños camino de la dehesa, el ladrido de los mastines, las pisadas de los vivos, sus voces...

Cinco años atrás también había empezado el día como siempre. Con más calor, con más genio que el de hoy. Entró Marcelo en la cocina. Era cetrino y espigado: se parecía a ella. Venía del corral, de lavarse, con el pelo mojado, gotas de agua salpicándole la frente. Se ajustó el cinturón.

—Buenos días, madre —sonreía.

—Buenos días. Aquí tienes el pan, la tortilla y el vino. Antes de oscurecer, coges la yunta y te vienes. No a la taberna ¿eh? Primero aquí, a aderezarte. Tiempo tendrás después.

Lo acompañó, ufana, a la puerta del corral. Lo vio irse hacia sus tierras, con los machos, guapo y fuerte, mientras se secaba en el delantal las manos. «Es mi hijo. Es bueno tener un hijo así.» Dio media vuelta y se metió en la casa. A despertar a su hombre, y a ayudarle en las cosas de la huerta, y a fregar y a lavar, y a disponer la comida de dos. «Los días son siempre iguales. Como el agua se van, unos detrás de otros.» Sacó los garbanzos del agua. La vertió por la ventana en el corral. «Se van igual que el agua...»

Fue después de comer Urbano y ella cuando se empezó a oír el alboroto. Abrió a medias la puerta y asomó la cabeza. Un grupo de personas traía, medio atravesado sobre una caballería, un cuerpo. Se pararon delante de la casa. Marta estaba clavada allí, insensible, blanca, sin terminar de abrir la puerta. Urbano preguntaba:

—¿Qué es? ¿Qué pasa, mujer?

Ella era toda plomo. Alguien la apartó. Entraron a Marcelo hasta esta cama donde ella estaba ahora. Marta se fue detrás, sin saber por qué ni cómo. Se encontró cerca de él. Estaba verdoso, con los ojos cerrados. Una mano encima del pecho, muy arriba; otra, colgando, cerca del suelo: no, rozando el suelo. De la cintura hasta las rodillas —él se había apretado el cinturón—, un mar de sangre cuajada. Se notaba dura la tela del pantalón. Marta creyó oír un borboteo. Recordó una marmita de agua hirviendo en alguna parte, acaso en la cocina. Pero de allí ya no manaba sangre.

—¿Está muerto? —preguntó una voz.

Marta pensó: «¿Es a mí? ¿Me lo pregunta a mí? ¿Qué sabemos nosotras cuando un hijo está muerto?»

—El médico. Es el médico.

Alguien abrió paso y apareció a su lado el médico. Se inclinó sobre el cuerpo. Ella le veía la espalda. Llevaba, en la chaqueta oscura, un hilo blanco. Marta alargó la mano y lo quitó. Luego, cruzó los brazos. «¿Qué habrá sido del pan y la tortilla?... Está muerto.» Como si lo hubiera oído, el médico, aún inclinado, volvió la cara y la miró a los ojos. Ella sintió dos manos que le apretaban los hombros desde atrás. Supo que eran de Urbano. Sin mover la cabeza, dijo:

—Que se vayan todos.

Se sentó en el suelo, a la cabecera de la cama. Habían empezado a acudir moscas. Quitándose el pañuelo de la cabeza, las espantaba. Garganta arriba, le subió como un pájaro. Se le quedó, dentro de la nariz, entre los ojos. Y aleteaba. Levantó la barbilla de pronto con fiereza. Lanzó un largo alarido. Lo recibió la tarde como una cuchillada. Cuando dejó caer la cabeza, le dolía la nuca.

Entraron las amortajadoras con la prima Vicenta. Traían unos lienzos y unos baldes con agua. Vicenta la sacó a empujones del cuarto. A la entrada estaba Urbano, que la miró con los ojos muy turbios.

—Mujer, mujer.

No se acordaba de más.

Hacia el anochecer fueron diciéndole, poco a poco, lo que había ocurrido.

Cuando Marcelo llegó a las tierras, ya estaba Lucio arando las de al lado. Lucio era el novio de Marina. Dos meses atrás, todavía lo era Marcelo. Los dos muchachos se odiaban. Ambos araron una hora cerca de la linde común, mirándose de reojo, cruzándose, arreando las bestias, golpeándolas con rabia, sin descansar un instante, sin limpiarse la frente ni el cuello del sudor. El sol había ido subiendo. De súbito, con sorna, Lucio rompió a cantar:

«A la familia los Tusos
le echaron la maldición.
Las mujeres son calientes;
los hombres, vaya por Dios.»

Marcelo se mordió los labios. Detuvo la yunta. Se ajustó los pantalones y cantó, con la mano en la esteva, mirando a Lucio:

«Entre los cuernos, el novio;
la novia, por la barrera.
No quiero meterme yo
donde se mete cualquiera.»

Los dos, como si se hubiesen puesto de acuerdo, con las trallas en la mano, fueron hacia la linde. Se miraron de hito en hito, apretados los dientes, los músculos de las mandíbulas a punto de saltar. Durante un minuto no se dijeron nada. Se oyó cantar, por los surcos, un pájaro. Cabeceaban en paz las yuntas. No había nadie más que ellos dos. Uno dijo:

—El que acabe de arar el último que se corte el miembro.

—Que se lo corte —dijo el otro.

Cuando llegó la noche, salió Marta de su casa por la puerta de atrás. Se oían las ranas, desesperadas, a la orilla del río. Había una luna casi llena, muy blanca. No necesitó encender la vela del farol. Andaba muy deprisa. La enagua y las sayas se le metían entre las piernas. Crujían las telas al andar. Al llegar a las tierras iba empapada por la fatiga. Encendió entonces el farol y se dirigió a la linde de poniente. Siguió el último surco, alumbrándose, hasta donde lo vio interrumpido. Levantó la luz y buscó. Sacó del bolsillo un papel de estraza. Se agachó, cogió algo de entre los terrones y lo envolvió en el papel. Cerca, sobre el surco, había un hocino con una mancha oscura. Lo recogió también.

Volvió a su casa. Al pie del pozo hizo un hoyo y enterró el envoltorio. Se santiguó. Luego volviendo algo la cara, escupió fuerte. La saliva salpicó el brocal.

Al entrar en el cuarto de Marcelo, la miraron todos. Olía mucho a flores y a cansancio. Marta se pasó una mano por los ojos. Oyó decir:

—Era el mejor del pueblo.

Marta pensó: «Gracias a Dios está ahí tumbado. ¿De qué iba ya a servir?», y se sentó en una silla baja, a los pies de la cama.

Un ruido de sillas la devolvió al presente. Los hombres se iban a sus trabajos. Le llegaron los cuchicheos de las mujeres. «Urbano tendrá que... No; Urbano, ahora, también.» Alzó las manos. Se las miró. El dorso, las palmas, los dedos... Las dejó caer, pesadas, sobre su estómago. Le crujieron, vacías, las tripas. Se debería haber muerto hace cinco años. Se debía haber muerto hoy. Pero morirse era difícil. ¿Qué podía hacer ella?

—Mira la Isabel con el cántaro en la cadera. Quién la pillara —dijo una voz de hombre por la calle.

«Los hombres, siempre los hombres», pensó Marta, y se quedó dormida.

Los paños negros, el frío de las losas, la casulla de luto, el toque de difuntos, las vecinas arrodilladas delante de sus cirios encendidos y colocados como en pequeñas cantareras negras, Urbano metido dentro de la caja, tan lejos, tan inmóvil... En la iglesia, por la mañana, había llorado Marta. Un instante nada más; pero no de dolor, quizá de hastío. El cura, con el alba y la estola, se detenía delante de cada portacirios. Le echaban una limosna en el bonete y él murmuraba entre dientes un responso. Otra limosna, otro responso. Hasta que la dueña de los cirios decía amén en voz muy alta, y el cura se alejaba hacia otra, murmurando «Dios te lo pague».

El manto le tiraba del pelo a Marta. De vez en cuando, se lo subía y lo apoyaba en los hombros. No pudo llorar más. Unos mozos sacaron la caja. Desde el atrio, las mujeres los vieron alejarse por la vereda del cementerio. El día estaba fresco y claro. Corría un aire fino. El manto se le pegaba a Marta, con el aire, a la mejilla izquierda. Llevaba un pañuelo blanco en las manos. Vio el castillo, medio derruido, sobre la colina: casi plateado, del color de la tierra. Bajó los ojos con desgana. Tenía un zapato manchado de cal. Golpeó el suelo con el pie. Se fue un poco de la cal, pero no toda.

Las mujeres la acompañaron a su casa. Se sentaron en el zaguán unas, y otras pasaron dentro. Comenzaron a hacer los elogios del difunto. Una vieja desdentada contó cómo, de chico, de un cantazo seco le mató el gallo al alcalde. Y se reía, limpiándose el ojo izquierdo legañoso y llorón. Otra, de la edad de Marta, confirmó:

—Un real mozo. En las fiestas, llegaba, y se paraba el baile.

—Era ahora y había que verlo —añadió otra, más joven—. Tan reluciente, tan bien plantado, tan...

Marta se fue al dormitorio. Sentía como una náusea arriba, entre los pechos. «Un hombre. Eso es lo que era y nada más. Un hombre: el mío.» Se le nublaron de lágrimas los ojos.

—Vicenta —llamó. Se quitó el velo. Lo dobló. Prendió los alfileres. Lo dejó encima del cuadrante de la cama. Entró Vicenta. Marta sin mirarla le gritó—: No quiero a nadie aquí. Échalas. Y al salir tú, encaja bien la puerta.

Fue en ese momento cuando se dijo que todavía le quedaban fuerzas para cinco o seis muertes más.

Una vez que hubo reunido cuanto de Urbano había en la casa, subió al sobrado por una estrecha y empinadísima escalera. Para ayudarse, apoyaba la carga en los escalones de más arriba, y a mitad de camino se dijo que quizá hubiera sido preferible no despedir a la Vicenta.

—Ya no soy joven yo —musitó—. Las muertes echan años encima. Por un poco de tiempo por lo menos. Con unas cuantas más, me despacharían a mí también. Pero ya no me queda nadie por morir.

Se dispuso a meter ropas y recuerdos en un viejo baúl. Abrió la tapa arqueada. Allí estaban el traje de faena de Marcelo, y mucho más abajo, liada en un paño blanco, la corona de azahares de cera de su boda.

Los testigos del novio, en el presbiterio, le gastaban bromas chocarreras, en voz baja, que ella, sin embargo, oía muy bien:

—Ya falta menos, Urbano... ¿Podrás tú con la Marta? Mira que es mucha mujer... Todavía estás a tiempo.

Él, por fin, harto, había vuelto apenas la cabeza y, con su voz de siempre, les había dicho:

—Coño, qué pesados sois. ¿Queréis no jorobar? —Y había seguido contestando a las preguntas del cura.

Esta tarde Marta doblaba y extendía en el baúl los pantalones de Urbano. Hacía tres meses habían dejado de servirle ya en parte: fue cuando le tuvieron que cortar la pierna por lo del ataque al corazón. Ella le había plegado la pernera izquierda de todos los pantalones y se la había prendido con un imperdible a la cintura. Pensó, con rabia, en lo de la mañana anterior. El nuevo coadjutor, rubio y jovencito, había llegado con los óleos. Marta preparó una mesita y la cubrió con un paño bordeado de puntillas: un camino de mesa que nunca había utilizado por demasiado fino. El coadjutor tocaba con un algodoncito la boca, los oídos, las manos de Urbano recitando latines.

—Descúbrale los pies —dijo. Ella le descubrió el izquierdo, pero el coadjutor insistió—. El otro, el otro también. Vamos, el otro.

Marta, del lado contrario de la cama, se engalló:

—¿Qué puñetas el otro? ¿No ve usted que no tiene?

El coadjutor, enrojecido, terminó deprisa su quehacer y salió de la casa. «¿Qué querrán estos curas?», se quedó rezongando Marta, aún furiosa.

Al cerrar el baúl sintió un desmayo. Como si se estuviese quedando vacía o se le ensanchase el estómago.

—Hambre —dijo como quien nombra a un conocido que aparece.

Había hecho el propósito de no comer en todo el día, pero se dio cuenta de que no podría resistirlo. Está bien, comería. Lo abandonó todo y, tomada la resolución, bajó deprisa a la cocina. En la pequeña despensa, a la izquierda, le dieron al entrar en la frente las ristras de ajos y de guindillas. Vio, pendientes del techo, los embutidos de manteca blanca, rotundos y tirantes. En la pared, colgado sobre un papel grasiento, un jamón recién empezado. En una repisa el especiero de madera de saúco expandía sus aromas y le hizo temblar las aletas de la nariz. «Esto es lo que yo entiendo: las cosas de verdad, que huelen y que pesan. Cosas de carne y hueso. No sé yo nada de muertes ni de entierros.» Alargó las manos y le pareció que todo la recibía con júbilo. ¿Sería que nunca quiso a su marido? Estaba segura de que sí: nada en este mundo por encima de él. Pero él ya no estaba en este mundo, y ella, sí. Se oía sonar, dentro del vientre, las tripas. Quiso olvidarse de ellas y salir y rezar un rosario, y estarse sentada, por fin viuda, viuda, en la sala, con una foto sepia y algo borrosa de Urbano en el regazo. No obstante, no pudo. Se apoyó en el marco de la puerta. Se rehízo a trancas y barrancas. Tomó un cuchillo estrecho y, con habilidad, cortó una gruesa loncha de jamón. Mientras la comía con avidez, recordó que Urbano tenía, en el labio superior, una cicatriz breve que a ella le gustaba besar. Pensaba aún en la cicatriz cuando vomitó lo que había comido.

Al día siguiente, para distraerse, se dispuso a arreglar el espantapájaros de la huerta, cercano a los ciruelos, que había caído a tierra la tarde en que Urbano se murió. Sacó un raidísimo traje, remendado por las rodillas: el que él utilizaba para regar antes de la operación.

—¿Dónde quiere usted que pongamos la pierna? —le había preguntado el cirujano.

—En la tierra como es debido, ¿dónde, si no? —contestó Marta.

Se la llevó a su casa bajo el brazo entre un par de toallas. No habló con nadie de quienes se encontró en el camino, no muy corto, desde el hospital. Y la había enterrado al fondo del huerto, debajo del manzano.

Con el gastado traje en las manos, salió de la casa. Cogió un puñado de pajas largas al pasar por el corral. Rellenó las mangas de la chaqueta; ató un haz al palo del espantajo; colocó, como en una percha, las hombreras; a cierta altura, sujetó los pantalones. Después se quedó un instante en suspenso, entró de nuevo en la casa y sacó de su costurero unas tijeras. Se lo había comprado Urbano en una feria. De jóvenes, al principio. Él había pasado tres días fuera del pueblo. La tarde que llegó... Hasta la mañana siguiente, bien entrada, no tuvo tiempo de ver el costurero. Con las tijeras volvió a la huerta y cortó, decidida, en redondo, la parte delantera del pantalón alrededor de la bragueta. La tela amarilleaba un poco por allí. La miró mucho tiempo en sus manos. La dobló luego y se la puso sobre el pecho, debajo del vestido. Dio la espalda al espantapájaros y anduvo hacia la casa. Ya en la puerta, se volvió de nuevo y contempló un buen rato cómo el aire movía con suavidad el traje casi marrón de su marido, las mangas, los perniles... Y entonces fue, sin saber por qué, cuando empezó a sentirse por vez primera viuda.

Al entrar en la casa, pensó ordenarla. Habría que devolver muchos cacharros a su sitio de antes, del que la enfermedad los sacó con su sinsentido. Habría que limpiar las sillas de los rosarios, quitar la cera que cayó en la solería del dormitorio, ventilar las habitaciones, sacudir las esteras... Sobre la mesa había una cacerola. La tomó para llevarla a la cocina: por ella empezaría. Tres días sin arreglar la casa era demasiado tiempo. No llegó a la cocina; se detuvo antes; miró la cacerola de cobre que llevaba en la mano, desanduvo el camino y la volvió a dejar sobre la mesa. «Tengo tiempo. Ahora no hay nadie que me estorbe. Ya lo haré.» Y se sentó.

Notó algo extraño: se había sentado de una manera distinta a la habitual. Normalmente Marta apenas se apoyaba en el asiento, no tocaba el respaldo, siempre dispuesta a levantarse de un salto y pendiente de que alguien o algo lo exigiera. Ahora no; ahora se había sentado con todo su peso, se había dejado caer. Como quien dice «ya he llegado», y sabe que, de una vez por todas, va a poder acomodarse con absoluta despreocupación. Marta, cruzadas las manos sobre la falda, discurría con abandono, sin fijeza: «Dicen que hay mujeres que se mueren de amor. Mentiras. Paparruchas. Morirse de amor... Se muere una de cosas verdaderas: el corazón, el hambre, la cabeza. Pero lo que es de amor... Hay dos: uno se va y otro se queda, y ya está. Lo demás son comedias. ¿Es que no siento yo a mi Urbano? Claro, pero no me pienso morir por eso...» Y recordaba, también con vaguedad, a su marido. Con las dos piernas siempre. En el tiempo en que conocía su llegada antes de que traspasara las tapias del corral, lo mismo que los perros. Lo veía de muchas maneras, en todas las posturas, en todos los instantes...

Se había acercado a la cama. Ella, pálida y seria, tenía a Marcelo, acabado de nacer, en brazos. Él ya sabía que no podrían tener más hijos. Observó, sin acercarse, al niño. Observó, sin acercarse, a Marta. Y torciendo un poco la cabeza, le dijo despacito:

—Mujer.

Era callado e impasible. Al principio del matrimonio, ella le había visto sonreír un día y creyó que estaba enfadado, o enfermo acaso. No se le olvidó nunca esa sonrisa. Ahora estaba convencida de que aquel día la había engañado con otra. Golpeó con el puño el brazo del asiento. Pero jamás hablaron de ello. Ya se lo preguntaría. «¿Preguntárselo? ¿Cuándo?», se corrigió.

Otro día le trajo de la ciudad unos pendientes.

—Pero no te los pongas —le había dicho. Y allí estaban intactos.

«Dicen que a los hombres se les quiere por los ojos o por la boca o por la voz o por el pelo... Es una fantasía. Se les quiere o no se les quiere sin explicación, y nada más.» Ella lo había visto entrar, con los demás mozos, en su casa cuando murió su padre. Supo con certeza que aquel hombre era el suyo. Y lo había sido. Las cosas son así, no hay quien las tuerza. Al quinto rosario, él se sentó al lado de ella. Durante cuatro días se habían estado mirando sin hablarse. Aquel quinto, tampoco se hablaron. El sexto, él le dijo:

—Marta.

Y ella había contestado:

—Sí.

«Las cosas pasan sin que nos enteremos cómo. Pasan porque tienen que pasar.»

Marta levantó la cabeza. Oyó dar los cuartos al reloj de la iglesia. Contó después las campanadas. Eran las tres de la tarde. Llevaba cuatro horas sentada con las manos vacías. No había hecho ni comida ni nada. «Guisar para mí sola...» En la cocina mordisqueó un cantero de pan duro y bebió un vaso de vino. Se le vertieron unas gotas por la barbilla y sobre el pecho. Se limpió con la mano. Notó, bajo el vestido, el recorte de tela que antes se había guardado. Lo sacó. Lo estuvo mirando, mirando... El reloj dio las seis.

A las siete llegaron las mujeres a rezar. La sacristana enumeraba los misterios del rosario. Marta no la escuchaba. No percibió si contestaba o no las avemarías. Lo que percibió es que no estaba triste. Notaba el corazón agitado, como si se aproximase alguna cosa y no presagiara ni por lo más remoto qué. Sobre el corazón, el recorte de tela, que ella tocaba al alzar a menudo la mano, le pesaba como una buena noticia que le estuviese prohibido compartir.

Vicenta le rozó el hombro.

—Marta, que te estoy diciendo si quieres que te traiga algo de fuera.

—No, no —contestó, espabilada, con prisa. Miró alrededor, habían desaparecido las mujeres. Estaban Vicenta y ella solas—. No necesito nada.

Cerró las puertas y se fue al dormitorio. Se desnudó despacio, distraída. El recorte de tela lo puso debajo de la almohada. Se acostó en el lado derecho de la cama, donde solía acostarse Urbano. Apagó la luz. Tenía abiertos los ojos. Transcurrió un poco de tiempo. El silencio era espeso. Hasta que lo deshizo el crujido de una puerta. Se abrió luego la del dormitorio calma, sin el menor ruido. Entró el espantapájaros. Ella supo, sin dudarlo, quién era. Se cambió al lado izquierdo de la cama, y dejó libre el otro, entreabriendo el embozo. Él se introdujo, sin prisa, entre las sábanas. Marta no lo miró. Seguía con los ojos clavados en el techo. Sintió pronto una lenta tibieza a su derecha. Unos labios, como en las noches de antes, se pegaron a su oreja. Escuchó un susurro:

—Mujer.

Ella, obediente, se arremangó el camisón y se dio la vuelta en busca de esos labios.

Apenas se levantaba de la cama. Se acortaron los días de rosario. Vicenta aseguró a las vecinas:

—Está enferma. O agotada. Eso es, muy agotada. Tiene que reponerse.

Venían a visitarla, con brevedad, al anochecer. Casi no hablaban. Se iban enseguida, porque ella no contestaba a las preguntas ni hacía comentarios. Por las mañanas, Vicenta, en media hora, le arreglaba la casa. Marta estaba alegre. Cuando se quedaba sola, casi se sonreía. Notaba un dulce dolor en la cintura como de recién casada o de mujer encinta. Suspiraba de cuando en cuando. Pasaba la mano por la almohada, alisándola. Sólo quería cerrar la puerta, cerrar la ventana, quedarse a oscuras, esperar la llegada. Se hacía la dormida y esperaba. Nunca tardaba mucho. Fingiendo dormir, incluso conseguía que la llegada se repitiera varias veces, hasta de día. Para eso se peinaba, se lavaba, se perfumaba la frente, el cuello, el pecho...

Vicenta no consiguió despertarla una mañana. Estaba ya fría y tenía entre los dedos, muy apretado, un recorte de tela. Fue difícil quitárselo. La semana anterior habían enterrado a su marido. De las orejas de Marta colgaban unos pendientes. El dormitorio olía a agua de colonia.

EL VISITANTE DESATENDIDO

C on la sensación de que alguien lo observaba insistentemente, se despertó. En efecto, al lado izquierdo de la cama se hallaba sentado un hombre, algo mayor, de aspecto irreprochable. Un gabán oscuro y amplio lo envolvía. El forro, que algún ligero movimiento dejaba adivinar, era de seda roja. Sobre su rodilla derecha, un sombrero, en cuya ala reposaba un par de guantes grises. Sus manos se apoyaban en el puño de plata de un esbelto paraguas, y el mentón, firme y bien afeitado, descansaba sobre las manos. La atención con que vigilaba a Mario era tanta, y tal la fijeza de su mirada, que parecía que, habiendo dejado de contemplarlo, se hallaba ensimismado.

—¿Quién es usted? ¿Qué hace aquí? —gritó Mario.

—Buenas noches —murmuró el visitante.

—¿Quién es usted? —volvió a preguntar, sobrecogido, Mario, no bien seguro de haberse despertado.

—El taxista —se le contestó.

—¿Qué taxista?

—El taxista —insistió el hombre del paraguas sonriendo, como si bromeara.

Mario recordó vagamente a varios taxistas, pero ninguno se asemejaba demasiado a la persona —o a la aparición— que ahora tenía delante. En vista de ello,

—¿Por dónde ha entrado? —preguntó.

—Lamento tener que decirle que por la puerta: he utilizado una ganzúa —soltó una breve y casi imperceptible risa—. «¿Por dónde he entrado? ¿Quién es usted?» ¿No sabe hacer otra cosa que preguntar minucias? No he entrado por ningún sitio. Hacía mi ronda. Pasaba por aquí.

—¿Por aquí? ¿Por dónde? —gritó casi temblando Mario—. ¿Por esta ciudad, por este mundo, o por dónde?

—Por este dormitorio simplemente —aclaró el hombre del paraguas—, si es que eso le garantiza algo.

—¿Y qué quiere? ¿Qué busca?

—¿He dicho yo que buscara alguna cosa? Me habré expresado mal.

—Pero ¿usted es real, o forma parte de un sueño?

—Ah, eso lo verá usted. Por lo que a mí respecta, estoy seguro de ser lo bastante real.

Extrajo de su bolsillo interior una pitillera de plata y encendió un cigarrillo. Una larga bocanada de humo azulado y bienoliente a la nariz de Mario. Éste quiso alcanzar el conmutador de la luz. Una mano larga y firme se lo impidió.

—No lo haga. No es necesario.

—Usted no da la impresión de ser un hombre normal, de carne y hueso. Ni siquiera parece un ladrón.

—Ah, qué vaguedades dice usted. Creí que la conversación iba a resultar mucho más interesante. Por lo que veo, no distingue muy bien lo real de lo soñado. Cuando hay algo que no ha visto nunca prefiere creer que sueña. Algo confuso, y usted se dice: despertaré; algo que le molesta, y usted dice: pasará. Además, hasta ahora siempre pensé ser alguien perfectamente correcto.

Mario, con las manos en la cabeza, exclamó:

—Todo esto es insólito. Váyase, por favor.

—¿Qué hora tiene? —preguntó el visitante.

—Las seis menos cuarto de la mañana.

—Ah, creí que eran las tres y diez. Este reloj mío siempre me juega extrañas pasadas. El Presidente francés tiene un reloj de solapa cuadrado pendiente de una cinta negra. Todo el Gobierno y gran parte del pueblo miran en él la hora. Sin embargo, la suerte de la V República depende de este pequeño y enloquecido reloj mío. —Y mostraba a Mario un aparatito minúsculo cubierto con una tapa de laca negra que se levantaba al accionar un oculto resorte—. Los franceses —prosiguió— son tan lógicos. Se ponen nerviosos por casi nada y cierran los ojos por casi todo. Como usted. Apenas si tienen salvación... Pero esa es otra historia. Buenas noches, señor. Encantado de haberle conocido. O, si he de serle sincero, quizá no del todo. Había venido con la intención de hablar de tantas cosas... Parece que me he equivocado de lugar. O de hora. Lo lamento. No suele sucederme.

Se había incorporado. Su cabeza se perdía en la oscuridad.

—¿Se va?

—Sí.

—Pero ¿por dónde?

—Ahora usted quiere saber no sólo que me voy, sino por dónde me iré. ¿Será para evitar que vuelva en otra ocasión? Descuide, no ocurrirá: me ha desilusionado. No se tome el trabajo de devolverme la visita... ¿Me haría el favor de bajar los párpados un instante? Sólo un instante.

—Pero ¿por dónde se irá?

—Por usted mismo, amigo mío. Por donde he venido.

Cuando Mario abrió los ojos, la habitación estaba sola.

—Qué absurdo sueño —suspiró, pasándose la mano por la frente. Y se volvió a dormir.

A la mañana siguiente, al sentarse en la cama y poner los pies en el suelo, vio sobre la alfombra, caído, un par de guantes de un gris no demasiado oscuro. En realidad, no supo qué hacer con él: no eran de su medida.

Lo encontraron encima de la mesilla de noche, al mismo tiempo que el cadáver de Mario, unos días después. De la autopsia se dedujo que había fallecido de una muerte absolutamente natural.

La pueblerina

D e repente dejé de atender. O me di cuenta de repente de que había dejado de atender. Cenaba en un chiringuito de la playa con unas compañeras. Ellas reían, ayudadas por el vino mezclado con gaseosa. Dejé de escucharlas. La noche se redujo a unos ojos. Brillaban en una mesa próxima, y yo no podía despegar de ellos los míos. No hubo más mar, ni más luna, ni más risa, ni más vino con gaseosa. Cuando se levantó, me levanté. Bajo las tablas del chiringuito, por las grietas, vi la arena. Me hice la distraída porque no sabía qué decir ni qué hacer. Él me cogió del brazo como si no me hubiera hecho otra cosa en toda su vida. Yo me dejé coger como si no hubiese deseado otra cosa.

«Buenas noches», me dijo. Qué presencia de ánimo. Yo no le contesté, claro: no podía ni hablar. Me llevó hasta la orilla, casi a la misma espuma. A la derecha había unas cuantas palmeras. Qué largo fue el trayecto. Yo no sabía lo que iba a suceder... No sé si lo sabía. O por lo menos no sé si sabía que lo sabía. Me hizo girar y me puso frente a él. Vi sus ojos cargados de dominio. Sí lo sabía... Vi sus labios bajo un bigote oscuro. No tendría ni cuarenta años...

Me temblaban las piernas; apenas me sujetaron. Me sentí húmeda y cerré los ojos suspirando. Ya no los volví a abrir. Él me besó como si tuviera hambre. Me dobló la cintura y me depositó con suavidad en la arena. Noté los pinchazos de una palma caída; la arena no estaba completamente seca. Pero no me importaba.

Cuando regresamos del paraíso, mis amigas no estaban. Me acompañó a casa. Se llama Luis Alberto. Tiene veintiocho años. Nunca viviré otro verano como este, ni lo había vivido antes. Fue como un oleaje; como entregarse, haciéndose el muerto, al mar. No me pregunté nada, no me planteé nada... Duró lo que el verano. Ay, no: espero que me escriba, porque de aquí no era. Alguna noticia, algún telefonazo. Eso es lo único que espero: el resto de la vida no me importa. Aprieto los dientes y sé que no puede haberse terminado. La felicidad absoluta no dura sólo una semana justa. Sería una injusticia.

En mi propia carne estoy advirtiendo lo inútil que es sufrir. Sobre todo, sufrir por los demás. Y más aún, por un dolor que los demás te causan. Creo que estoy a punto de morirme. Cada día, y ya son muchos días, sé que algo va a pasar pero no pasa. El ser maravilloso no ha vuelto a respirar. Quizá le haya ocurrido cualquier cosa, una enfermedad, una inaplazable tarea, qué sé yo, una desgracia: la muerte de su padre... No, yo sé que no. Ya estamos en noviembre, que se dice muy pronto.

Sé que hay gente en la vida que llega como a un nirvana: ya no hay nada más importante que el presente, el momento que viven, la situación que viven. Personas que disfrutan al máximo de cuanto las rodea, y que lo aprecian todo, aunque tengan sus preferencias, y se dan por entero a cuanto realizan... Estoy segura de que Luis Alberto es así. Escribe poesía, me dijo, escribe prosa, estudia, da clases en la universidad del sitio donde vive, asiste a conferencias, pide subvenciones, viaja, duerme, descansa, le gusta el fútbol, y se divierte con sus amigos, no como yo... Y, por si fuera poco, besa como si no hubiera besado nunca, con tanta voracidad que te da miedo, porque es que muerde, como los antropófagos... Me llamaba para amarnos, para vernos (que era amarnos) y para sorprenderme con el regalo de un pin que dice *Visquem en valencià:* un detalle finísimo, que yo mojo de llanto cada noche.

Leo libros que enseñan que la libertad y la independencia son lo más bonito de este mundo. Y me distraigo pensando que lo más bonito es Luis Alberto tumbado sobre mí a la luz de la luna, en el calor de aquel verano, que parece tan antiguo y fue este mismo... Leo libros que aseguran que buscar la seguridad en nada es una gran demencia. Y, sin embargo, me atormenta que no me llame ni me busque un hombre que debe de ser tremendamente libre e independiente, y al que sin duda le gusta estar de cuando en cuando solo... Es lo que yo me digo. Pero es que desde agosto hasta noviembre quizá sea demasiada soledad. Por lo menos pongo la mano en el fuego de que lo es para mí... Yo soy celosa y egoísta y tonta, y quisiera que me perteneciese en exclusiva todos los días del año. Aunque quizá eso fuera demasiado y resultaría hasta empalagoso. Porque hacer el amor sin parar tiene que dar por tierra con el diálogo, con el deseo, con la pasión, con el gusto de encontrarse de repente como por casualidad, y con eso de que te regalen un sencillo pin que diga *Visquem en valencià*.

Dios mío, ¿qué pasa con nosotras las mujeres de hoy en día que aún le damos una importancia suprema a las cosas del corazón? ¿Es que habrá hombres así por este mundo? A mí me gustaría encontrar a un compañero capaz de languidecer por mí. Soy moderna, pero en fin... Qué rabia me da que yo me vuelque del todo en cuatro días y ame a la otra persona como si fuese el verdadero e insustituible amor de mi vida. (Y es que lo es.) Me da rabia necesitar el cariño de los otros. Y me da rabia que me gusten tanto los besuqueos, los abrazos, las caricias y todas esas cosas que está feo decir... A veces veo a alguien que saluda a una conocida con dos besos, y me da mucha rabia. (No creo que sea envidia.) Yo perezco por un apretón intencionado de manos. Perecería porque me cogieran del brazo en el paseo, o porque me achucharan dentro de un coche... Miedo me da hacerme cargo. No quiero ser así. Pero, por más libros que leo de feministas y de feminismo —y de psicología también, ¿eh?—, no logro hacerme una mujer de hoy día. Mis compañeras, yo lo sé, pasan de estos romanticismos estúpidos y van directamente al grano: atenciones, obsequios, cenas, salidas, ropas... Yo desgrano mis días añorando un roce de arrebato efervescente. Un roce o lo que sea... Cómo fue aquel verano. Bueno, cómo fue este verano...

No sé si cambiaré, ahora que me doy cuenta de mis errores. Luis Alberto, tan firme, me habría ayudado a cambiar. Yo me lo repito: hay que ser valerosa, levantarse y huir de la mesa camilla, y vivir el presente... Yo lo viví en la playa de tal modo... ¿Y con quién voy a vivir el presente, si Luis Alberto no aparece y nadie lo ha sustituido?... Yo aspiro a despegarme de los viejos atavismos, de ese lastre que me frena y me ata al camino que va quedando atrás. Ya es hora de andar sin detenerse. Lo que me ocurre es que a veces me pregunto si no andaré de lado como un cangrejo, o si no me sentaré demasiadas veces a descansar... A descansar, ¿de qué?... No; no hay que mirar tanto a los demás. Amar no significa entregarse atada de pies y manos. Porque la otra persona también tendrá sus pies y sus manos y su camino. Y que tropezará como yo, vamos. Y que recorrerá los mismos andurriales que yo... En el fondo, eso a mí qué me importa. Yo lo que quiero es que me amen y me estrujen.

Desde luego, mi madre no tiene ningún derecho a atarme, a prohibirme mi propia realización con sus frases tergiversadas, que no me dan ningún pánico desde que sé cómo son las cosas y los hombres. La libertad que los padres quieren para nosotros es un sentimiento que nos acusa en cuanto hacemos uso de ella. Yo, que no soy tan tonta, me he fijado. ¿No vivió mi madre su vida? Pues yo he de vivir la mía por obligación. No se la voy a sacrificar gota a gota. Ah, eso sí que no. Bien clarito quedó cuando Luis Alberto venía a buscarme este verano. No me da la gana encadenarme a este querer de mi madre tan absorbente, ni a su abnegación, ni a sus melindres. Ella ve peligros donde yo no los veo. Y además que cómo mi madre va a saber lo que yo sentí cuando el cuerpo de Luis Alberto, esa barbaridad del cuerpo de Luis Alberto, se apretaba contra el mío. Se apretaba y algo más, contra el mío... O sea, que pensar sí pienso; pero es tan difícil actuar. Quiero ser libre y respetar la libertad ajena. Quiero ser buena. Quiero ser la que no he podido ser en los cincuenta y tres años de mi vida, aunque a mis compañeras les confiese sólo cuarenta y siete... ¿Me dará tiempo a verme feliz conmigo misma, con mis queridos libros, con mi querida música, con mi querido Luis Alberto Gómez?

He vuelto a poner un anuncio en el periódico para buscar «una persona afín», y otro para reunir un grupo de personas con quienes organizar la Navidad. Porque me imagino sola con mi madre y me da un síncope: ni belén, ni árbol, ni nada como unos ojos arrobados mirándome... Me gusta creer en todo, sí, pero me pesa. Me pesa tener que ir con mi carretilla de suspiros de puerta en puerta preguntando si vive allí un romántico, que nunca vive allí... Cómo será, que he hecho dos poesías. No valdrán nada, pero son muy bonitas. Y leo mucha poesía últimamente. Tanta, que a veces me sorprendo leyéndola en los ojos de algún hombre con quien me cruzo. Es posible que la haya, pero no para mí... Por eso tendré que comprarme, para esta Navidad, un vestido descocado y muy sexy, y me pondré ligueros, y beberé para encandilar al que se tercie y encandilarme yo... El liguero lo encontraré en «La Hortensia», de la calle Real; el vestido, no sé, tendré que ir a Alicante... Estoy convencida de que alguien me verá maravillosa igual que yo vi a Luis Alberto, si es que lo vi, debajo de la luna y las palmeras, a la vera del mar, con todo aquello de manifiesto, en aquel agosto inolvidable... Y comenzará un año de toma pan y moja.

ITINERARIO PARA UN ANOCHECER DE 1961

Quedaron atrás los jardines del Ministerio del Ejército. La flor de los magnolios ya había desaparecido. En medio de ellos, desmedrado, se derramaba un sauce. No vio otras flores que las rosas, y las encontró apagadas, como recién despiertas de una siesta demasiado larga. El día había sido muy caluroso. Las horas fueron chorreando sobre la ciudad como una miel caliente. El asfalto estaba oloroso y blando. Un ligero polvo impregnaba la tarde y emborronaba un poco, calle arriba, la Puerta de Alcalá y las arboledas del Retiro. El calor no llevaba trazas de ceder todavía. La gente andaba torpe, chocando una con otra, nerviosa del calor y el día de fiesta y sin querer llegar aún a ningún sitio. Dio unos pasos más. En la boca del metro, un grupo de muchachas reía a carcajadas, dándose manotazos en los muslos. Vestían trajes de colorines, ligeros y escotados. Una de ellas hacía girar entre sus dedos muy deprisa un clavel, cuyos sépalos había arrancado, lo que le daba un desvalido aire de minúscula sombrilla de malabarista. Otra, se había descalzado un pie y miraba el zapato vacío sobre la acera. La pierna, así, se le veía más gruesa. El pie se apoyaba con naturalidad desnudo contra el suelo. Al agacharse, dejó ver unas corvas carnosas y atractivas, surcadas por finas venas azules... Se encendió la luz verde del semáforo.

El hombre cruzó la calle. Primero el reloj del Banco de España, inmediatamente el de Comunicaciones, dieron las ocho y cuarto. Anochecía. El Paseo del Prado estaba cubierto con las mesas de un bar. La gente, aglomerada, hablaba fuerte, reía, bebía cerveza, hacía aspavientos. Entre las sillas, papeles grasientos y caparazones de mariscos de color primoroso. Los vendedores ambulantes cruzaban, sorteando a la clientela, por entre las mesas. Las chaquetillas blancas de los camareros, también. Los toldos, amarillos o rojos, estaban ya plegados hasta el día siguiente. Él parecía no prestar mucha atención. Le llegaba todo, pero desde muy lejos. En los bancos de piedra, se miraban melancólicas las parejas de novios. Los niños se echaban puñados de tierra a la cara, corrían, tropezaban. Una criada gritó: «Asquerosa, cochina» a una niña chica que jugaba en cuclillas. La niña la miró sobrecogida y se puso a llorar.

En la esquina de la calle de Zorrilla, una rama de yedra descolgada de un jardín le rozó la cabeza. Automáticamente se alisó el pelo y se detuvo unos segundos como si alguien le hubiese llamado. Tocó el ladrillo rojo de la pared. Siguió andando. Al volver hacia la Carrera de San Jerónimo le pareció de nuevo que alguien lo llamaba. Se volvió. No era nadie. No era a él. Pudo ver, de lejos, puntiaguda, recortada en alto contra un cielo todavía bastante claro, la iglesia de San Jerónimo, de un salmón oscuro. Comenzó a subir la cuesta. Sabía dónde iba y por qué. Mañana no estaría en la ciudad. No volvería a estar nunca. Se despedía. Caminaba por los sitios habituales. Hace apenas un año, caminó acompañado, de una manera distinta. Pero no convenía recordar. No convenía. La vida era... Se mordió los labios.

Los escaparates de las agencias de turismo mostraban sus convencionales contenidos iluminados con derroche. Más arriba, los leones de las Cortes le dieron, como siempre, la sensación de que arañaban con sus garras las bolas de bronce. Se pasó la lengua por el filo de los dientes para calmar la dentera que eso le producía. Por la acera, mucha gente marchaba desidiosa, en uno u otro sentido. Un hombre, que iba junto a otros, dio unos pasos atrás, como si le hubiesen empujado en broma. Él, para evitar que le pisara, lo retuvo con la mano extendida. Sintió en la punta de sus dedos el dibujo de las costillas del otro. Lo adelantó sin mirarlo. Desde la calle de Echegaray, malfamada y vociferante, desembocaban grupos en desorden, llamándose y dialogando semivueltos, arrastrando los pies. Hombres y mujeres se cruzaban con él tumultuosamente. Las muchachas se echaban abajo los tirantes de sus vestidos de verano para refrescarse. Los muchachos agitaban los faldones de sus blusas, dejando al aire sus cinturas delgadas y morenas.

Desde las Cuatro Calles a la Puerta del Sol crecía el número de transeúntes. Se demoraban en la calle por si venía un poco de aire fresco antes de retirarse hacia sus casas. Llenaban de risas su tarde libre. Gritaban unos los nombres de los otros. Se apresuraban a hablar porque quedaba menos tiempo de domingo. Gente viva, que taconeaba al pisar y se miraba a los ojos con vehemencia, que gesticulaba sin tino y echaba atrás la cabeza para reír, lo rodeaba. Vio la ancha mano de un soldado sobre una cadera de sirvienta. Ella decía:

—La señorita y yo, haciendo sábado, es que nos mondamos...

El hombre sintió una congoja. Al entrar por Esparteros, una anciana menuda, con un pañuelo negro atado en redondo a la cabeza, detuvo a tres o cuatro chicos y preguntó a uno de ellos, más rubio que los otros:

—Oiga, joven, ¿qué es hoy: domingo o lunes?

Él contestó:

—Cuidao con la señora. Yo qué sé. Jueves lo menos. O viernes —y pasaron riendo.

A la izquierda de la calle de las Postas, los bares, repletos de humo, de luz, de bulla, miraban con impiedad frente a ellos las tiendas de hábitos: Santo Niño Jesús del Remedio, la Milagrosa, Fátima, Lourdes... Pensó en las imágenes de la calle Mayor: los cristos de cara de muñeca, los sanantonios hermafroditas. Sonrió casi. Miró a la «Posada del Peine, fundada en el 1610», presuntuosa y remozada como un número del *Blanco y Negro* de la primera época. Desde una ventana del segundo piso, una radio tronaba:

«Me ha pretendido un maleta
y yo le he dicho que no...»

Dos busconas, con trajes recién estrenados y de un lujo falso, le adelantaron. Los grandes bolsos colgados de los brazos, engullían unos bocadillos, haciendo muecas, desternillándose atragantadas, atrevidas y graciosas. Detrás de ellas, tres capuchinos, al verlas, sonreían entre las barbas.

—Son niñas —dijo el del centro, mientras las adelantaban—. Niñas.

Desembocó en los soportales de la Plaza Mayor. Apoyado en los pilares, un jovencito, con los pantalones muy ajustados y la camisa muy abierta, miraba con ojos soñadores a un turista nórdico, rosa y amarillo. La plaza, en obras, parecía más grande, desabrida y huérfana, como un salón cuya mudanza hubiera comenzado. «Las fuentes...», pensó. «Ah, cómo se miraba.» Los escaparates de boinas y sombreros permanecían taciturnos, sumidos en una recóndita penumbra. Desde allí, la calle de Toledo se veía inmutable, vieja de siempre, viva, con sus puestos de refrescos y sus habitantes acostumbrados a cruzarla como un ancho pasillo. Se veían sus comercios modestos y antiguos y su alegría a pesar de todo. Volvió la cara. Un hombre bajo, calvo y gordo, hablaba a voces con un extranjero, que asentía complaciente sin enterarse de nada.

—Tiene usté que ir al Museo del Prado... Goya, Velázquez. Hay un letrero que pone Museo del Prado. Y al de Ciencias Naturales. Y al de la Marina, que tiene los barcos antiguos...

—Y al Museo del Prado también —completaba una niña que el hombre gordo llevaba de la mano, vestida con un traje verde, recamado de volantes y pasacintas.

—Eso, eso.

Sintió como si dos dedos le apretaran la garganta y le subiera a los ojos la saliva. Bajó deprisa el Arco de Cuchilleros. Tropezó con el portero de un mesón típico, disfrazado con trabuco y catite. La proximidad de la calle del Sacramento le atemorizaba ahora. Le arreció el dolor. Sabía que ya el crepúsculo, de color cardenal, no llenaría el final de la calle, lo que hacía menos insufrible la visita. Por eso había elegido esta hora. Pero, no obstante, un leve temblor le iba invadiendo poco a poco. Entró en la Plaza del Conde de Barajas. No había nadie. Provinciana y dormida, la plaza se le rendía, con su cielo grande, sus breves luces y su mutismo, hecho de muchos fragmentos y de ruidos lejanos. Se detuvo. Un niño de seis o siete años apareció de súbito delante de él, como si le hubieran descolgado de un balcón. Avanzó. Estaba en la calle de la Pasa. «Ahí...» Tragó saliva. Le costaba trabajo tragarla. La garganta le escocía más ahora. Oyó la voz de un adolescente:

—Yo no sé ni lo que dice este tío. Ni idea, madre. No jorobéis.

Apoyó la frente contra el mármol de una jamba. Ni siquiera el mármol estaba frío. Mejor hubiera sido no venir. Cerró los ojos.

—Curro y yo no nos llevamos bien en lo de los portales. A él le gustan los modernos y a mí, los otros.

—Sí, pero pa besaros os da igual, mira ésta.

Mejor hubiera sido no venir. Abrió los ojos. Tenía mojadas las pestañas. Le pesaban. «De sudor.» Ahora tomaría un poco de vino. Le animaría quizá. «Como entonces»... «Quien no pasa por la calle de la Pasa no se casa.»

Entró en una taberna. A su lado, una mujer de ancas amplias, joven aún, vestida de luto de arriba abajo, con un velo espeso por la cabeza, tomaba una caña de cerveza.

—Mi Pepe era así, ya lo saben ustedes —les decía a otras dos, parecidas entre sí y mucho mayores, que prendían en sus velos doblados los alfileres negros.

—Tome usté un boquerón.

—Ni pensarlo: a la anfitriona primero.

—Pascual, ¿es niño o niña?

El camarero que servía en el mostrador contestó:

—Niña; pero eso no se sabe hasta los veinte años. Cuando la mili, o sea.

—Vaya por Dios, sin un niño que le ayude a usté en esto.

—Y como están los tiempos, más, hija.

—Bueno, ¿usté lo qué quiere, doña Gloria?

—A mí me da igual, mujer. A mi edad...

—¿Una cañita?

—No, mira, prefiero coñá. Dicen que con lo frío se suda más.

—Lo de agosto, frío en rostro, me río yo. Otros años por ahora...

Salió. «Otro año por ahora...» Se golpeó la pierna con una silla puesta de través sobre la acera.

—Trae la de madera. Esa, no, gilí: la de madera.

La cruz de Puertacerrada se destacaba, más blanca, contra un muro sobre el que aparecía una espesa parra verde profundo. El cielo estaba empapado por la luna. «Aquí... Fue aquí, y también había luna.» Le dio la espalda. Miró los cinco faroles de la fuente y pensó desviarse a la izquierda: no quería llegar a Sacramento. Un matrimonio y seis niños estaban sentados en los bancos. La mujer, con un gesto experto y contundente, se colocó bien los pechos, blandos y grandes como sandías. El hombre llamaba a un chico:

—Isi, ven aquí. Ven aquí, lechuzo.

La ventana de un semisótano, abierta, mostraba unas paredes azules, una cama con una colcha azul, un lavabo con su jarro y una mesa, sobre la que, sin freír, enharinadas, estaban unas pocas croquetas. Una mujer, también de azul, desgreñada y menuda, al echarse los pelos para atrás, levantó los ojos y lo vio.

—¿Qué? —dijo desafiante, y se metió hacia adentro.

Pensó, ahora que se le había pasado algo el ansia de la garganta, ir hacia el Viaducto. Ver la Fuente de la Cruz Verde con sus ocho naranjos. Recordó al anciano mendigo de aquel día, de aquel último día. Quieto, sentado en el suelo, con los pantalones remangados por encima de las rodillas y las piernas secas, blancas, sin vello.

—Ya veréis, ya veréis.

Estaba viendo... Recordó la Costanilla de San Andrés y el ir y venir de cuestas y escaleras que salvaban los desniveles de las calles. Y los chillidos de los niños y las llantinas de los que querían mamar. Y las madres, gordas y tranquilas, sentadas a las puertas, vestidas de negro o de gris, rehaciéndose el moño y acariciándose los brazos sonrosados. «Los labios, sus labios sonrosados...»

El marido decía a la mujer:

—Cantar bien o cantar mal, tó es cantar.

Y la mujer, retadora, contestaba:

—Amos, venga —dándole casi en la barbilla con el hombro, que él fingía morder, mientras ella se retorcía riendo, y reían alrededor, también, los seis niños sin saber de qué.

Podía ir por detrás de Capitanía. Los soldados saludaban por juego, dando exagerados taconazos, a la gente del barrio que retornaba y les ofrecía cigarrillos negros para consolarlos de la guardia. Desde allí se verían las lomas con sus filas de pequeñas luces multicolores. Y la verbena de La Arganzuela, estridente y abigarrada, donde muchachas con trajes muy ceñidos se contoneaban, dando con las grupas en las mesas de los endomingados.

—Perdón —y se tapaban la risa con las manos, empujándose unas a otras a codazos.

Un viejo, abrochándose el cinturón, pasó por su lado. Hablaba solo, con acento gallego:

—Yo no le hablu de hombres, le hablu de realidades.

Podía ir... Pero entró por la calle de San Justo. Tenía que llegar a Sacramento: para eso había salido. De una ventana salió una voz cuarteada, de mujer que debía ser rotunda, cuarentona y andaluza:

—Eh tartahosso, astrahosso, piohosso, de tó.

Otras mujeres salían de la iglesia, en grupos de dos o tres.

—Me han dicho que se ha cometido un crimen.

—¿Qué?

—¡Un crimen!

—¿Qué crimen?

—No lo sé. Un crimen.

—Ah, bueno.

Hacía calor. No corría el aire. Todo estaba parado y espeso. Como si sobre la ciudad alguien hubiese dejado caer una manta mojada. Atravesó la estrecha calle del Cordón. A su extremo, la Plaza de la Villa parecía brillante, acogedora, cálida. Sintió que lo llamaban desde ella. Casi fue. «Era como su voz.» Pero vio el muro blanco de la calle del Duque de Nájera, un poco más allá. Los árboles, densos y sombríos, sobresalían, erguidos contra el cielo. Miró, a su derecha, las luces de la Plaza. Y los árboles altos. Las luces y los árboles. Dio un paso. Entró en la calle del Sacramento.

—Pero qué crimen dice usté. ¿Qué crimen?

No oyó más. Un coche, matrícula de Orense, lo aplastó contra los adoquines. Aquella misma mañana había decidido no volver a emplear las grandes palabras: todo, nunca, nada, siempre.

Meditación de la resignada

Hubo quien lo intentó. Lo intentó de repente, como si no llevara años rumiándolo en medio de este buen olor, en medio de esta penumbra húmeda. Pero de eso hace tiempo me parece, aunque no estoy segura. Primero mugió largamente, con el hocico en alto. Luego corneó el pesebre; corneó, a su alrededor, el aire. Todas creímos que había llegado la hora. Mugimos a derecha y a izquierda —ella había mugido antes—; pero los torniquetes nos tenían fijadas al suelo del establo.

Cabeceaba demasiado aprisa, con demasiada violencia. Quizá lo que realmente sucedió es que había enloquecido. No lo sabremos nunca. Acabó partiéndose el cuello y nada más. Así fue calmándose. Hasta que la sacaron de aquí... Pero de esto pronto hará mucho tiempo. O es preferible que lo haga. Entonces aprendimos que la rebelión para nada sirve. Y que, por otra parte, tampoco es cosa nuestra...

Ahora él acaba de irse. Volverá. Nunca he conseguido saber cuánto tiempo está fuera. Muy a menudo he empezado a contarlo, pero enseguida me olvido. O me olvido porque me canso: no estoy acostumbrada a contar. Al principio, de una visita a otra se pasaba una vida: qué impaciencia; todo se me volvía girar la cabeza hacia la puerta por donde había de entrar. Poco a poco me fui abandonando. Ya no cuento más que un poquito. Por divertirme más que nada. Porque sé que eso no adelanta lo que ha de ser. Y como aquí, cuando él no está, nada se mueve, es fácil resistir la tentación de contar. Es fácil rendirse, dormitando, hasta que vienen las corrientes por las pencas arriba, desde la capa hasta los pitones. Entonces no queda otro recurso que bajar el hocico y comer un puñado de algo, antes de volver a dormitar, esperando que él llegue...

Aunque parezca que no, aquí hay mucho quehacer; no se puede estar en tantas cosas. Será triste, pero es así. Querer cambiar el orden no conduce a nada. O quizá pienso de esta forma porque aún me siento débil: no hace tanto que se llevaron a mi último ternero. Y el parto no fue tan bueno como los anteriores en mi opinión. La verdad es que ya no soy joven. Y también voy estando algo débil, aunque no sé por qué.

Volverá cuando enciendan las luces. En ese momento hay mayor silencio y me hago la ilusión de que estoy casi sola. Si no miro a los lados, podría estar segura, podría pensar que me he quedado sola. Es bueno eso. A veces... Todavía está aquí cuando empiezan a palidecer las ventanas.

La lengua me molesta un poco. Y la bola de sal... Consuela, sí. Y consuela beber más tarde grandes sorbos de agua. Las gotas caen al cubo desde el belfo. Hacen un pequeño ruido delicioso. Beberé más tarde los grandes sorbos de agua; ahora quiero tener aún más sed. Me gusta esperar a tener mucha sed. Me divierte esperar... Hacen un pequeño ruido, como el que yo he escuchado tiempo atrás. Más grande aquél acaso. Sí; demasiado grande. Yo prefiero estas gotas: ¿para qué recordar?

Aunque me lo propusiera con todo el corazón, no sabría decir cuándo. Ni siquiera podría decir con certeza si he estado allí o lo he escuchado contar a alguna advenediza. Me refiero a todo eso de los altos árboles tan verdes. Y tan anchos, según creo... Las casas tenían los tejados, sin embargo, de un rojo muy apagado. Y no estaban precisamente limpias. ¿Había montañas, o me lo parecía? Las más cercanas eran verdes de un tono más subido que el de los árboles. Las últimas ya eran azules. A mí me gustaban mucho más las primeras. Por el color, supongo. O quizá porque pensaba que a las otras no llegaría nunca... Cruzábamos el agua por un puente. Nos resbalábamos, o hacíamos que resbalábamos, por broma. ¡Uh!, nos gritaban. Muuuú, contestábamos llenas de alegría, chocando a propósito unas con otras. Éramos muy jóvenes. O será que una se siente joven sólo de vez en cuando. Los terneros... Está bien. No deben pensarse ciertas cosas. Durmamos. Durmamos, es mejor...

Las luces se encienden de pronto. Hablo de las grandes luces, claro está. Y empezamos todo otra vez. Como si nada hubiese sucedido antes nunca. Hay momentos en que estoy convencida de que, en efecto, nada ha sucedido. En esos momentos soy feliz. Con algo de práctica, puede lograrse en dos o tres ocasiones cada día. Es suficiente; más que suficiente, diría yo. Y sencillo... Por lo general, me apoya al principio su mano sobre el anca. (¿Y es que no es ya bastante? Pero nuestra naturaleza es ambiciosa: desea lo demás.) Yo procuro mirar al frente, sin ver nada, aguardando, como desentendida. Sus dedos acarician mis pezones, los estiran suavemente. No es igual que un ternero. ¿Hay aquí menos avidez y más cariño? Quién sabe. Los pezones se van templando, no sé cómo. Yo inclino la cabeza y sé, de una confusa forma, que estoy haciendo lo que espera de mí. Es entonces cuando me siento feliz. Casi soy feliz si así puede decirse. (Porque quizá mi felicidad no sea lo más importante.) Y oigo el delicioso ruido, ni minúsculo ni estrepitoso, como un arrullo o cosa parecida. Poco más o menos, adivino que eso será estar muerta.

Ignoro si algún día me he preguntado el porqué de estas cosas. O para qué me sirven. Incluso me debe de haber preocupado para qué sirvo yo. En otro tiempo, claro está. Mi apaciguamiento de hoy es consecuencia de que nada quiero saber. Sólo confío en que otros decidirán qué es lo mejor. Se afirman tantas, tan peregrinas opiniones...

Las que vienen de fuera (por supuesto, nada más llegar; luego se calman) parecen llenas de inquietudes. Cuentan muchas historias, no siempre verosímiles ni gratas. Producto de su imaginación, sin duda. ¿A quién puede ocurrírsele coronar de flores a un novillo y degollarlo después? No es cosa de novillos llevar flores en la cabeza. Por descontado que no es eso lo único: se llega hasta decir que una mujer se enamoró de un toro, y no sé qué animal salió de todo ese amasijo. Oír tales infundios con indiferencia es muy difícil. A pesar de ello, nosotras escuchamos a quien los cuenta como si oyéramos llover. Acaba por callarse y comer un puñado de buen pienso. Hubo quien, sin embargo, intentó de repente... Fue tan desgarrador. O, por lo menos, muy desagradable. Todas estuvimos muy nerviosas, o un poco nerviosas. Hasta que se partió el cuello y nada más.

Las de fuera son de otra estirpe: más levantisca o más soberbia. Nunca se sabe bien si las degüellan o les ponen flores. O si suceden las dos cosas, y cuál detrás de cuál. Decir que son animales sagrados me resulta una exageración hasta irritante. ¿Por qué habrían de serlo ellas precisamente? En cualquier caso, mejor estamos nosotras, quizá, aquí... Sin tanta algarabía.

Yo creo que pronto darán las grandes luces. Dormiría antes un poco, pero temo que venga y me encuentre dormida. Hay veces que ha ocurrido. No a mí; pero puede ocurrir.

También ocurre... Es horrible. No quiero pensar en eso. Quizá sea el aire libre. O la yerba tan mojada. O puede ser incluso, en el mejor de los casos, que no sea exactamente como pienso. O que sólo resida en mi imaginación. Sí; es posible que yo diga *fuera* y ese *fuera* no exista. Que sólo exista este espacio donde como, duermo, me tocan los pezones, me distraigo mirando al frente... Pero el toro... Venía negro. Sus ojos eran demasiado grandes o los llevaba muy abiertos. No dijo nada. Yo supe que era el toro. ¿O no lo supe? No recuerdo nada. No quiero recordar. Creí que me estaba asesinando. Que me atravesaba, y me sangraba una herida por dentro. Una y otra vez. Una y otra vez. Y yo quería morir. Quería que me asesinara... Pero todo esto debo de haberlo soñado. Se habla con tanta irreflexión y tanta intemperancia del toro. Eso es lo que pienso. Y basta.

Aquí estamos contentas. Es lo más que se puede decir. Si las de fuera existen y saltan y pastan debajo de los árboles, si las marcan con hierros, si persiguen, si luchan, es cosa de ellas. Yo estoy aquí contenta. Huele a calor. Hay una penumbra soñolienta. Antes de encenderse las luces, se respira un espeso silencio. Estoy firme y estable sobre el suelo con las pezuñas bien atornilladas. Las corrientes me recuerdan el tiempo del agua y el del pasto. Huele a calor... Hay una penumbra soñolienta... Se olvida el tiempo. De vez en cuando, acarician mis pezones. Se olvida el tiempo. Es un dulce trabajo... Hay una soñolienta penumbra...

LA TAHONA

L a tahona de la calle de Pérez Galdós era bastante sucia por
fuera. Su fachada, sin revocar hacía tiempo, estaba llena de
desconchones. El zócalo, de una piedra pobre, se había mar-
chitado con los años. Dentro, el alicatado blanco daba frío. Aunque estuviera abarrotada de compradores, cada uno se sentía pro-
fundamente solo. Cada semana, al amanecer, aparecía el camión
verde y descargaba los grandes haces de ramas. Un hombre borro-
so, de pie sobre ellos, enganchándolos por el vencejo, los arroja-
ba a la acera. «¡Veintiuno!»... ¡Pum! «¡Veintidós!»... ¡Pum! «¡Veintitrés!»...
¡Pum! Toda la calle olía a enebro y a pinares. Las palabras, todavía
no usadas por el día, sonaban contra el silencio como las monedas sobre el mostrador de mármol blanco.

La habitación de ahora era, más o menos, como la tahona de la
calle de Pérez Galdós. Sólo que en uno de los extremos del mostrador había una como enorme jaula de pájaros. No es que los
tuviera, pero lo parecía. Doña Amparo llevaba aún el velo puesto, muy hacia la frente. Era demasiado delgada para resultar sim-

pática. Al hablar iba derecha al fin, a su fin. Doña Amparo, de luto, era eficaz e insoportable. La Panadera, o lo que fuese, se movía sofocada del otro lado del mostrador, que partía en dos la habitación. Sin hablar con nadie. Sin despachar a nadie. Alocadamente, como un jilguero recién enjaulado. (Parecía evidente que en la gran jaula no había pájaros.) Remangada, bajita, redonda.

Entonces fue cuando, lleno de misterio, el singular y decrépito hombre de la barba se acercó muy despacio y dijo:

—¿Me da usted mi pan de cada día?

—El nuestro, será el nuestro —protestaron todos los asistentes.

—Está bien, el nuestro —susurró entre la barba el viejecillo.

La Panadera buscó durante largo rato en las estanterías del fondo. Por fin encontró la etiqueta que buscaba. Tiró de ella y puso ante el viejo un pequeño pan seco. Él la miró de hito en hito, golpeó con el pan el mármol del mostrador y dijo:

—Mucho me temo que esté excesivamente duro para mis dientes.

—Ah, ah —exclamó la Panadera—, usted ha empezado demasiado tarde. —Y mientras se alejaba hacia el otro extremo de la sala, añadió—: Su pan de cada día tiene setenta y nueve años y algunos meses.

Al fondo de la habitación, alguien se rió a carcajadas.

—¡Chsss! —siseó la Panadera, con las cejas fruncidas y los labios en forma de hocico—. En mi casa no quiero ruidos. No quiero llantos.

Por la puerta del pasillo apareció en silencio Gilberto. No podía saberse si venía de la calle, pero al menos vestía, como siempre, de gris. Sonrió despacio a Doña Amparo. Si hubiera habido un perro para recibirlo, le habría puesto las patas de delante sobre los hombros; pero no lo había. Y, por otra parte, el problema no era ése: se trataba de realizar ahora todo el difícil plan: traer y colocar en Madrid a Natalia, a su hija Rosa y al marido de su hija, llamado Roque. Para ello sería preciso mentir; pero en voz baja. Sería preciso negar que Natalia hubiese vuelto a su cátedra de Armonía en el Conservatorio. Asegurar que, de momento, se ocupaba en una especie de economato benéfico de la Alcaldía. Y, sobre todo, sería preciso ocultar que Natalia había muerto de gripe hacía seis meses, es decir, dos meses antes de que Rosa y su marido pereciesen sin defenderse en el incendio que destruyó su pequeña chavola. Con habilidad quizá fuese posible conseguir algo. Manuel decía que siempre era posible. Pero Doña Amparo miraba tanto a los ojos...

Doña Amparo, haciéndose la distraída, se desprendió el velo y lo dobló. Prendió en él dos largos alfileres de cabeza negra. Desde un ángulo a otro de la sala, una mujer morena y desgreñada, comenzó a correr y a cantar:

> «Jesucristo me espera
> desde su huerto
> coronaíto de espinas
> y el pelo suerto.»

—¡Chsss! —siseó otra vez la Panadera—. Chillad más bajo. Chillad más bajo.
La mujer prosiguió:

> «En un verde prado
> tendí mi pañuelo.
> Brotaron tres rosas
> como tres luceros.»

Doña Amparo intervino. Cogió del pelo a la que cantaba y, a rastras, la sacó de la habitación. Al volver se enfrentó con Gilberto, que temblaba.
—No tenemos por qué aguantar ordinarieces —aclaró.
Gilberto sonreía, cada vez más despacio. Buscó con los ojos, a un lado y a otro, a Manuel. Pero Manuel hacía tiempo que nadie sabía dónde estaba.

Vestía de verde. Vestía de blanco y verde el adolescente que se adelantó hacia la jaula del mostrador. Había salido de dentro.

Saltó el mostrador, casi voló por encima del mostrador, apoyándose en una sola mano, y se adelantó hacia la jaula.

—Quiero una barra de extracto de regaliz —dijo a la Panadera.

—También tenemos paloduz —le advirtió ella—. Paloduz en forma de grandes avellanas. Y algo debe quedar de higolindo y de paloduro. —Sonreía.

—¿Qué diferencia hay entre el paloduz y el paloduro? —preguntó el adolescente.

—Oh, alguna, alguna —rió la Panadera batiendo palmas—. Casi toda. Demasiada diferencia, cariño.

—El extracto sabe a moho —se quejó el adolescente, después de un momento, haciendo una mueca. Todos movieron afirmativamente la cabeza—. No hay quien lo coma —añadió.

La Panadera, paralizada de repente, con las dos manos sobre el pecho, mirando hacia todos lados, repetía:

—No es mi culpa. No es mi culpa. No es mi gravísima culpa. Nadie se ocupa de renovarlo. Algún día se armará una revolución. Ahí está ese regaliz desde el principio del mundo. ¿Qué puedo hacer yo? ¿Puede hacer alguien algo?

Una cosa como un ala pareció decir «sí» por el aire y una mano, desde fuera, golpeó el marco de la puerta. Por sus cristales se vio la silueta de un brazo desnudo conocido. Todos, en silencio, miraron hacia allí. Y se apagó la luz. O se hizo de noche. La Panadera, espantada y casi sin voz, musitó:

—Serán los bombardeos. —Y luego—: Ay, qué tonta soy. Siempre me pasa igual. Todo eso acabó. Todo eso se acabó. —Y se reía como una niña—. Ahora, a estarse quietos. La paz está firmada. Ya no hay más que esperar.

Gilberto supo, de pronto, que Manuel estaba allí, y que, a pesar de todo, esperaba.

Cuando la luz vino de nuevo —una luz distinta—, sobre un banco sin respaldo yacía, en efecto, Manuel. Y a su derecha y a su izquierda, en otros bancos, la hija de Natalia y su marido. Natalia seguramente estaba también, pero no se la veía. Rosa había adelgazado un poco desde que se murió. El marido tenía la misma expresión de rudeza en los ojos que cuando vivía. En definitiva, ninguno de los dos había cambiado mucho. Claro que a Rosa no se le notaban en absoluto los siete meses de embarazo, que cumplieron dos días antes de que ardiera.

Gilberto se aproximó a ellos y pensaba: «Ahora es fácil que vengan a Madrid. Los tres con empleo. Con un buen empleo. Son tres sueldos, al fin y al cabo. No es que Doña Amparo sea..., pero son tres sueldos. Cuando Doña Amparo los despidió el año pasado fue distinto: ¿qué iban a hacer en Madrid, los pobres?»

Manuel tenía los ojos cerrados. Parecía exhausto. Respiraba apenas. En los párpados inferiores, venillas de un verde tierno le daban un aire infantil. El labio de arriba, prominente, se lo marcaba aún más. Las manos caídas como en el colmo del agotamiento, la cabeza inclinada a la derecha con suavidad, el cabello negro y sudoroso cubriéndole parte de la cara, tenía aspecto de que nunca podría ya descansar del todo.

Gilberto siguió pensando: «Todo les salió mal. El día de la inauguración de la freiduría, el aceite hirviendo le saltó a un ojo a Natalia y la dejó tuerta. Al segundo día que el tonto del yerno se subió a un andamio, otro albañil, desde otro andamio más alto, le dejó caer una cubeta en la cabeza. Y Rosa, en vista de ello, se quedó embarazada. Sin embargo, ahora es otra cosa. Ahora es fácil que vuelvan. Es su oportunidad». Y sentía un gran amor, hasta por Doña Amparo. Pero se echó a temblar cuando vio que a Manuel, casi sin moverlos, se le abrían los ojos. Sabía lo que iba a suceder. Sucedía siempre: no tendrían pupila ni córnea. Serían dos hondos agujeros por los que algo miraba. Supo lo que iba a suceder y se estremeció. No obstante habló en voz muy baja, dirigiéndose a Manuel:

—Es fácil que los deje volver ahora. Él puede resucitarlos. Lo hizo otras veces. Ya todo es diferente. Son tres sueldos, Manuel. Pueden vivir perfectamente con tres sueldos. ¿O no? ¿O no? —Y se volvió azogado al resto de la gente, que ya atestaba la habitación y que había entrado sin saber por dónde.

La Panadera había desaparecido. El viejillo contemplaba todavía absorto su pequeño pan seco. Manuel se volvió, o volvió sólo la cara, con dulzura, hacia Rosa y le preguntó:

—¿Cómo llamaréis a la niña, hija mía?

Rosa contestó cerrando los ojos:

—Todo esto es inútil. Completamente inútil. Nada sirve para nada.

Un llanto comenzó a correrle sienes abajo. Corría el tiempo. Nada se movía. Sólo el llanto y el tiempo. Pasaron siglos. Pasaron milenios. O acaso el tiempo había dejado de pasar. Por fin, Rosa abrió los ojos, los giró hacia Manuel, alargó el índice y el corazón de la mano derecha y los puso sobre el pecho de él.

—Porque yo estoy... Porque yo estoy...

Manuel lanzó cinco breves quejidos y rompió a sollozar con desconsuelo. Cuando la luz huyó de nuevo no era ya imprescindible.

OTRA ENAMORADA

Habían salido del metro atropellando a todos. Ahora caminaban deprisa bajando de la acera o subiéndose a ella, esquivando los coches y los grupos de gente, uno tras otro. Él, de cuando en cuando, giraba la cabeza y sonreía como para darle ánimos; ella le contestaba también con una sonrisa un tanto acobardada, casi jadeante. Volvieron una esquina. Ciento siete... un desmonte... ciento cinco.. ciento tres... ciento uno. Subieron en un ascensor estrecho sin mirarse. Ella, los ojos bajos, eludía los de él, irresistibles.

En la pared, a la izquierda de la puerta, bostezaba una máscara de escayola pintada. Alrededor, unas cuantas fotografías de veleros y traineras. A la derecha, había unos esquíes colgados. En la mesa de trabajo se amontonaban libros desordenadamente, lo mismo que sobre las estanterías. ¿No había ceniceros?, preguntó ella encendiendo, con mano temblorosa, un cigarrillo. No, no había ningún cenicero. Él, riendo, hizo un amplio gesto.

—Todo el cuarto lo es.

A continuación se quitó la chaqueta y la corbata. Las dejó caer con descuido sobre una de las dos sillas, y se sentó en la otra. Con el brazo extendido mostró a la mujer el personal y riguroso panorama, como un rey de comedia. El sol entraba, arrogante aún, por la ventana; se apoyaba, igual que un convaleciente, contra la pared, e iba a tumbarse, herido ya de muerte, entre las patas de la mesa. Unos minutos después era un perro cansado y somnoliento.

Desde que llegó, ella había reparado, casi con un sollozo, en el pijama dispuesto sobre la colcha de la cama ya abierta. De pronto, con decisión, dándole a él la espalda, lo tomó entre las manos, recreada, mirándolo como se mira a un niño al que se le da el pecho. Ocultó en él la cara. Lo olía. Lo besaba.

—Perdona —dijo el hombre—. Como no estaba seguro de que vinieras...

Le arrebató el pijama con la misma decisión que ella lo había cogido, y lo puso debajo de la almohada. Luego abrió un estuche marrón y desgastado, y sacó de él una armónica. El rostro de ella expresó mil cuestiones, ninguna de las cuales tenía que ver con aquel instrumento.

—Está desafinada —advirtió el joven con aire de pedir perdón. Sí; estaba un poco desafinada, quizá bastante—. El otro día me corté los labios.

«Sus labios»... Pensó ella mirándolos con tal intensidad que pareció saborearlos. Se había sentado en el suelo, a la izquierda de él —«Vas a mancharte: toma un cojín de los de la cama»— y recostó la cabeza sobre su rodilla. Con morosidad, como para pasar inadvertida, fue acariciando su pierna, acomodándose sobre ella, abrazándola...

La armónica, mal que bien, sonaba. Cumplía su minúsculo oficio de objeto cinematográfico con una musiquilla sucedánea y chillona. La mujer, imperceptiblemente, se dio a vivir con la misma intensidad con que había contemplado los labios del muchacho. Quiso de tal manera eternizar el instante que, poco a poco comenzó a desear la muerte. «Morir ahora. Morir así. Morir...» No aspiraba a más gloria. Aquella era la cima del monte Tabor, donde el sentimiento irradia y se transfigura; de ahí en adelante, todo sería descenso. Su mano en la cintura de él, cerca del cinturón de cuero negro, sentía el calor de su carne bajo la camisa. Sobre su rodilla, huesuda y adivinada a través de la tela, se hallaba el paraíso; en su pierna tan larga, en el relieve de sus tobillos, en su rodilla de nuevo, en los tendones de la corva... «No puedo más... Me estoy muriendo... Sí, morir ahora.»

La armónica seguía lloriqueando, a cada instante más desafinada. A la muchacha se le llenaron de lágrimas los ojos. Y no vio más, y no oyó nada más. El sol agonizaba, a cada instante más pálido, a cada instante menos tibio. Pero ella no lo supo. Y la armónica llegaba al colmo de la desafinación. Pero ella no la oía; sólo oía los golpes de su corazón. Comprendió, con serenidad y certidumbre, que iba a morir. Respiraba mal y se estremecía sin poder evitarlo. Jadeaba mucho más que con la carrera desde el metro. Se imaginó los huesos de la pierna, cuyas aristas ella rozaba y presentía, cubiertas con la carne. Se imaginó la carne, exquisitamente cubierta por el vello, entre el que deslizaba la yema de sus dedos. Ella toda era la yema de sus dedos... Comprendió que iba a morir porque no podía ser de otra manera.

Prefirió no decir nada: inclinar la cabeza y morir sin decir nada. Quedarse muerta sin decir nada, abatida la frente sobre la rodilla de él, sin resistirse. Y, no obstante, hubiese ansiado morderla, desgarrar con las uñas aquella pierna que le daba la muerte, con tal de ser vencida, con tal de ser pisoteada, con tal de ser muerta otra vez por ella.

«Sí —se encontró pensando con estupor de repente—; mi bicicleta necesita unas cubiertas nuevas.» ¿Qué significaba eso? ¿A qué venía? ¿Por qué lo pensaba precisamente ahora? Ella no tenía bicicleta desde hace diez o quince o veinte años, desde que era una niña. Casi desde que...

Fue en mitad del campo una mañana. Se pelearon, abrazados, en broma, y cayeron rodando juntos sobre la hierba. El muchachillo quedó encima. Y se miraron paralizados, redondos por el asombro los ojos, malheridos por su descubrimiento: dos cuerpos que están juntos, sólo por estar juntos, pueden alcanzar una centelleante e inigualable felicidad. Al levantarse él, con voz ronca, la mirada en la tierra, había dicho aquello: «Tu bicicleta necesita cubiertas nuevas». Sometida, alterada para siempre, ella repitió: «Sí, necesita unas cubiertas nuevas». Y lo pronunció con la misma firmeza, con la misma fatal resolución, con la misma fiebre en la voz que si el sol y la tierra y los árboles y las estrellas todas necesitasen inmediatamente unas nuevas cubiertas.

«Debo de estar muriendo... Dicen que a los moribundos toda la vida se les pasa por el recuerdo en un segundo. Yo debo estar ya a punto de morirme.» Y se abandonó, preparada, con los ojos cerrados, a la muerte. Se apretó contra el joven y sus labios quedaron aplastados sobre el muslo de él. Vertido, el pelo le tapaba la cara.

—Pepita, mujer, que no es más que una pierna. —Tiró con desgana la armónica encima de la cama y luego se animó—: Oye, ¿sabes que no te he oído cantar nunca? —Se levantó. Era lozano y poderoso. La mujer iba volviendo, con torpeza, como un ciego que tantea, a aquel lugar de su agonía—. ¿Qué voz tienes cantando?

—No sé cantar —dijo ella aturdida y balbuceante.

—¿Cómo que no sabes cantar? Todo el mundo sabe cantar.

—Pero yo, Javier, yo...

—¿Por qué no cantas algo? Lo que quieras. En este momento lo que más me apetece es oírte.

—Pero ¿no te das cuenta? —La garganta de ella temblaba, su voz temblaba. Todo era en ella espanto y desconcierto—. Yo no puedo cantar. No sé cantar. No quiero cantar. —Le temblaban también los labios—. Javier, por Dios, comprende. —Se incorporó con lentitud y esfuerzo como para defenderse, como defendiéndose.

—Canta, Pepita, anda. Si estamos solos. Si sólo te voy a oír yo. Los del cuarto de al lado no están aquí a esta hora.

—Cantar, cantar... —decía inaudiblemente la muchacha—. Entonces... ¿Cantar? ¿Para qué? ¿Por qué? Yo... Pero entonces...

—No te he oído nunca. Quiero oírte cantar. Vamos, y luego cantaremos los dos juntos. Eso, luego cantamos juntos un bonito dúo, cogiéndonos las manos. Qué maravilla. Voy a cerrar la ventana, entra ya un poco de fresco. Así está bien. —Hizo una reverencia artificial ante ella—. Ahora ya puede usted empezar, señorita.

Ella estaba de pie, con los brazos caídos. Hasta que él la cerró, miraba a la ventana. Quizá era esa su mejor salida... Quizá sería... Continuó mirando a la ventana. Se pasó una mano por el pelo y la dejó caer después sin fuerzas. Hizo un ruido con la garganta, como para aclarársela. Tenía seca la boca. Miró la máscara de escayola pintada, de nuevo a la ventana, los esquíes, las copas ganadas en los campeonatos, al hombre, a la ventana... Miró al suelo. Vio en un rincón tres colillas pisadas. Levantó la cabeza. Y se puso a cantar. A cantar y a llorar al mismo tiempo.

LA COMPAÑÍA

Si no debería haber venido... ¿Para qué? Para estar aquí, sentado a una camilla, fingiendo leer con tal de no tener que hablarles. Me lo dije cien veces. Pero esta Navidad era la última. Esta Navidad era la última y he venido. No por mí. Yo no necesitaba venir. Ni ellos necesitaban que yo viniera tampoco. Eso se ve: pude no haber venido... Bueno, no estoy seguro: quizá no pude. Aquí están los dos: enfrente y a mi derecha. Y yo con este libro por delante. Los tres hartos de estar así. Hace dos horas que nadie habla. Ella dijo: «Te traeré una golosina», hace ya dos horas. Y él canturrea un poco de cuando en cuando. Una musiquilla breve y tonta, inventada por él mismo seguramente. ¿Dónde mirará? Tiene los ojos estúpidos e inexpresivos, como si fuesen de agua. No sé lo que hacemos aquí, ni qué esperamos. Cuánto tarda en anochecer hoy... El tiempo... ¿qué tiempo? Si ya no hay nada aquí, si ya no queda nada por hacer, ¿qué pinta el tiempo en esta casa? Eso es cosa de fuera... De los que van y vienen. Aquí no conviene que nada se mueva. No conviene enterarse de que nada se mueve hacia ningún sitio. No les queda futuro...

—¿Me mira? No lo veo, pero me debe estar mirando. Se me queda mirando las horas muertas. Sin verme... Y este hijo sin parar de leer... Voy a terminar en un manicomio si no dejo de pellizcarme las manos. Pero, ¿qué puedo hacer si no? ¿Esto es el día de Navidad? Dios mío, a quien se le diga... Y el año que viene... Porque se muere. Eso es más fijo que un reloj. Me dicen que no, que es la edad. Como si yo no me hubiese olido la tostada. No hay más que verlo día por día. En el baño da pena verlo: lo manejo como si fuera un muñeco. Y me dice: «Tienes más fuerzas que un toro». Fuerzas yo... y no pesa más que un gorrión... Anoche estuvieron los otros. Sus mujeres no sirven para nada, pero estuvieron. Este no sé a qué ha venido. No tendrá dónde dormir o algo así. Porque lo que le importemos... Siempre ha sido el más raro. Yo no lo he entendido nunca. Cuando empezaba a entenderlo, ya estaba él pensando de otra manera... Debo dejarme las manos quietas. Uno, en su libro; el otro, mirando. ¿Por qué hará esos ruidos con la garganta? ¿Será que quiere escupir o es que me habla? No, no me habla... Ha llegado a ser peor que un niño: más tirano y más impertinente. Un día me levantó la mano y me pegó; no me hizo mucho daño, pero me pegó. Se ensucia en los pantalones. Se me va en cuanto me descuido. Qué ruidos hace tan horribles... Y luego me pide perdón llorando, llorando. No sé. Si se piensa, se vuelve una loca. Con lo que él era, y ahora, esto. Toda la vida para esto. Ahora que podíamos estar tranquilos, juntos, con los hijos casados... Menos éste. Este es distinto. Nunca me gustó mucho, Dios me perdone. Tenía algo que no me gustaba. Estaba más arriba o no sé... Como antes, cuando me dijo que la molleja no le gustaba porque estaba gris. Y delante de la criada, para que luego vaya por ahí contándolo. ¿De qué color querrá que sea una molleja? Es lo que él dice: que no le importan las mollejas ni las criadas. Eso ya lo sabíamos: no le importa nada más que él... Y ahora llega con el abrigo sucio y gastado, igual que un pordiosero. Habrá que mandarlo al tinte... Y cómo ha envejecido. Yo no sé dónde vive. Prefiero no enterarme. Qué cara trae. Está leyendo y aprieta los dientes. Toda la cara la tiene llena de huesos. Y el otro en su sillón bajo, hundido, mirándome: de eso estoy segura. ¿Qué querrá? Yo no doy para más. Me mira como un perro apaleado, se le traba la lengua, se le caen las cosas de las manos... Está más pesado que el plomo... Estas manos... No debo pellizcármelas.

—Tiene los ojos casi blancos. No quiero mirarlo... Tendría que mirarlo. Lo he querido, pero ya no es él: ¿para qué mirarlo? Ah, pero sigamos diciendo que el amor nos hace ver maravilloso al ser que amamos. Que no se entere nadie de la verdad... Me mira por encima de las gafas. Ese es el único gesto que conserva. Pero no sé a quién ve ni lo que ve de mí... Me gustaría decirle que lo he querido mucho. A solas, y que ni siquiera él se enterase. Decírselo ahora que ya no lo quiero, me parece. Fue durante un poco de tiempo, unos años: lo quise mucho. Yo estaba solo, separado, y lo quería. Pero, ¿qué queda ya? Un pájaro feo. Unos huesos cansados. Una breve y siniestra hilaridad de loco. Se limpia la nariz con el mantel, sorbe la sopa, mete los dedos en la comida... No lo aguanto. Será una cosa física. O que él nos educó sin concesiones y ahora necesitaríamos hacérselas a él. No estoy acostumbrado. Nunca he sido sobón ni efusivo. A él no le gustaba: caiga el que caiga ahora. Yo respeto los turnos... Pero me alegraría poder decirle que lo he querido... Habría que sacudirlo por los hombros, traerlo aquí a empujones para decírselo y que lo entendiese a la fuerza. No puede ser: ¿por qué he venido entonces?... En Madrid tengo mis amigos y no estoy nunca solo... ¿No estoy nunca solo?... ¿Mis amigos? Yo qué sé. Pero, ¿por qué venir? Para ver a este pobre viejo enfrente y a esta mujer, aquí sentados... El visillo está recogido con la falleba de la ventana. Veo una casa blanca. Otra, ocre. Y el cielo gris. No veo más... Oigo voces. Voces animadas. Debe de pasar gente por la calle, en medio de este frío, pero yo no veo más que eso... Prefiero leer. «Les Grecs qui nous ont laissé l'humanité...» Este diario de este francés artificioso... Se está pellizcando las manos. De ella, sólo veo sus manos y el principio de sus mangas negras. De él, si no levanto la cabeza, no veo nada. Canturrea todavía. Está dando sorbitos de ese vaso de anisete. Oigo el golpe del vaso sobre el plato y sus manoteos encima de la mesa. «... non par le peuple de leurs statues seulement...» Unas sábanas tendidas, en la azotea opuesta, se mueven con el aire. Desoladamente... Desoladoramente.

165

—Al tonto ése se le están cayendo por la nariz las esas, las gafas serán... Bum, bum, buuum... Cuando lo del gallo me dieron una buena tunda. Pero le hizo gracia... se reía. Es mejor tener hermanos que hermanas... No me miran. Nadie llama por... Dijeron que sí, pero no. Esa es tonta... ésa. La otra es mejor, la pequeña. Y éste no tiene... Bueno. La del mayor es tonta. Se pone a mi lado y se bebe mi agua. Me doy cuenta, me doy. Y me dicen roña: al que da, al que da. Mi agua... ¡Pum! Se le cayeron las ésas de la nariz. Era el mejor... Un tonto sin dinero. Y las dos mil de la lotería. No se lo digo a nadie, que todos piden. Que lo ganen. Eso. Me iré solo a cobrarlas. Bum, buum... No quiero niños, ¿para qué? Con sus padres, será. La más chica es una niña, me han dicho. O un niño, ¿a mí qué? Este era el mejor. El que está ahí, leyendo. Leén, leeén, bumbúm...

—Tiene la frente muy arrugada. Está como cansado. Cada vez que viene está más cansado. No comerá... Todavía la gente dice que es ingenioso. Y cuando se queda solo con nosotros no habla ni hace reír a nadie. Mira que... Es un payaso. A mí nunca me hizo gracia. Pero es mi hijo, ¿qué va a hacer una? No lo quiero: esa es la pura verdad. Lo que pasa es que no debe notárseme. Ni debo pensarlo. A lo mejor lo quiero, pero me cuesta más trabajo. Por su culpa... Levanta la cara y mira por la ventana afuera, como si no existiéramos nosotros. Y de noche, en el comedor, levanta la cara y se queda como colgado de la lámpara, igual que si estuviera solo. Qué hijo... Los otros quedaron en telefonear. Son más de las cinco y no llaman. Estarán con sus hijos... ¿Quién se va a acordar de nosotros? Y luego, este hombre, con la cabeza como la tiene, los espanta. Nadie lo entiende. Para caer en lo que dice hay que jugar con él a las adivinanzas. Llegan los hijos, lo miran un poco, se hacen los distraídos, hablan de otra cosa y se van. Claro. Y yo aquí, atada a este fardo, hundiéndome con él. Vaya vida... Y después, viuda. En este caserón. ¿A esperar qué? Me mudaré. Un piso pequeño con calefacción central. No sé lo que me dejará, porque como siempre ha mandado, no le da cuenta a nadie de lo que tiene... Y los montepíos. Mira que... Sin un alma que me cuide si acabo como él. Vaya vida...

—Esto sabe demasiado blanco o dulce será... No bebo más. Sí; se murió aquel que fue a Canarias con tu sobrina, con mi sobr... con una sobrina. Del riñón. Anda... Era militar o no. Bueno, pues era. Alto y gordo. Bum, buúm. Lo cantábamos cerca del almiar, en el verano, Gabriela y yo. El gallo, no: no quiero hermanas... Esta de aquí, mi mujer... ¿Qué mujer? Siempre me mangonea, tan boba como era... Roña, roña. Al que da, roña... Eso. Ellos se van por su sitio y yo aquí con ésta. Y roña...

—No soy de los suyos. Lo sabemos todos, desde siempre. Antes me admiraban; ahora me quieren desde lejos, como a alguien que hubiese muerto. Con un cariño pequeño y compasivo. He elegido —¿he elegido?— el camino más difícil: no tener ninguno. Los otros ejercen sus carreras y les compran a sus mujeres abrigos de piel. Yo, a vagar. Cada día estoy más lejos de ellos. Creen que es por holgazanería. Mis queridos burgueses desearían ponerme su orto-pedia. Qué imbéciles. Yo soy un desaforado. Si quieren que sien-te la cabeza, que me den una silla... Y además me temen. Preferi-rían que me fuera de España y perderme de vista. Y buscarme, eso sí, pero no encontrarme. Así se quedarían en paz con ellos mismos y con los otros. Los desacredito, vaya por Dios... Estos viejos nos unen un poco todavía. Me sube de pronto una ternura hasta la boca. Pero no sé si es por ellos o por mí. Porque aquí el que está más solo soy yo. Como siempre. «... seulement. Mais par eux-mèmes, une image si belle, reconnaissaient autant de dieux que d'instincts...» Instintos... idioteces. Aquí acaba el instinto. En esta camilla, sentado. Entre una cabeza perdida y una mujer gorda, hecha para el sacrificio como una ternera. Y engendraron... «... et le problème pour eux était de maintenir l'Olympe intime en équi-libre...» No se comprende cómo es posible hablar en serio del Olim-po íntimo, de los instintos íntimos, de las pandillas de instintos ínti-mos. Estos franceses no se enteran de nada. Los clásicos son unos aerófagos; los no clásicos, unos puercos. Y luego, mucha síntesis y mucho camelo. Claro que, al fin y al cabo, eso es lo de menos. Bastante me importan a mí los franceses. Nadie tiene razón... No sé por qué me mira. Que se beba su anís y mire por la ventana. Ya hemos terminado. Todos. No se parece nada a él mismo. Este sobrevive: come, duerme, se calienta. Al otro, yo lo quería: podía resolverlo todo, se descansaba en él, y esperaba de mí cosas grandes... Treinta años y sin vender una escoba... Nada. Cosas grandes. Nada. «L'Olympe intime»... Qué bien está organizado todo: hinchazones, palpitaciones, alergias, dolores, presiones, peso, digestión, intolerancias, metabolismos... Prefiero ser egoísta a mi manera, no con ese egoísmo físico que él tiene ahora. Y para un cuerpo así, subyugado, cadáver ya. Me irrita. Todo lo que no le sirva para vegetar, no existe. Ni su hijo. Qué porquería... Sin embargo, hace dos días me llamó: «Tú». Debió de recordar que me gusta la fruta y me aterran los gusanos. Me ofrecía media manzana. La miré despacio. «No —me dijo—; la otra media la he comido yo.» Y sonreía. Luego todo él huyó de allí de nuevo...

—Se debería dormir. Dormido no da tanta guerra. Claro que me toca una noche de órdago si se duerme a estas horas. Luego dicen que me hago la víctima. Ay, Dios, qué sola está una a estas horas. Vaya vida... Este nació gordo, bonito. Tenía la boca redonda y colorada. Qué labios tiene ahora... Un día se acatarró y amaneció con el ojillo izquierdo pegado. Se lo lavé con agua salada. Y me miraba mucho. Todavía no sabía hablar. Luego habló demasiado. Siempre ha tenido una lengua... Acierta con lo peor que puede decir. Y lo escupe... Cuando se le cayó al panadero aquel de las manos se le puso toda la cabeza morada. Tenía dos años, pero no se murió... ¿Qué estoy pensando?... Qué labios tiene ahora. Hay que ver qué apretados, hacia abajo, qué duros. Y esos pliegues que se le descuelgan desde la nariz. Se va pareciendo a su padre. Y su padre, ¿a quién se va pareciendo? ¿Y yo? Qué vida esta... Los otros sin llamar. Y este pobrecillo, aquí. Se debía ir. Que se vaya de paseo. Que se abrigue bien, si puede, y que se vaya. Si no está a gusto... Si él, por él, no hubiese venido. Eso lo sé yo. Mira que delante de la criada... No quiere a nadie. Nunca. Desde pequeño era agrio, y ahora... Y dale con los pellizcos en las manos. ¿Me habré vuelto loca yo también?

—Todos a hacer puñetas, hala. Pero no me puedo mover. Por fin, me han pillado. Me llevan, me traen. «No tienes tú la cabeza...

Tú, a no preocuparte. Ya has hecho todo lo que tenías que hacer.»
Eso quisiera toda esta... o como sea. Y el arruinado ese más. No sé
quién es. Cuando me coge solo, se acerca y me da un beso. Yo
retiro la cara. Con esa cosa negra y larga y esa cara... No me gusta. Es el de enmedio. Ya: el listo de la casa. Bueno. Bu, bubú,
bubúm. Un listo como una casa. Cuántas manchas dicen que tiene. No me gusta. Para eso me gasté yo lo que me gasté en su carrera... Me duele la cabeza. Me duele más la cabeza. No, para nada...
Esta... Y lo del columpio, tampoco. Se subió Luciana primero. Si se
cayó, peor. Pero yo no fui. Si en aquel... corral no se podía... ¿Qué
quieres, qué quieres, qué quieres? Boquita de piñón, amor mío...
Bu, bubúm...

—No llaman ni dicen nada. Ten hijos para esto. Los tres. Altos,
guapos, y ¿qué? Este es más bajo, pero los otros... Para esto. Y no
deja de leer. Ahí, metidas las narices en el libro. Ni se casa, ni tiene hijos, ni los quiere. A nadie. Un lobo. Lleva dos días aquí: ni
una caricia, ni un beso más de los justos. Ya hace años, me puso
una vez una mano sobre la mía. Me asusté. No supe qué hacer. No
me atrevía a mirarlo. La retiró enseguida, gracias a Dios. Hasta el
corazón se me alborotó... Anoche me miró de un modo... En la
manga derecha es donde tiene el abrigo la mancha más gorda. Con
el tiempo que hace no se puede mandar al tinte. Por lo menos tar-
dan tres días. Qué desgracia... Más vale que no me mire, si me mira
así... Y también miró a su padre; luego, se salió deprisa del cuarto. Hoy, como si dijeras truco. Mejor. Es llegar él y complicarse
todo.

—«Ce n'est point tant par ses actes, q'un homme amoureux de
l'humanité («¡l'humanité!», ¿no querías caldo...?) se rend utile, que
par son exemple...» Hay instantes en que los miraría y me echaría
a llorar en sus brazos. Lo peor no es carecer de asidero, sino no
ser ya el asidero de nadie. No ser necesitado. Son tan tristes... Se
van muriendo juntos, del brazo, poco a poco. Y yo, pero solo. Ellos
se han tenido, se tienen. ¿Y cuántos cuerpos he tenido yo? ¿Para
qué? ¿Para quién? Todos de paso... Los otros dos tienen sus casas,
las cambian, compran muebles, ponen el árbol de Navidad para

los niños, se preocupan del precio de las acciones, se operan del estómago... Yo ya no tengo ni estómago. Qué asco. Si lo tuviera me hubiera muerto de asco. Voy andando sin saber dónde voy a poner el pie en el próximo paso. Toda la vida, una noche en el Huerto. Sin Viernes santo de una vez. Sin Transfiguración. La caraba. Y mucha «humanité» encima... Si por lo menos estuviese convencido de que mi vida no podía ser de otra manera... Pero creo que todo es acostumbrarse. Uno puede acostumbrarse a todo. Hasta a ser presidente de diputación y echar barriga y comprarse una finca de olivos y limpiarle el culo a un niño chico. Acostumbrarse... Deshacerse... ¿Quién tiene la culpa de este timo?

—Me está entrando ya... Me está entrando el eso. Qué bien. Así no veo a nadie. Me riñen: «Que te estés quietecito...» Quietecito, bah. No me voy porque no me da la gana. ¡Andando con la gentuza! Ya, ni respeto. Les doy dos tortas... Pero el gallo fue gracioso. Del alcalde... Le acerté a la primera. Se lo comió el fresco, mi padre... *Hasta luego*... Arrea, se me escapó.

—Ha dicho «hasta luego». ¿Dónde irá? *Hasta luego*.

—¿Hasta luego? ¿A qué juegan? No los entiendo. Se dicen «hasta luego», después de tres horas, y no se van. ¿Quién va a irse de aquí? No entiendo a nadie. Acabaré volviéndome loca, como él. Quizá fuese mejor.

—«Une expression de physionomie heureuse et intelligente est la fin de la culture, dit Emerson, et c'est là un succés suffisant. Car il montre que le but de la Nature et de la Sagesse est atteint»... ¡«Le but de la Nature et de la Sagesse»! ¡Merde!

Llanto en la Plaza del Marqués de Salamanca
(1960)

Durante el mes de mayo, en Madrid, florecen las acacias. Se pone el aire verde a fuerza de su olor algo impreciso, seminal casi, viajero y excitante. El suelo se blanquea porque, al anochecer, se desprenden, pesados y fragantes, sus floridos racimos.

Las mañanas de mayo son diáfanas, redondas, iguales, bien pulidas como los guijarros que trabajan las aguas. A las seis, con las primeras luces, cuando Recoletos y La Castellana, que se acostaron tarde, duermen todavía, concluye el retorno de los trasnochadores. Llegan de las churrerías, de las casas de buena o mala nota, de la carretera de La Coruña, de El Pardo... Vienen cansados, canturreando, con la corbata floja, despeinados bajo un cielo infantil e inagotable. En la Plaza de Santa Ana, Calderón, pensativo una vez más, frente a las puertas del Teatro Español, parece temer que lo confundan con alguien menos serio. En la Plaza de Rubén Darío, Lope de Vega se inmoviliza con la rapidez cotidiana y mira de reojo el amanecer —«Otro día más, vaya un pueblo»—, mientras en el Paseo del Cisne comienzan a enmudecer los ruiseñores.

A las siete, los traperos iniciales, con sus mezquinos carros y sus burros mezquinos, asaltan la ciudad desde unas afueras misteriosas, invisibles durante el día. Se mueven con agilidad, con bondad y prudencia como hechos a la aurora, al fieltro, a cuanto sobra. Algunos balcones se abren ya y se sacuden las primeras alfombras sobre los rezagados o sobre los madrugadores. Pero todavía no cantan las chicas del servicio; sólo los altos pájaros, las zureantes palomas municipales, las cornetas de los cuarteles se dejan escuchar y nos arrullan.

A las ocho, van a misa las viejas que no tienen otro quehacer. Achicadas, resueltas, sin mirar a los lados, con los velos ya puestos y sus devocionarios de grandes letras oprimidos con elásticos anchos. Se santiguan junto a la pila del agua bendita y se introducen deslizándose en la acogedora penumbra de la iglesia, escudriñando con la vista por si alguna conocida les sacó una devota ventaja.

A las nueve, oficinistas y empleados invaden los metros, los autobuses, los tranvías. Respetuosos, aún con alguna migaja del desayuno sobre el traje, el periódico doblado bajo el brazo y el pelo goteando por la nuca, observan cien veces el reloj y se apresuran. Poco después las cocineras, bolsas de plástico y andares poderosos, van a los mercados repletos ya de verdes, rojos, amarillos, morados, naranjas, blancos.

A las diez, las hijas de familia modelo salen también a misa, con los doblados velos vaporosos y un exiguo bolso en las manos, sin pintar apenas, sin componerse demasiado, con zapatos bajos y vista también baja a ser posible.

A las once, las niñeras y los niños inundan los bulevares y las plazas de colores gozosos, gritos, peleas, pises, conversaciones de banco a banco, chismes y deseos de novio.

A las doce, las jóvenes casadas van de compras, fingiendo andar sin tiempo, a los grandes almacenes o a las pequeñas tiendas de moda. Luego se acercarán, llenas de agobio, adonde están sus niños para saber cómo va la mañana y vigilar de paso un poco a la nueva criada, de la que nunca se fían demasiado, aunque sólo sea para comentarlo con tono de chisme a sus amigas.

A la una, salen a almorzar los trabajadores. Toda la calle es suya. Es bueno pasear bajo las acacias, hacer un poco de ejercicio y de tiempo, disfrutar de la vida, gastarse bromas, piropear a las bonitas viandantes, tomar en algún quiosco el primer vaso de cerveza, despedirse y manotearse interminablemente. O cruzarse con las niñas de primera comunión, cansadas ya de andar, atormentadas, ortopédicas, algo marchitas, arrastradas por sus madres también cansadas, acaloradas con sus inhabituales trajes de chaqueta, rebosantes de velas, libros, lazos y rosarios.

Es en el mes de mayo, por la noche, cuando en Madrid florecen las acacias.

Hacia las once y media, Lala tomó el autobús 1 en la esquina de Alcalá con Gran Vía. Iba de verde claro con zapatos y bolso marrones. Bien vestida, pero con cuarenta y tantos años encima: el exceso de sol le hacía difícil ocultarlo. Su piel, demasiado transparente y un tanto ajada, y su pelo demasiado fino lo denunciaban, aunque no a gritos todavía. Ella solía decir: «Pertenezco a una familia de militares retirados». Era verdad. Como lo era que aquello que más temía en este mundo era su hora del retiro.

A su dormitorio entraba la luz desde el jardín de las monjas: una luz beata y tamizada con reflejos de acuario. Pero, a pesar de todo, esa mañana, al mirarse al espejo, así, tan en primavera, se había sentido irremisiblemente sola. Soltera, sí, como siempre, pero además muy sola. Casadas sus amigas, u ocupadas en diversos quehaceres, Lala, con buena parte de la vida por delante, se miraba a menudo sin apresuramiento las manos: bien formadas, de raza, muy cuidadas, ¿y qué? La respuesta no se la daba nunca mientras se pulía con nerviosa pulcritud uña tras uña.

La mañana era de una insolente esplendidez. Pero en cuarenta y tantos años caben muchas espléndidas mañanas. Se había tocado con delicadeza los párpados, algo hinchados del sueño, «las patas de gallo», las comisuras de los labios, «los surcos de la simulación», el cuello, «las malditas gargantillas del tiempo»... Se conocía y se reconocía. Contemplaba los destrozos. No se hacía ilusiones...

Pisó el umbral de su casa de toda la vida. Levantó la cabeza con un gesto que pretendía ser airoso y que casi lo consiguió. Echó a andar con soltura. Le daba igual dónde ir. Tomó aquel autobús. La falda, ajustada, se lo dificultó un poquito. Un hombre, moreno y alto, la ayudó.

—Permítame —le dijo muy cortés.

Ella contestó en el mismo tono:

—Gracias, gracias, si puedo. No se moleste. Seguro que podré.

Pero él, a pesar de todo, la había ayudado a subir.

Lala, orgullosa de su feminidad, pagó al cobrador, que se aburría con su dedil de goma y con una cara gorda, sin afeitar, afable, de muchacho de pueblo.

—Qué día, ¿eh, señorita?

—Sí, muy buen día, en efecto —respondió Lala altanera y pasó hacia delante.

El hombre alto y moreno —«Perdón»— cruzó a su lado y se instaló en la plataforma delantera. Sí, era muy moreno y muy alto. Vestía de azul. Su mirada, un tanto distraída, resbaló sobre Lala. Pero la había mirado. «Finge la distracción.» Lala respiró hondo. Observó cómo, contra el cristal de las ventanillas, batían las ramas de las acacias. El autobús navegaba entre mares de sol. En la calle de Serrano, la gente, de claro, paseaba con perezosa lentitud, se detenía ante un escaparate, giraba la cara de vez en cuando, curiosa y arrojada, sonreía. Lala respiró otra vez hondo. Giró hacia el hombre; él ahora no la miraba. Con las piernas abiertas para mantener el equilibrio, asido a la barra, estaba suculento. Lala fantaseó: «Como Ulises ante Nausícaa»; pero luego se dijo: «Tonterías». La mañana era como un regalo: fulgurante y gratuita, igual que una aventura. «Una aventura», pensó. Cerró los ojos; parpadeó dos o tres veces. «Sí; con el primero que llega, vamos», se reprochaba. «No; no es el primero. Pero puede que sea el último.» Un vaivén del autobús la distrajo.

Doblaba ahora hacia Lista. «¿Qué edad puede tener? ¿Cuarenta años? Ulises, desnudo, de azul, ante Nausícaa... Qué idioteces. Vaya Nausícaa... Y además, desnudo y de azul, qué disparate.» No obstante, sin quererlo o queriéndolo apenas, fue avanzando. Tropezó con una señora que llevaba una cesta. Se disculpó. Luego se echó prácticamente encima de un estudiante con sus libros bajo el brazo: él la sostuvo. Se disculpó otra vez. Avanzaba de respaldo en respaldo, sin mirar más que al suelo —«Mira que si supieran... Qué bochorno»—, sin poder ya frenarse. El hombre alto y moreno tocó el timbre. Se apearía en la próxima parada. Lala cubrió el último trecho. Ahora estaba junto a él. El brazo del hombre alto y moreno rozaba el pecho izquierdo de Lala. ¿O era al contrario?

—¿Va a salir? —preguntó Lala sin saber por qué lo hacía.

—Sí, sí.

—Gracias, señor.

Se apearon ambos. Él la ayudó de nuevo.

—Gracias. Cuánta molestia. Estas faldas estrechas...

—Buenos días.

Él echó a andar. Se hallaban en la esquina de la Plaza de Salamanca, no lejos de la comisaría. Lala se turbó al verla. «La comisaría, ¿por qué? ¿Qué tiene que ver la comisaría con todo esto? Soy una mujer joven, me he bajado del autobús aquí porque es agradable esta plaza, esas criaturas, aquel edificio de granito y ladrillo, el día, todo. Me he bajado porque he querido y basta.» Marchaba detrás del hombre alto y moreno. Al sobrepasar la esquina, de refilón, él giró la cabeza. Lala, que se había detenido, empezó a andar de nuevo, decidida, sin pensarlo ya más. Le latían las sienes, las muñecas; le llenaba el corazón el pecho; le sudaban las manos; las rodillas no las tenía muy firmes. Pero andaba. También ella sobrepasó la esquina. «No es hermoso. Está bien, pero no es lo que se dice hermoso. Una chispa mayor. ¿Fondón? No, fondón, no; todavía no. Aunque mayorcito, maduro, ¿eh?» Sin embargo, iba tras él. El hombre descendía por General Mola. Lala llegó hasta la puerta del Instituto Alemán. Alrededor de ella, recostados contra la pared, contra los dos árboles más próximos, con las manos en la nuca, en la cintura, dentro de los bolsillos, con las piernas plegadas o abiertas, sentados en el umbral o en el bordillo de la acera, adornados con ligeros jerséis de colores y con ojos increíblemente delicados y con una piel dorada y tersa y con cabellos rubios lisos y con pantalones ajustados, un grupo de jovencitos alemanes aguardaban una clase. Era como un rebaño de potros o gacelas: indolentes, nerviosos, provocativos, castos, indecibles...

Lala se detuvo. Los contempló de uno en uno perpleja y asustada. «Pero ¿por qué? ¿Por qué? ¿Qué he hecho para que se me trate así?» Miró a su izquierda. El hombre había desaparecido calle de Mola abajo. Volvió a mirar a los muchachos aterrada. Se apoyó, como si la empujasen, contra uno de los árboles cercanos. Algo se le rompió dentro a Lala. El bolso se deslizó de entre sus dedos. Con los ojos ardiéndole miraba la mañana radiante y deliciosa; miraba a los muchachos, tan bellos, tan jóvenes, tan fuertes, que en alta voz se interpelaban, se perseguían casi danzando; los niños que gritaban jugando alrededor de la estatua; el color infinito, la alegría infinita, la mañana, la triunfante mañana, la vida que en cada vida que se abre resplandece... Hasta que, levantada hacia el cielo la barbilla, como un animal que va a romper a aullar, lloró, lloró, lloró, abrazada a la acacia, dejando que las lágrimas corrieran por las solapas de su bonito traje verde de entretiempo.

Aquí hubo un jardín

El sol calentaba lo suficiente como para poder desayunar en la terraza. Era la mañana de un refulgente y tibio principio de febrero. Flavia Macías se llevó fuera una bandeja con el café, la leche, las tostadas y el aceite de oliva en que consistía su primera comida. Se extasió ante el ancho valle, que desplegaba ante sus ojos una emocionante belleza, tenue y sólida a un tiempo. Las vinagreras tapizaban de un verde jugoso, salpicado de amarillo, las laderas tan lentas; los almendros en flor proclamaban su buena nueva como un presagio de la primavera, apostada detrás de los montes violetas; los rebaños de naranjos, abrumados de frutos, ascendían en orden hacia la casa a la manera de un ejército pacífico... Supo que ese día iba a trabajar bien, y se sentó, con buen apetito, ante su desayuno.

A pesar de su juventud, Flavia había logrado una excelente fama como periodista. Era una entrevistadora brillante y sutil, observadora y respetuosa. Siempre se la elegía para dar a conocer mejor a los personajes más discutidos y ofrecer a los lectores su visión de ellos. Sin percibirlo apenas, había llegado a ser la más cotizada en tan disputado campo... No obstante, algo más potente que ella la impulsó a retirarse a este lugar, apartado de todo. Deseaba escribir su primera novela. En ella trabajaba desde un par de semanas atrás. No siempre se hallaba en el mejor estado, aquel estado de gracia en que los dedos corren sobre las teclas del ordenador como si alguien dictara lo que habría de reflejarse en la pantalla. Sin embargo, hoy fue consciente, desde que se levantó, de que se trataba de un día especial, liberador y generoso.

Vivía sola en esta casa, alquilada hasta el verano próximo. Cada cuatro o cinco días aparecía el dueño, un campesino hablador y simpático, que le traía, desde el pueblo más próximo, las provisiones solicitadas. Había estado ayer lunes; hasta el siguiente viernes Flavia permanecería sola. Sola bajo este cielo táctil, traslúcido y limpísimo, en el que ahora se deslizaban unas nubecillas muy blancas, intrascendentes, sumisas a las leves bocanadas de un aire que mecía la mañana impecable.

Aquí hubo un jardín era el título del libro en el que Flavia se empeñaba. Contaría la historia de un amor deshecho. La historia de una vida, del final de una vida, en el que se evocaba el goce y la pasión irrecuperables con que se había iniciado. El argumento no estaba muy distante del corazón de Flavia. «No es que los primeros amores retornen siempre —se repetía mientras volcaba la aceitera sobre una tostada—: es que no se van nunca.» En el exacto centro del aparente —y real— éxito de la mujer que aún no había alcanzado la treintena, en el exacto centro de la envidiable suerte que la conducía, siempre sangró una llaga. Flavia se había hecho a convivir con ella, cuyo dolor acabó por ensordecerse como si se hubiera transformado en un dolor ya ajeno, que alguien contempla compadeciéndolo pero no padeciéndolo. Sólo en contados momentos la asaltaba con un zarpazo crudo, afilado e inevitable, para recordarle que era el suyo, que había sido, desesperado y mortal, su dolor propio.

Flavia Macías, a los dicinueve años, conoció de un modo casual, como ocurren casi siempre estas cosas que se erigen después en ejes de la vida, a un muchacho de su edad. Se llamaba Tobías Godoy. Era hijo único del director de un banco recién trasladado a la ciudad. Se amaron, sin reflexiones previas, desde el mismo momento en que se vieron. Eran dos criaturas que, cuando alguien las veía pasear juntas, sentarse juntas, ir de la mano, lejanas de todo y entre sí embebecidas, no era capaz de evitar la sonrisa: de tal manera personificaban los dones de este mundo, su afortunada hermosura, su dadivosidad. Cada uno por separado podría pensarse que era perfecto en sí, hasta que viéndolos unidos se comprendía que era así, unidos, como la perfección se conseguía. Fueron felices —porque la felicidad no es susceptible de ser ni pretendida ni buscada, pero existe— durante unos cuantos meses. Luego, unas circunstancias ajenas a ellos e inesperadas interrumpieron su felicidad.

El padre de Tobías fue acusado de un desfalco y desapareció, con su mujer y su hijo, de la noche a la mañana. Se perdió sin dejar rastro alguno para que quien le perseguía supiera dónde; quizá en el extranjero; en Brasil, se decía. El seísmo que esto causó en la vida de Flavia fue tan inmensurable que sus padres, para que se distrajera y olvidara, la enviaron a una alta escuela suiza, donde aprender idiomas y desde donde poder emprender viajes y nuevas experiencias, incluida la carrera de periodismo que le interesaba. Ya en Suiza ella, llegaron a su casa tres o cuatro cartas de Tobías, sin remite, que la madre se apresuró a destruir. En el corazón de Flavia llovió, nevó, transcurrieron las inmisericordes estaciones de la desolación. Sin dejar de sufrir, muy poco a poco, volvió a fijarse en su alrededor. Los añicos de la felicidad disfrutada fueron velados por el tiempo; reducidos, por el instinto de sobrevivir, a los rincones donde, con muy poca frecuencia, cada día con menos frecuencia, escudriña, con el alma incompleta, el apenado.

Mientras tomaba su segunda tostada y su segunda taza de café, Flavia ojeó un periódico de los que el día anterior le habían subido. Las noticias, tan ruidosas cuando se vive entre ellas, se le antojaban ahora ecos lejanos, casos que otros casos atropellan, igual que si alguien refiriese una historia ya no viva y presente. Es decir, le acaecía con las noticias ahora lo que antes le había acaecido con su propio dolor: el tiempo se trasmudaba en espacio también y condenaba a la lejanía sus destrozos. La novela que traía entre manos Flavia empujaba hacia una lontananza, paliada y nebulosa, el resto de los sucesos que no fuesen su tema. Una cierta anes-

tesia le adormecía la percepción de cuanto no era aquellos sentimientos que hubo una vez en un jardín, y que hoy resucitaban para
ser analizados, medidos, reconstruidos en forma literaria: no más
dañinos por lo tanto, sino utilizados y transfigurados, como en una
especie de consagración eucarística, en carne y sangre de relato.

Flavia apartó los ojos del diario, que leía sin mayor interés. Se
deleitó en el paisaje, ofrecido como una mano abierta, que había
elegido ella misma para su soledad y su quehacer. Al fondo, hacia
el escaso río que transcurría por la hondura del valle, los eucalip-
tos imperturbables cabeceaban levemente. Flavia, mientras miraba
hacia ellos, se sorprendió. Por el angosto carril que ascendía hasta la casa, se acercaba un hombre. No era su campesino, el amo
de la casa. Aún estaba distante, pero éste parecía más alto, más
ligero, más esbelto. Flavia no tuvo miedo, pero sintió que su corazón, ante lo inesperado, se aceleraba. Recogió la bandeja y se
introdujo en la casa. Llevó los restos del desayuno a la modesta y
estricta cocina. Los depositó en un poyo junto al fregadero y regresó a la puerta de la terraza. El hombre estaba bastante cerca ya y,
adivinándola más que viéndola, levantó la mano derecha y la agitó en el aire. Flavia no supo qué partido tomar. Muy despacio
levantó a su vez la mano. Después, con una incipiente y superfi-
cial preocupación, cerró la puerta de cristales y se mantuvo ante
ella.

La sensación de peligro no la asaltó hasta oír la llamada en la
puerta. Se acentuó ante la segunda llamada, más urgente. A la tercera, entre curiosa y asustada, fue a abrir. Y abrió. Delante de sus
ojos, con una gran sonrisa aleteándole como un pájaro blanco
sobre su amable cara, se encontró con Tobías.

Habían pasado por él los años como por ella, sin mancharlo.
No era un muchacho ya, era un hombre: el hombre en que ella,
durante muchas noches, había presentido que se convertiría. Fuerte y grácil a la vez, con el mismo atractivo de ayer, subrayado hoy
por la confirmación de todas las esperanzas. Idéntica tez morena,
casi dorada, un grado más oscura que su pelo; idénticos ojos cla-
ros, entre verdes y azules; idénticas manos afiladas, más decididas
ahora, que se tendían aguardando las suyas. Flavia intuyó por un
segundo en aquella mirada una extraña ansiedad, una tensión des-

conocida. Pero no le dio tiempo a razonar ni a asegurarse; tampoco le importaba. Sin decir una palabra se lanzó a aquellos brazos. Su forma de estrecharla ratificó la personalidad más que cualquier otra semejanza. Allí estaba Tobías, su Tobías, entero y verdadero. La mañana llenó, con su velada música, el silencio de aquel encuentro imprevisible. Sobre el hombro querido, Flavia rompió a llorar de irrefrenable alegría.

Las horas y las luces volaron en torno a ellos igual que mariposas. Se deshacía un abrazo sólo para que los enamorados se embelesaran, se contemplaran uno al otro, uno en el otro, para volver a hundirse en un abrazo nuevo. El sol salía y se ponía sin perturbarlos. Comían cualquier cosa únicamente para verse comer mientras reían o mientras descansaban de los apasionados gestos del amor. No se saciaban nunca: llevaban años de desesperación y de retraso. El milagro del reencuentro se instaló entre ellos impidiéndoles dormir, separarse, aburrirse, desanimarse. Cada uno era el otro y también era los dos juntos. El acoplamiento de sus cuerpos parecía el resultado de una larga costumbre improvisada. Los besos, las caricias, la mezcla complacida de la carne, el juego de sus piernas, la ansiedad de sus dedos, el sabroso jolgorio de sus manos, el roce de sus pechos, eran tan unánimes como los que se producen después de una minuciosa convivencia. El paisaje exterior, al que a veces —a la aurora, al mediodía y al atardecer— se asomaban, respiraba con ellos, se acompasaba a ellos. El dulce olor de los almendros era el olor que sus cuerpos exhalaban. A través de sus bocas se bebían uno a otro... Ni cuando se conocieron, hacía diez años, pudieron haber imaginado una dicha tan plena.

Se hacían preguntas que permanecían sin contestar. Formulaban curiosidades que no hallaban respuesta. Era el presente absoluto lo que los convocaba, su cumplida venganza de la separación. Y la dicha los mantenía pendientes de ellos solos, aislados e incrustados en la realidad; consecuencia del pasado que, sin saberlo, repudiaban, y jubilosos frente a un futuro que tampoco preveían. Aquí y ahora, los dos amantes enardecidos, caldeándose de noche con las altas fogatas de sus requerimientos y de una satisfacción nunca bastante satisfecha. Sin memoria, sin proyecto, sin más ocupación que saberse juntos, desentendidos de no haberlo estado antes, despreocupados de seguirlo después estando. Incansables y juguetones como niños pequeños cuyos padres han emprendido un viaje; confundidos y entrelazados como adolescentes que han descubierto el hondísimo secreto del placer.

Así transcurrieron los días sin que ellos los nombraran. Lunes, martes, miércoles, jueves... El viernes, desde la terraza, cuando se desayunaban entre bromas, con poca ropa sobre sus cuerpos expropiados, vieron subir al campesino de las provisiones. Flavia, fingiéndose una mujer convencional, rogó a Tobías que se duchase mientras el hombre le entregaba las compras.

—No quiero escándalos en mi casa —se rió—. Aún no estamos casados. A Blas, el pobre, le sorprendería ver un hombre conmigo. En realidad, creo que anda algo enamoradillo de mí.

Tobías la miró con prolongada y explícita ternura. Se le nublaron los ojos. Le oprimió la mano, y la retuvo entre las suyas cuanto los brazos de los dos dieron de sí.

—Adiós —dijo. Y se fue hacia la ducha.

Blas depositó las compras en la mesa de la sala más grande, que hacía de comedor. Cerca de ellas, los periódicos de los últimos días. Comenzó a hacer unos entrecortados comentarios sobre la anticipación del buen clima, sobre la calidez de la mañana, sobre el esfuerzo que había que hacer ya para subir la cuesta del carril... Flavia no lo atendía. Lo despidió con una sonrisa y un apretón de manos, que el campesino agradeció un tanto ruboroso.

Cuando salió Blas, durante un par de minutos, se aplicó Flavia a oír caer el agua de la ducha. Imaginaba el cuerpo desnudo de Tobías, suyo de ahora en adelante. Sonrió suspirando. Agradeció, por vez primera, a la vida el regalo infinito del amor por fin correspondido, tangible, íntegro, «con pelos y señales», se dijo echándose a reír.

—Tobías, que ya se ha ido Blas.

Entre perezosa e impaciente, tomó sin sentarse uno de los diarios, el que se hallaba sobre los demás. Pasó las páginas sin detener apenas en ellas los ojos. En una de las últimas, un titular los retuvo de un tirón: *Español muerto en Italia*. La noticia decía: *Un turista español, Tobías Godoy Bernal, de 31 años de edad, murió el lunes, o acaso el martes a primera hora de la mañana, al ser golpeado por un trozo de lava de un volcán de la isla de Stromboli, según informó ayer la policía. La muerte del turista se produjo por encontrarse demasiado cerca del cráter. El cadáver fue hallado por un isleño que por casualidad vio, sobre el terreno oscuro, la camisa blanca del difunto.*

El agua de la ducha había dejado de correr. Flavia se apresuró hacia el cuarto de baño. Lo abrió. Estaba vacío.

—Tobías. ¡Tobías! —gritó.

La casa era pequeña. La recorrió en un instante. No encontró a nadie. No lo encontraría nunca.

CANTATA 82

Su pareja, su amiga, su amante, su compañera, su novia, su chica, o como quiera que se diga, sin la menor consideración, lo había llevado, a tirones, a un concierto de música «selectísima». Empezaba a las once. Habían estado antes en un simpático guateque de gente de su edad, treinta años o menos. Se divirtieron de lo lindo, se besuquearon, bailaron salsa y hasta un tango cuerpo a cuerpo, habían tomado unas copas, estaban animados, y, en lo mejor, a ella se le antoja acordarse de que su amigo Baltasar Iruña canta en el salón del Museo Romántico.

—No son horas —decía Ricardo—. Un viernes a las once o se queda uno donde está y acaba de cogerla, o se va uno —mejor, dos— a la cama como es debido.

Pero no hubo forma de convencerla. Lo habían prometido —«Yo, no.» «Bueno, yo.»— y lo prometido es deuda, no hemos de quedar mal, la música es instructiva, ya es hora de que oigas piezas imprescindibles, y otros pretextos igual de vulnerables. Total, que fueron al concierto. Para Ricardo la música clásica no era lo que se llama una pasión violenta.

—Dijo Napoleón que la música es el menos molesto de los ruidos. Hay otros que lo son menos aún: los pájaros, la lluvia, las cascadas, qué sé yo, todos los naturales y los que provocas tú cuando te mueves.

A Adela, oyéndolo hablar así, se le ponían los vellos de punta. Juzgaba que, en eso, él era un palurdo. En efecto, lo era. A la primera parte del concierto asistían unas cincuenta personas. Era *Il combattimento di Tancredo e Clorinda,* de Monteverdi. A Ricardo se le antojó que con aquel madrigal de guerra y amor de Torcuato Tasso tenía suficiente, y que ya habían cumplido con el tal Baltasar. Opinó que deberían de retirarse. Porque además Adela le estaba gustando más a cada minuto y sentía una feroz necesidad de abrazarla y de lamerle el labio de arriba, que, cuando escuchaba música, se le remangaba un poquito dejando ver los dientes. Sin embargo, ella se negó a irse. Tenían que seguir escuchando a Baltasar. Y Baltasar a él no le caía bien: lo encontraba rarito; ya hablando, su voz no le gustaba nada, y, cuando soltaba aquel chorro empalagoso a los vientos, ponía a Ricardo a pique de un paroxismo.

Salieron a fumar un cigarrillo. Ricardo estaba hasta más arriba de la coronilla de filarmonía. Al principio se distrajo contemplando las caras de la gente: atenta pero sin perder la realidad de vista: nada de éxtasis. En la fila de delante, a la izquierda, se fijó en una señora con cara de ese pájaro que se llama frailecillo: su nariz era idéntica, y movía la cabeza como él, al compás de los acordes. Pero lo divirtió sólo unos minutos. Después se entretuvo con un par de chiquillos de siete o nueve años con unos inapropiados jerséis de sierra llenos de dibujos y franjas: uno, marrón, y el otro, gris; el color era lo único que los diferenciaba, porque los dos daban, con el mismo ritmo, cabezaditas soñolientas. Lo que predominaba era un público esnob, que aprobaba en silencio como si desde la cuna le hubiesen cantado aquel *combattimento* y ahora avocara, dulcemente, toda su vida. «¡Falsos!»

Eso fue en la primera parte. Para la segunda sólo quedaron unos treinta y cinco oyentes. Se anunciaba la *Cantanta 82, Ich habe genug,* de Johann Sebastian Bach (1685-1750). Eso rezaba el programa de mano. Pero Adela lo puso mucho más al corriente. Al fin y al cabo ella había hecho filosofía y estaba más preparada para este tipo de desastres. Por otra parte, antes de ir, Ricardo estaba convencido de que se había documentado y escuchado música y cánticos para estar por encima de él en todo. Según ella, durante el siglo XVII, la ópera influyó mucho en las cantatas, hasta transformarlas en unas pequeñas óperas de concierto, con arias y recitativos, escritas para un solista y un conjunto instrumental. Había dos clases: *da camera* y *da chiesa,* de acuerdo con su asunto profano o religioso. Los protestantes alemanes desarrollaron mucho la segunda clase. Sólo Bach —continuaba— compuso cinco series completas para el año eclesiástico.

—Qué valor —la interrumpió Ricardo.

—La 82 es una de ellas —prosiguió sin hacerle caso—. La duración de las cantatas oscila entre 10 y 35 minutos.

—Esperemos que ésta sea de la más cortas.

—No lo es. Dura 23 minutos y medio. Aquí durará más probablemente.

—Vaya, hombre. ¿Y qué significa el título?

—No te hagas el burro, Ricardo, que maldito si lo precisas. Significa *Tengo lo que necesito...*

—Yo también —dijo él mirándola a dos centímetros de distancia—. Lo tengo, pero no me dejan usarlo.

—Tengo lo que necesito —reiteró Adela—, tengo bastante, estoy colmado, algo por el estilo.

—Yo lo que estoy es harto.

Adela lo empujó riendo por lo bajo. Habían terminado de fumar. Proseguía el concierto. Mientras regresaban a sus sillas —en hilera, doradas, frágiles, hasta el punto de que, cuando alguien se recostaba lo mas mínimo, crujían de forma aterradora—, Adela ilustraba a su pareja:

—Verás cómo se entrelaza el oboe y la voz, nada más empezar, en un diálogo espiritual bellísimo. Antes se usó una flauta travesera, pero yo prefiero el oboe. Bach escribió esta cantata para la festividad de las Candelas del 2 de febrero.

—Entonces será muy jacarandosa.

—No te hagas ilusiones. Se inspira en el *Nunc dimittis* de Simeón el sacerdote. «Ya me puedes llevar, Dios mío, porque he tenido al Salvador entre mis brazos.» O sea, el anhelo de la muerte.

—Es decir, una juerga.

Salieron los músicos entre tibios aplausos.

—Aquí no hay oboe —comentó Adela, herida en su amor propio.

—Qué timo —aprovechó Ricardo—. Larguémonos en señal de protesta.

Se incorporó, pero Adela le tiró de la chaqueta. Volvió a salir Baltasar Iruña con su cara grande y color de rosa, engolado y untuoso, el esmoquin lleno de brillos de tanto plancharlo. El auditorio reducido y superviviente le aplaudió un poco más. Ricardo repasó el programa, donde estaba traducido aproximadamente el texto alemán.

Se elevó la música y los oyentes comenzaron a mirarse unos a otros en signo de reconocimiento. *Ich habe genug... Tengo lo que necesito,* cantó el pelmazo de Baltasar. Ricardo se confesaba que, por primera vez, se sentía completamente de acuerdo con él. Tras la primera mitad del concierto, también él tenía bastante. *He tomado al Salvador, la esperanza de los fieles, en mis ávidos brazos.* «En mis ávidos brazos tomaba yo otra cosa», pensaba Ricardo al que la bebida había exacerbado la lubricidad. *Es suficiente para mí.* «Y para mí. Ya no quiero oír más, muchísimas gracias.» Resultó inútil. *Le he visto. Mi fe ha estrechado a Jesús contra mi corazón.* «Ay, Adela, con lo que tú y yo podíamos estar haciendo solos, estrechada tú contra mi corazón...» *Ahora mismo deseo, con alegría, volar de aquí.* «Sí sí, pero en este momento, sin esperar un minuto. Vámonos.» Le dio con el codo a Adela, que siseó con un dedo en los labios. *Tengo lo que necesito.* «Yo, de esto, mucho más de lo que necesito; pero más vale no repetirlo tanto y callarse de una vez.»

Uno de los violines le recordó a un compañero de bachillerato. Se llamaba Manuel algo, Manuel Lomas. Era amigo inseparable de un tal Carriazo, y un día le comentó a Ricardo: «Cómo será de bestia Carriazo que dice ataules en vez de decir ataúces». El violinista era igual: con la cara triangular, las cejas gruesas y una sonrisa olvidada debajo del bigote. Leyó el programa. Empezaba el primer recitativo.

Tengo lo que necesito. «No es posible. Basta. Piedad. Terminemos de una puñetera vez. Si es en lo único en que estamos con-

formes. Todos en un puro contento; pero que no lo cante más.»
Ricardo volvía la cabeza intentando rebelar al auditorio. No había
nada que hacer. *Mi consuelo sólo es Jesús: que él sea mío y yo suyo.*
«Eso me sucede a mí con Adela; pero hay días, como hoy, que se
pone pesadísima. Quién nos manda estar aquí, encima de estas
sillitas, como gallinas en un palo.» *En la fe lo poseo; como Simeón
vislumbro la alegría de aquella otra vida. Vayámonos a reunir con
él.* «Ah, sí, con él o sin él, pero vayámonos que es lo importante.»
Ricardo susurró algo de irse al oído de Adela. Ella le dio un piso-
tón con el tacón de aguja. Ricardo estuvo a punto de gritar, como
Baltasar, *ich habe genug. Ah, que el señor me salve de las cadenas
de mi cuerpo.* «Y eso que no te han pisado, hijoputa.» *Ah, si esto
fuera mi despedida aquí.* «Claro, si lo fuera; pero ya verás como no
lo es. Este tío no está por la labor de dar de mano. Tendrán que
despedirlo aquí y en cualquier parte. Adiós.» *Con cuánta alegría
habría de decirte: mundo, tengo lo suficiente.* «Sí; mucha alegría,
pero no se mueve nadie. Si tenemos bastante, y lo tenemos, coño,
salgamos todos.»

Lleno de esperanza, creyó Ricardo que había concluido, porque, después de mirar al reloj tres o cuatro veces, comprobó que
había pasado bastante tiempo. No obstante, Adela lo retuvo por el
brazo cuando fue a levantarse.

—A continuación viene la segunda aria. Anímate, hombre.

Dormíos, ojos cansados. «Sí, hombre, encima con coñas.» Ricardo, dándole razón a la sugerencia, observó a quienes se habían
anticipado a ella: los niños de los jerséis de sierra, una señora con
un lazo de terciopelo en la cabeza canosa y con ojos saltones como
de pez hasta durmiendo, una especie de señorín repipi medio calvo que no había logrado resistir el sopor a pesar de que entró
comiéndose a los músicos... *Con los ojos cerrados, tiernos y serenos.* «Qué envidia. Ojalá pudiese yo dormirme también.» Lo intentó unos instantes. Pero a Ricardo, que cuando estaba aburrido se
dedicaba sin darse cuenta a sacar parecidos, lo distrajo el del pia-
nista. Era exacto a un profesor de la facultad de Biológicas, el de
Ecología: lo mismo de seco, con la frente abombada y unas patillas fuera de lugar, bueno, en el lugar de las patillas pero desme-
suradas como las de un capitán de las Indias Orientales. Pensando

en eso, se traspuso... Cuando los violines lo volvieron en sí, se había quedado un poquito atrás en el programa. *Aquí sufro miserias, pero allá, allá, encontraré la dulce paz y el reposo dulcísimo.* «Huy, mi camita... Confío, que, después de haberme sacrificado, Adela se porte bien allá, allá. Yo me voy a portar como un tigre de Hircania cruzado con un náufrago de veinte años.» Rozó la mejilla de Adela con la suya. Adela apartó la cabeza. Alguien rompió a aplaudir sin que nadie lo siguiera, o casi nadie. Horrorizado, quien fuese se cortó en seco.

—Ignorante —dijo Adela—. El segundo recitativo. Es precioso y muy corto.

Dios mío, cuándo llegará la dicha, el hermoso «por fin». «Sí, por favor, sí, cuanto antes, la dicha, el por fin...» *El momento en que goce de la paz y de la arena fresca de la tierra para descansar allí en tu regazo.* «La paz en el regazo de mi Adelita, qué gusto. Aunque fuera la guerra.» Miró ese regazo: Adela tenía las finas manos descansadas sobre el bolso de piel. Debió de notar que él la observaba, porque le hizo un gesto negativo con el índice derecho, y luego apuntó al frente. *La partida se ha consumado.* «Esto no va en serio. Ya no me creo nada. Lo lleva diciendo desde que empezó.» Abrió los ojos como platos para que no se le cerraran definitivamente. En las paredes vio unos cuadros que eran retratos de damas y de caballeros antiguos, con caras de pavos insustanciales, y a los que por supuesto estaba fastidiando la cantanta *a chiesa*. Había otro cuadro costumbrista, con unos pobres burros, que le resultó más simpático. Se lo indicó a Adela. Adela señaló al cuadro y luego a él. «¿Que soy un burro? Será por lo paciente. Si lo fuese, ya me habría puesto a dar coces.» *Mundo, buenas noches,* concluyó el recitativo. «No caerá esa breva. A mí esta gente no me engaña más.» Tomó el codo de Adela como para ayudarle a incorporarse. Ella le propinó un codazo en salva sea la parte. «Pues sí que empezamos bien la noche de amor.»

—El aria final —consoló Adela a Ricardo—. Lo más hermoso de toda la cantanta.

«Pues mira, al final se alegra el cotarro. Como yo, que con sólo pensar que es la meta...» *Espero gozoso el momento de mi muerte.* «Hombre, tanto como eso; pero si es necesario, adelante. Con tal de terminar...» El cantante hacía cada vez más mohínes, mas braceos, más temblores de nuez. *Ah, ¿por qué no ha llegado?* «¿Qué, la muerte? Si no hay prisa. A esta pobre gente lo que le pasa es que, si está siempre haciendo lo que hoy, no puede tenerle mucho apego a la vida.» *Así me libraré de todas las penas que me atan todavía a este mundo.* «Claro, es que hay penas y penas: esta es una de las peores.» Ricardo miró la araña de cristal del techo, que vacilaba al ritmo de los gritos, y luego la alfombra muy gastada, de cuya urdimbre se veían los hilos. Puestos a mirar, miró también las manos de fregona de una señora muy elegante que tenía a su izquierda. «La reina de Inglaterra tiene manos de carnicera, pero su elegancia sigue el estilo de las manos.» El cantante se empecinaba en reiterar lo que ya había dicho una y otra vez. *Me alegro de mi muerte...* De repente, Ricardo se asustó porque todos empezaron a aplaudir. «Bueno, no tan de repente... Ya se acabó, qué bien, qué gusto, qué sorpresa.»

Se levantó de un salto antes que nadie y tomó del brazo a Adela. Los músicos, después de agradecer una ovación aliviada y satisfecha, se refugiaron en una habitacioncita detrás del estrado para recibir los plácemes del público. Adela y Ricardo se acercaron allí. Abrazaron al cantante; le estrecharon la mano; Adela lo besó con besos muy apretados como de ama de cría. Ricardo no consideraba peligroso a Baltasar; probablemente no lo era. Por fin, con los abrigos puestos, salieron a la calle. Hacía frío. Salía vaho de sus bocas. Ricardo, con un brazo sobre los hombros de Adela, la acercó a él lo más posible.

—Tengo lo que necesito —murmuró—. *Ich habe genug.*

Adela soltó una carcajada —¡ya era hora!— y se apretó aún más contra él.

—*Ich habe genug* también.

—A pesar de todo, podríamos tomar la penúltima: eso no es llevarle a Bach la contraria. Lo haremos en legítima defensa.

—Bien, pero prefiero que la tomes en casa. Yo te la serviré.

—Esta es mi Adela guapa, no la de ahí dentro.

—Es que la música de Bach a mí me pone a cien: es muy afrodisíaca.

—Qué especial eres, hija... De todas formas, ¿no habrá mañana, o pasado lo más tarde, otro conciertito de Bach?

—Tampoco hay que abusar —replicó ella complacida mientras reclinaba la cabeza sobre el hombro de él.

—Por cierto —dijo Ricardo después de besarle la oreja—, ¿quién escribiría el famoso texto de la cantata?

—Es anónimo.

—Más vale así.

—¿Por qué?

—Por nada —contestó Ricardo, y la volvió a besar, vengándose, en el mismísimo lugar por el que el maldito texto había irrumpido.

EL PASO DEL TIEMPO

Llegarás tarde. Si no te levantas ahora mismo, llegarás a las mil y quinientas... Estoy harta de ti, harta de estar voceando todas las mañanas... Me estoy quedando ronca. Y el desayuno se está quedando frío.

Él se incorporó sin ninguna gana, desperezándose y bostezando.

Pensó que era una gorda, pesada y machacona. Que tenía un humor de todos los demonios. Que sabía decir en cada momento lo menos oportuno. Que no se la podía aguantar y que no se explicaba cómo la había aguantado tantos años. Que le dieran morcilla de una vez por todas...

Se levantó y entró en el baño.

—Sal pronto, que te eternizas ahí dentro. Cada día estoy deseando que te vayas para quedarme sola.

... Que su vida, la de él, era un tremendo fracaso por culpa de ella, que ni lo había apoyado ni ayudado absolutamente en nada, porque no era capaz ni de darle un hijo, que es una cosa tan sencilla que se hace a oscuras. Que era una boya estúpida y mugidora: o no hablaba y permanecía sorda como una tapia, o hablaba a gritos que hacían dar golpes en la pared a los vecinos. Que se avergonzaba de esta tía con la que no había conseguido tener lo que se dice nada en común. Que prefería morirse antes que seguir yendo cada mañana y cada tarde a esa oficina tediosa e insufrible, y soportando, en la casa que él costeaba, a este demonio inflado que no hacía otra cosa que comer de su sueldo y dormir en su cama para que ni siquiera pudiera él descansar a gusto.

Se bebió el café con leche y salió sin despedirse a la calle. Anduvo a buen paso hasta que se encontró bastante lejos de la casa. No fue antes sino entonces cuando decidió que hoy haría novillos: no iría a la oficina. Era una mañana de abril en la que, como en un espejo, se reflejaban las posibilidades de ventura y de goce y de esperanza de este mundo.

No tenía ganas de rellenar papeles ni de estar sentado bajo rótulos de neón, separado de los demás por mamparas de metacrilato, aburrido hasta las cachas, invadido por asuntos que no le interesaban un pimiento ni a él ni a nadie...

Un airecillo fresco, que a lo largo de la mañana se entibiaría, le acarició las sienes como una invitación benefactora.

No iría a la oficina. Que le dieran también dos duros a su jefe. A sus compañeros que lo tomaban a chacota, a las tontibobas de las secretarias, que se movían como modelos en la pasarela, ya ves tú...

Buscó un teléfono público. El primero estaba estropeado; el segundo arrancado de cuajo; en el tercero marcó el número de la oficina.

—Me he levantado vomitando, y mi mujer, la pobre, se niega a que vaya hasta mañana por lo menos... De momento no voy a llamar al médico... Creo que será una indigestión, quizá un pescado de anoche, no lo sé... Si esta tarde sigo tan malísimo, telefonearé al doctor para el parte de baja. No lo creo, veremos...

Se negó a coger un autobús y amontonarse con la gente. Tampoco él se había duchado. Prefirió andar.

Que llevo cien años sin andar, así me estoy poniendo, coño.

Era, en efecto, más bien bajo y muy ancho, de cara redondeada por la grasa. Llevaba un traje de color indefinido con los codos gastados y rodilleras en los pantalones.

La gorda esa, ese botijo lleno de vinagre, no sirve ni para cuidar la ropa, que da vergüenza cómo voy. Me da vergüenza hasta a mí, que he sido más bien un adán siempre. Y vaya Eva que me ha tocado: de tómbola.

Pero se cansó pronto, desacostumbrado como estaba a caminar. Decidió entrar en el parque, extenso y ahora tan verde y soleado, que era el único lujo de su casa, modesta y no muy limpia aunque la escasa luz lo disimulara.

Es una vaga. En cuanto salgo yo, seguro que se sentará delante de la tele, con la radio bien alta por si fuera poco, y se adormilará, una mano sobre otra. La muy panzona. Anda, que buena boda hice. Si me lo llego a figurar, pronto me caza esa.

Se refugió en el parque. No le apetecía ver a nadie. Se adentró, bajo los plátanos, hacia un pabellón de ladrillos donde la gente no solía llegar. A esas horas se encontraba desierto. Se sentó en un banco, perdido dentro de un grupo de arbustos que lo ocultaba de los senderos próximos.

Este banco, como si lo viera, lo han traído aquí los novios para darse el lote a espaldas de niñeras, de niños, de vendedores, de paseantes y de la biblia en pastas. Qué listo es el amor... Bueno, cuando es listo, porque hay que ver la puntería que tuve yo casándome con esa foca. Y lo peor del caso es que no tiene ya remedio, ¿quién iba a quererme a estas alturas? Estoy hecho un cascajo,

Se llevó la mano a la cara.

sin afeitar, más arrugado que un acordeón, venido al suelo: un desastre. Ay, si lo sé yo a tiempo... Con veinticinco años yo me comía el mundo. Bueno, como que me lo estaba comiendo cuando llegó la boya. La vida es un engaño. Todo nos tima en ella. Pasa en un vuelo, aunque cada día en esa pestosa oficina se haga una eternidad... La vida es para la gente que pueda estar siempre así, en un buen banco, al aire libre, viendo crecer las flores y la hierba, oliendo a gloria, cogido de la mano de la persona que se quiere... Y aun así, mientras dure tal cosa. Porque la persona engordará, se estropeará, se avejentará, se pondrá odiosa y antipática, maligna y amargada y deseando amargarte... Dios mío, qué estafa... Cuando la conocí era tan mona. Aprendía costura, y ahora lleva treinta años sin dar una puntada... Con los ojillos alegres y una picardía en los andares. Pero se sentó la gachona y echó culo y dejó de mirar como no sea para ver los defectos y reprocharlo todo. Qué desagradable puede volverse una persona. No la puedo ver... Tenía un flequillo muy sinvergüenza. Yo se lo levantaba para besarle en la frente... Qué imbéciles los hombres. Un besito. Joder, qué pronto se terminan las ilusiones. Como que son mentiras que nos echamos unos a otros; en cuanto aparece la verdad se va todo a la mierda... La cintura tan fina... ¿A que te la abarco con las manos? ¿A que no? ¿A que sí? ¿A que te llevas un tortazo?... Juegos, juegos. Después llega la vida y le pega una patada al tablero y se van a hacer puñetas los jugadores y el tablero y las sillas.

Fue adormeciéndose, despatarrado, con los zapatos sucios, la chaqueta hecha un guiñapo, apoyada la cabeza en el res-

paldo del banco, una mano en el asiento y la otra en la barriga. El sol lo arropaba como si le inspirase ternura tanta mediocridad.

Lo despertó un ruido de hojas pisadas. Aún no habían barrido las víctimas postreras del invierno.

Ya me han jodido la mañana.

Se encogió en el banco sin moverse por no hacer ruido. Alguien había al otro lado de los arbustos que lo encubrían. Acechó entre las ramas. Era sin duda una mujer. Y sola.

Será otra desgraciada, porque para venir aquí a estas horas a esconderse... Los felices tienen su buen jardín, no salen de él. Y además que no sueltan la mano de la persona que quieren: si salen, no van solos... Esta pobre estará hasta las narices de su marido, de sus hijos o de sus nietos, sabe Dios. Cansada de la vida, infeliz como yo. Si somos muchos... Porque es que hay mucha gente mala que a lo que se dedica es a hacerle la vida imposible a los demás. Y si tú das con una y la metes en tu casa y dependes de ella, estás listo, Calixto. Ya te puedes morir, porque lo que es la vida te la han hecho polvo para los restos.

La mujer giró hacia su izquierda, bordeando el seto de aligustres. A falta de cosa mejor que hacer, ya despierto, el hombre sintió curiosidad. Alargó el cuello para verla mejor.

Joder, coño, cojones, ¿pues no es la foca? Esto no le pasa a nadie más que a mí. La foca paseando por el parque. Y mirando al suelo, como si maldito lo que le importasen el sol y la mañana. Y hasta parece que viene con frecuencia, porque este sitio desde luego lo conoce: no es que coja de paso... Joder, joder, joder, lo que es la vida... Y la cara que pone. Bien distinta del morro con el que me ha hecho convivir: qué jeta, madre... Y sin embargo, igualito que si no hubiese roto un plato, mírala, tan tranquila... No; si es que incluso se asemeja, así, de lejos, a la que yo conocí. No te fastidia. Y a la intemperie parece más delgada. Yo creo que en esa casa engorda para fastidiar... Es que a mí me lo juran y yo no me lo trago, palabra...

Seguía con la vista el lento caminar de la mujer, que se volvió y miró con fijeza al sitio en que él se encontraba.

Que me ve y la tenemos. Que la tenemos. Que la conozco y me conozco y puede haber aquí inclusive sangre... Pero ¿no ves cómo mira? Si es que tiene los ojos llenos de lágrimas... Jodeeer.

De pronto se dio un golpe en la frente.

Algo me lo estaba diciendo a mí por dentro. Claro: es que este sitio es donde veníamos de novios. Me han traído los pies sin darme cuenta. Y a ella, por lo visto, también. Mira tú que la vida es mala y traicionera... Una foca sentimental, para que vayas largándole hilo a la cometa. Hala, a tomar por culo.

Anduvo la mujer un rato más, no mucho. Se detuvo sin ánimo para continuar. Se pasó la mano por los ojos, se atusó el pelo, se tiró del vestido y, apresurando la marcha, se alejó del lugar.
El hombre salió del cerco de arbustos. Ya no tenía ganas de estar solo. Se mezcló con la gente, con los niños, con los ancianos que tomaban el sol...

Ahí acabaremos los que no acabemos antes; solos al sol, echando de menos lo que, cuando lo teníamos, nos parecía un timo, y seguro que lo era. Pero en la cuesta abajo siempre se mira hacia atrás. Una estafa, por mis muertos.

Se le fue el resto de la mañana despotricando contra la vida. Un poco antes de la hora de almorzar se presentó en su casa. La mujer lo recibió con exabruptos.

—No he terminado de guisar. Así que si quieres comer, te vas al restaurante. O te sientas a ver la tele. Yo estoy hasta las tetas de andar todo el día dale que te pego: lavando y fregando lo que ensucias tú, que no vales más que para eso. Hasta las tetas estoy, te lo juro. El mejor día, cuando vuelvas, no me encuentras aquí. Ni agradecida ni pagada, que baje Dios y lo vea.

Se volvió a la cocina rezongando y después dio un portazo. El hombre le hizo un corte de manga y, sin decir ni pío, conectó la televisión y se puso a fumar echando la ceniza por el suelo.

CARTA AL SEÑOR PEPITO CARDENAL

M i querido señor: en esta mañana, de tan especial luminosidad, me sobreviene el recuerdo de que, hace diez años más o menos, la carta que usted tuvo la bondad de dirigirme causó en mí una profunda impresión. Esa impresión se ha visto hoy ratificada, lo cual me alegra de un modo difícil de exagerar, ya que prueba la certeza y constancia de mis sensaciones, aspecto éste de mi carácter del que hace tiempo empecé a desconfiar.

Cuando tal recuerdo vino a mí, lo hizo desde arriba. Quiero decir a través de los rayos solares. Esto, que quizá a primera vista pueda resultar, si no increíble, al menos estrafalario, tiene una muy simple explicación. Yo, a partir del día en que cumplí veinte años, sólo he encontrado dos maneras de olvidar mi soledad. Y digo olvidar porque, en definitiva, acaso nunca se trate de vencerla o eliminarla, sino tan sólo de mirar hacia otro lado. El primero de los procedimientos es tenderme, lo más desvestido posible, al sol; cerrar los párpados; extender los brazos; abandonar la cabeza y procurar vaciarla de cualquier contenido. El sol, entonces, toma posesión de mi cuerpo. Al principio subrepticiamente, como la mano de un amante que se toma ventajas no permitidas, haciéndose el distraído y tocando asimismo, para disimular, los objetos más próximos. Para empezar, tantea los terrenos. Luego, poco a poco, reconcentra su fuerza, se fija en mí, se apoya. Siento su peso, como el de un lebrel dorado que se hubiera puesto a dormitar sobre mi vientre. Escucho su ronroneo, que se va introduciendo cada vez más dentro de mí. Que se sustituye a mis vísceras. Que ablanda y termina por disolver mis huesos. Que zarandea y expulsa de mí a mi espíritu...

Y ya soy una cosa. Una cosa depositada en el suelo de una terraza casi sucia, entre ropa recién lavada y macetas que hace tiempo se dieron por vencidas y que ya no florecen; una cosa más en medio de otras. Ya no me siento solo. Desamparado, sí; pero no solo, sino entre las demás cosas desamparadas, cuyo destino es que nadie les pase una mano por encima, que nadie les susurre con cariño. Porque, querido señor mío, no es frecuente hacerle cortesías a una sábana, ni preguntar por su salud a la ropa interior de una señora desconocida. Y ello, yo lo sé bien, como si la seda no fuese más frágil que nuestra epidermis, o el hilo, más sensible que nuestros cabellos.

Así, descendiendo hasta las cosas, uno comprende algo, aunque no todo.

El segundo procedimiento de que le hablaba consiste más bien en lo contrario, es decir, en subir del nivel habitual. Se corresponde, por tanto, con el anterior y viene a ser su exacto complemento.

Hay, en efecto, días sin sol. Y están las noches, por supuesto, en que sería insensato tenderse semidesnudo en una terraza, a no ser que uno se resignase previamente a unas terribles consecuencias. ¿Qué hacer en esta situación? Una milagrosa casualidad, demasiado larga para describirla ahora, me hizo descubrirlo: el ebrio nunca se siente solo. No quiero decir que no lo esté, cuidado. Es más, él puede gritarlo, repetirlo y sollozar sobre su soledad. Pero *no se siente* solo. Hay una especie de dominación no ejercida; una especie de posibilidad que, por azar, duerme, pero a la que podría despertarse en cualquier momento. El mundo todo cabe dentro del ebrio. Él puede gobernarlo. Si decide, en cambio, dejarse caer en medio de una calle, es porque tiene la certeza de que la victoria será suya. Y esa certeza es una almohada confortable.

Cuando hace poco le decía que su recuerdo me había venido desde arriba, le insinuaba que el sol me lo había inspirado. Y con una fuerza y viveza tales, que no puedo dejar de contestar su carta, si bien reconozco que diez años de espera merecían algo mejor que estas deshilvanadas líneas.

Por otra parte, surge ahora mismo en mí el temor de que usted haya podido morir. Perdone, pero no soy culpable: igual podría haber sucedido si hubiese respondido su carta a la media hora de recibirla. Comprenda que también yo podía estar hoy muerto. Y crea que, si no lo estoy o por lo menos no de la forma habitual, es por una serie inacabable de contingencias de todo punto ajenas a mi propia voluntad. Sea cualquiera su estado, mi muy querido amigo, espero que usted conozca o llegue a conocer el sentido de estas cuartillas, ya antes ya después.

Hace un momento he dejado el sol, o él me ha dejado —ya ve que mi indecisión me obliga de continuo a emplear conjunciones adversativas—, para escribirle. Ahora estoy sentado a una mesa repleta de objetos, que, hace más o menos tiempo, quizá fueron útiles e incluso necesarios, y de los que hoy, sólo movido por una extraña piedad, ya no me atrevo a desprenderme. No le maraville, pues, la apenas descifrable contextura de las letras: sólo me queda, sobre la mesa, un reducido espacio para apoyar este pliego, y no entero.

He bajado hasta aquí, le decía, para escribirla. Y eso estoy haciendo, me parece. He buscado aquel libro mío al que usted, en su carta, hacía referencia. Y justo en la página que contiene el pasaje interesante, he encontrado sus cuartillas, dobladas y un poco amarillentas: diez años para un débil papel no son poca cosa. Para mí no lo han sido.

El párrafo del libro decía así: «Éramos unos treinta. El más gordo de todos coleccionaba platillas de colores; el más delgado, fotografías de Marlene Dietrich. Todos, muy desiguales, pero bastante unidos. El símbolo de esta unión era un grito de guerra. Los enemigos se empavorecerían al oírlo salir de nuestras gargantas. Cualquier batalla a la que fuéramos invitados comenzaba con aquel vibrante canto y con él concluía. El grito decía así:

«Pepito, Pepito, Pepito,
Pepito Cardenal».

Pepito Cardenal era el más tonto de toda la clase. Su cutis era mórbido y un poco violáceo. Toda su cara era pecosa; pero las pecas arreciaban sobre los pómulos de una manera aterradora. Su expresión, si así puede llamarse a un aire entre acobardado e indeciso que le corría por los ojos, era más bien bondadosa, pero absolutamente falta de inteligencia. Y su timidez, tan grande que hubiera sido capaz de dar la vida antes que la menor señal de su presencia.»

Releyendo este párrafo, señor, contemplo la sencillez y determinación con que antes escribía y los motivos por los que he fracasado. Pero acaso usted se congratula de ello, ya que era, sobre todo, por este párrafo por el que usted, hace diez años, me insultaba. Está usted —ya lo creo, señor— en su perfecto derecho al defender su infancia. La pretensión de evitar que sus nietecillos pudieran llegar a burlarse de usted algún día me parece lógica y hasta plausible. Para conseguirla, niega usted la existencia de aquel pequeño himno de guerra y afirma: «Si es posible que hasta los catorce años tuviese yo cara de buena persona, desde esa edad nunca me lo permitió mi padre; ni yo mismo, de frente hacia un porvenir brillante, me lo hubiese permitido un solo momento.»

Tiene usted razón en cuanto asegura. Pero lo único que tiene usted es razón. Quizá yo esté ya muy derrotado para tenerla. Y pienso que cuando escribí ese estúpido libro titulado *Memorias* estaba aún mucho más derrotado que ahora: agota tanto, amigo mío, mantener la esperanza. Con toda probabilidad, esa fue la causa de que lo escribiera; y no sé si con ello me refiero al cansancio o a la esperanza, que hoy son la misma vaga cosa para mí. Porque mirar atrás, señor, siempre consuela; pero no debe hacerse. Y menos si se mira hacia la infancia. Es como meter las narices en un nido de golondrinas: no conseguimos nada más que destruir: no vale la pena.

De otro lado, mi memoria es sobradamente quebradiza como para forzarla demasiado. Es una memoria de convaleciente. Procura moverse poco a poco, poco a poco, pero al menor tropiezo se niega a seguir y lo embarulla todo y lo confunde y acaba por sentarse en el suelo y ponerse a llorar. Excúseme, por tanto.

¿O es que puede decirse que yo recuerdo a un niño con un trajecito blanco y azul, a cuadros, persiguiendo con insensata tozudez a un gran pavo, cuajado de reflejos? ¿Dónde se fue ese niño? Miro, y no está. Yo no lo he visto nunca. Quizá otros sí lo han visto. El tiempo es como el flautista de Hamelin: se nos lleva los niños. Yo no puedo hablar de ése. Podría, sí, hablar de sus hermanos. De uno que se escondía, al reprenderlo, debajo de los sofás. De otro que, a pesar de tener los ojos verdes, murió a una edad temprana.

Los libros, ya usted sabe, los forrábamos con el papel azul en que los paquetes de algodón venían envueltos: nuestro padre era médico. Y luego, recién forrados, obligábamos al ama, gorda y guapa y morena —murió del corazón hace muy poco, pero ya no era la misma— a sentarse sobre una alta pila de libros, para aplastarlos bien y habituarlos a su nuevo ropaje... Y es que un niño no puede querer a nadie que no le haya deshecho los nudos de un zapato...

Pero ¿qué más da ahora todo esto? ¿Es que desayunarse de pie desde los cuatro años cuenta para alguna cosa? ¿O le interesa a alguien saber que, a los tres años, un niño, la espalda contra la pared, deseaba que le sangrasen la frente, las sienes, las mejillas, la boca, porque sus hermanos mayores, para impedir que siguiese removiendo su juego de damas, se habían visto obligados a pegarle? ¿Que deseaba desangrarse y morir, morir, morir, como nunca después, por nada, de mayor, ese niño ha vuelto a desearlo?

Ah, siga usted, señor, defendiendo su infancia. La mía, personalmente, no me interesa. Hay cosas que debemos olvidar: nosotros somos una de ellas. Hasta tal punto lo entiendo yo así, que todos mis libros han sido escritos con seudónimo. Y es probable también que no sea yo, en efecto, quien los haya escrito, sino todas esas cosas de las que me voy por el camino del sol o a las que me dirijo por el de la embriaguez. Pero usted defienda su infancia, en el caso de que aún esté vivo. En otro caso, espero que haya empezado a traerle al fresco la opinión de sus nietos, y su escándalo porque usted tuviera cara de idiota a los catorce años de edad. Y si no fuera así, no valdría la pena ni siquiera morirse.

Sin embargo, por si eso le sirve de consuelo, puedo darle mi palabra de honor de que la marcha de guerra de mis *Memorias* no era a usted a quien aludía, sino a alguien que tiene, aunque no lo parezca, veinte años menos. De todas maneras, mi querido señor, defienda su infancia, si defenderla le compensa, en algún modo, de haberla para siempre perdido.

Y, vivo o muerto, tenga a bien recibir el testimonio de mi más distinguida consideración.

Firmado: José Cardenal

P.S.: Este es, señor, mi verdadero nombre.

EUTANASIA

E ufemia era muy vieja. Lo parecía y lo era. Las escasas veces
que miraba hacia atrás en su interior, se veía siempre vieja. En muy contadas ocasiones —quizá cinco en los últimos
cuarenta años— recordaba a la niña que había sido en un pueblo
serrano y luminoso, a la joven que había sido. Sólo se veía vieja,
igual que ahora más o menos. Se propuso, en algún feo día llu-
vioso y desapacible, cuando habría resultado impracticable salir
con su carrito, calcular su edad sin consultar los papeles que, por
lo general, andaban extraviados; pero se distraía, o surgía alguna
faena urgente, o se quedaba adormilada, o se le iba sencillamente el santo al cielo. Vieja. Siempre había sido vieja. ¿Quién era,
pues, aquella jovenzuela casi rubia, enamorada y enamoradora, de
grandes ojos, que aparecía en la caja de carne de membrillo donde yacían sus fotografías y que nunca se tomaba el trabajo de abrir?
¿Quién, la novia con un velo algo corto y blanco tapándole la frente? ¿Quién, aquella otra que sostenía un niño gordo casi de pie
sobre sus rodillas? Nadie, esa no era ya nadie. Eufemia era este
esperpento arrugado, encogido, de manos deformadas por la artro-

sis, de desafortunados pies y estevado de piernas. Este ser que había olvidado tantas cosas, que se había olvidado de sí mismo, que sonreía sólo y apenas cuando miraba a su hijo, cuando le hablaba, sentado eternamente en su silla de ruedas, con una mueca atroz, disparados los dedos imposibles y la lengua nunca en su sitio, es decir, dentro de la boca. Así eran ellos dos. Así su mundo entero. Siempre había sido así...

El marido de Eufemia, felizmente difunto, fue un alcohólico desaforado y manoslargas. Para sacarlos adelante a él y a Ramoncín, su hijo paralítico cerebral, Eufemia había hecho de todo: fregaba, limpiaba, guisaba, iba y venía de las casas ajenas a la suya, si es que era suya y si es que era una casa. Pero más que nada había sido lavandera, antes de que las lavadoras le hiciesen una devastadora competencia. Por ese arte de lavar, más aún que por la artrosis, era por lo que sus manos parecían dos garras y se les dificultaba la caricia.

Cuando se quedaron solos los dos, Ramoncín y ella, a Eufemia se le ocurrió comprar un carrito, llenarlo de chucherías e instalarse a las puertas de un colegio. Eso fue un poco antes de que los vendedores de hachís le aminoraran las mínimas ganancias. Era evidente que Eufemia no estaba preparada para el mundo moderno y no gozaba de una excesiva suerte. Al cumplir setenta años, intentó entrar en algún centro oficial de ancianos. La mareaba el papeleo. La mareaba todo ya. Se había gastado mucho al ir viviendo si es que a la suya podía llamarse vida. No le sorprendió que, con la excusa del hijo, del que por nada de esta vida ni de la otra se hubiese separado, le negaran la entrada. Estaba ya muy hecha a los rechazos. Se hallaba convencida de que lo suyo era perder, o mejor, no tener nunca nada.

Lejos del centro, al que se acercaba cada mañana si no se oponía con ferocidad el tiempo, que esa era otra, había alquilado una habitacioncilla llena de goteras y humedades, en la que apenas si cabía una cama, donde Ramoncín y ella dormían juntos. Por las mañanas aseaba al hijo, se aseaba ella al buen tuntún, y empujaba la silla y el carrito hasta la entrada del colegio, que tampoco era el mejor de la ciudad por descontado, y al que llegaba sin resuello. Está claro que Eufemia no encontraba, por dentro ni por fuera, muchos motivos para sonreír. Si se exceptúa, por supuesto, a su hijo.

Sin embargo, no producía tristeza ver esa dulce caravana de la vieja encorvada conduciendo su carrito con globos de colores, amarrados en las dos esquinas delanteras, y la silla del niño grande, de cincuenta años o más, haciendo jeribeques con la cabeza, con la boca o con las manos. Eufemia, qué misterio inescrutable, era animosa, y cuando se inclinaba para darle de comer a su hijo con su escudilla de aluminio y su cuchara de madera, sí que le aleteaba ante la cara una etérea sonrisa: le hablaba con voz de terciopelo, lo animaba a tragar, le acicalaba amansándole el pelo tieso y húmedo, y declaraba así que él era todo cuanto tenía y que la vida le merecía la pena sólo por conservarlo.

Una tarde de primavera, en la que cabía imaginar que todo era feliz y este valle de lágrimas era bueno y hermoso, le dio a Eufemia un arrechucho y perdió el conocimiento cayendo al suelo desde el trípode portátil en el que se sentaba. Las madres que esperaban a sus niños se enternecieron ante aquella mujer que habían visto sin fijarse durante tanto tiempo. Quizá la suavidad del clima, cuando pasa el invierno, hace a la gente más caritativa si es que se toma el trabajo de mirar la desgracia de los otros. Una madre de aquellas se ocupó de llevarla a las urgencias del hospital más próximo —quizá era esposa de un médico de allí— y le diagnosticaron un avanzado mal del corazón: ¿a quién podría extrañarle? En cualquier momento, de no cuidarse con minuciosidad —se lo advirtieron—, podría repetirse y sería fatal. Porque, aunque ella no averiguase con certeza su edad, los papeles dijeron que estaba ya muy cerca de los ochenta años. Y todo lo que no eran los papeles decía que no había sido su vida lo que se llama un jardín de rosas. Estuvo tres días internada. Una señora había cobijado el puestecillo en el sótano del colegio, y a su hijo lo llevaron a una dependencia del mismo hospital; pero él se negó a comer en ausencia de su madre. Presintiendo lo que sucedía, el desasosiego de ella fue tal que tuvieron que darle el alta, al ver que en otro caso empeoraría, antes de lo previsto. Así salió como pudo y volvió a su habitación empujando la silla de su hijo recuperado y el carrito de las chucherías.

Eufemia empezó a no poder dormir, a comportarse como si tuviera un burro de noria dentro de su cabeza. Su perenne obsesión era qué sería de Ramoncín si ella faltaba. Con ese comecome, incesante y excluyente, empeoraba su débil corazón. Hasta que una mañana muy temprano, después de una prolongada noche de insomnio, tomó la decisión. Compró en una droguería suficiente matarratas como para librar de roedores su barrio entero y, al regreso del centro, en lugar de la cena, se dispuso a darle una papilla de cianuro a su hijo y tomarse ella el resto. En la tabla que hacía de cocina, entre el infiernillo, los platos y los vasos, llorando a lágrima viva y sollozando, preparaba Eufemia su mejunje. Vacilaba y se reafirmaba. ¿Quién iba a cargar con Ramoncín? ¿Qué institución pública lo recibiría? ¿No iba a quedarse, sentadito en su silla, hasta que el hambre lo matara? ¿Por qué las circunstancias iban a ser más amables para él que para ella? ¿No era mejor terminar de una vez los dos juntos? Él, solo, era incapaz de cualquier cosa. La muerte de ella lo llevaría a empellones a la propia, a través de un tránsito de atrocidades que Eufemia prefería no imaginarse más.

Lanzaba Ramoncín gañidos de impaciencia: era su forma de advertir que quería comer. Su madre, ocupada con la pócima, le puso, entre las inútiles manos, un globo azul para que se entretuviese hasta que ella le diera de comer y beber su última cena. Eufemia no veía con el llanto. Tropezaban sus manos, bastante torpes de por sí, con los platos, el candil, los gastados cubiertos. Sentía el corazón enloquecido levantarle la tela de la bata. ¿Era un crimen lo que estaba cometiendo? No sabía, no lo sabía. Se encontraba derrotada por fin, aniquilada e infinitamente triste. Lo único que deseaba era concluir de una vez su vía crucis y el de su cirineo...

Pero, de repente, Ramoncín, a espaldas de su madre, hizo estallar el globo. Ese falso disparo inesperado obró como un disparo verdadero. El corazón de Eufemia se agitó un poco más antes de detenerse. Su cuerpo resbaló desde la tabla al suelo. Ramoncín, tras el susto, batía palmas con sus manos crispadas y se reía con una risa que parecía un graznido.

El corazón tardío

Desde que llegaron de la calle, ambos habían permanecido silenciosos. El muchacho entró con la vivacidad de siempre, arrojando su cartera de cuero negro un poco gastado por los bordes sobre un mueble. Abrió la ventana y se sentó cerca, con las piernas abiertas, en el borde del sillón, como solía hacer. Se desprendió de la chaqueta y la dejó, volviéndose, sobre el respaldo.

«Como siempre. Ni un solo día lo he visto conservar puesta la chaqueta. Debía preguntarle si es que tiene calor o es que quiere ponerse cómodo. Esta casa es la suya. Dice "¿vamos a casa?", "pasaré por casa". Enseguida toma posesión de todo. Eso me hizo feliz cuando creí que lo vinculaba. La taza de té, la revista y el cigarrillo de tabaco bueno. Era un precio muy bajo. Porque una nunca entra en ese precio. "Me quieres hipotecar el estómago", gritaba. Y es que ni el té ni el tabaco sirven para retener mucho tiempo a nadie.» Se encuentran bien en un sitio. Vuelven a él.

Y el amante se queja porque han tomado té y se han fumado una cajetilla entera y ni siquiera le han rozado la mano. Como si estuviese pagando las caricias. Y se da asco a sí mismo. Y no sabe ya quién tiene la razón. Porque el amante lo que quiere es el beso y la ternura, a costa de lo que sea. Del dinero también. Pero vuelven y lo aceptan todo, como si les fuese debido, sin tomarse el trabajo de decir gracias. Y se van. Y el que los ama, cuando se van, el muy idiota, se queda pidiendo que vuelvan al día siguiente, aunque sólo sea para sentarse y echar humo por las narices y tabalear sobre una mesa y decir unas palabras que resulten crueles. Pero que vuelvan, para poder seguir viéndolos, para poder seguir engañándose más tiempo. Porque, ¿qué se puede hacer, cuando se van, con esas horas que ellos nos ocupaban? Con esas dos o tres breves horas, para las que estaba hecho todo el día y sin las que la vida resultaría vana e insoportable. ¿Quién es, por tanto, el que da más? Hay seres, como éste, que sólo ceden su presencia. Una presencia que es para otro todo lo del mundo. Pero ese otro busca, de pronto, algo más que eso. Quiere alargar las manos, tropezarlas con la carne, recostarse sobre ella. Y luego quiere todavía más: saber, introducirse, ocupar el pensamiento de ese ser que no piensa, y que él bien sabe que no piensa. Y cuando algo se le opone, cuando se le prohíbe continuar, se rebela el que ama y se queja y grita que nada se le daba a cambio sino sólo la presencia. Como si hubiera olvidado que la presencia lo fue todo y que, en definitiva, era lo que a su vida le faltaba. Igual que podría quejarse el hombre que ha pagado una fortuna por un brillante, que otro encontró paseando por pura casualidad. Porque los seres, como las mercancías, valen según el deseo que de ellos se tiene y según la necesidad y el ansia con que se les busca. Hay personas en que nadie se fijaría, aunque hiciese frente a ellas un larguísimo viaje y que sin embargo acaban de destrozar, precisamente al emprenderlo, el corazón de otra persona.

Encendió un cigarrillo y dio un par de chupadas, lanzando el humo hacia el exterior por la ventana. Se levantó con el cigarrillo entre los labios. Se dirigió al tocadiscos. Lo manipuló. Irrumpió una música en la habitación violentamente. Bajó el volumen. Tarareó la melodía. Se movió siguiendo su ritmo.

«Bajo la camisa le adivino la cintura, tensa y esbelta... Él me habla a menudo de muchachas, de compañeras de curso con las que va a bailes baratos.» Se puede fácilmente detener el corazón de una persona mientras sus labios sonríen. Las muchachas llevan trajes ligeros de colores alegres. Mueven al bailar las caderas, los ojos, las manos, los tacones de los zapatos. No complican la vida a los muchachos. Se puede ir con ellas por la calle, cogidas las cinturas, las cinturas, sin que nadie se vuelva. Se las puede besar en un parque, sobre un banco de piedra, y reírse después mirando las palomas, con las caras juntas. Se puede hablar con ellas de cine, de Política económica, de cañas de cerveza...

Ana se puso también de pie y se acercó con un cenicero.

Él la abrazaría ahora y los dos comenzarían a bailar suavemente. La frente de ella contra el pecho de él. Un pecho en el que apenas había crecido el vello y en el que los huesos se marcaban empujando hacia arriba la carne. Ana estaba acostumbrada a acariciarlo. A resbalar las yemas de sus dedos por las clavículas, a detenerlas en la suave hendidura donde el hombro termina y nacen los anchos músculos pectorales, a recrearse en la minúscula V de cuyo vértice parte el esternón. Y ascender luego, por su cuello fino y fuerte, hasta su barbilla nunca bien afeitada, redonda, hendida. Hasta sus labios...

Él no la miraba. Ana volvió a sentarse, decepcionada porque no había sucedido lo que sabía de antemano que no iba a suceder. Miró hacia fuera. Oscurecía.

Se empeñan los que aman en actuar como si fuesen los amados. En que se les arranque, como a la fuerza, lo que están deseando otorgar. Es su doliente forma de mentirse. Desean colocarse en la posición del otro y empiezan entonces a perder realmente la partida. Existen seres dulces, tibios, a los que hay que mimar, ante los que hay que tomar la iniciativa. Bastante hacen ya con abandonarse al capricho de los otros: no se les debe exigir más que eso. Les llegará quizá el momento en que sean ellos los amantes y en que sufran lo que ahora hacen sufrir. Pero antes de ese momento no se les puede imponer lo que no sienten, de lo que apenas si caen en la cuenta. «Ah, sí», dicen y recuerdan vagamente que tienen una amante y se enorgullecen un poquito y responden, con cierto fuego o, mejor, sin desviar mucho la atención, a las caricias. Sin embargo, cuando éstas son demasiado numerosas, demasiado insatisfechas, vuelven con hartura la cabeza, con un gesto de niño contrariado en los labios y el entrecejo fruncido, y se defienden pensando en otra cosa. «Está bien. Déjame leer un poco.» Mientras al amante le sabe a sangre la boca y se desprecia a sí mismo, bien porque no sirve para hacerse corresponder, bien porque, a pesar de ello, no puede dejar de desearlo.

La movilidad de él se había ido apagando. Siguió en pie un momento. Volvió al sillón. Se sentó con la postura de antes. Ambos continuaban en silencio. Se oía una melancólica canción italiana que hablaba, por supuesto, de la luna y el mar.

Todavía en julio, hacía poco más de un mes, Ana arrojó sus dos monedas en la Fontana de Trevi. Y era esto lo que había pedido. Sí, pero ¿era esto? Cuando se nos conceden los deseos, cuando una mañana nos encontramos con lo que tanto habíamos soñado, entonces es preciso adaptarse. Se quiere algo muy grande, sin saber qué exactamente: el último tramo de una larga escalera. Luego volvemos la vista y queremos saber también cómo hemos subido hasta allí y el tiempo que estaremos. Pero no se nos dan pormenores. Y todo está hecho de pormenores. Los sucesos son como grandes mosaicos, cuyo dibujo está formado con teselas minúsculas. Sin embargo, en Trevi, era esto verdaderamente lo que había pedido: estar así, sentada junto a él, una vez más. ¿Podría, pues, decirse: «He tenido suerte»? A la manera de esos amuletos orientales, que otorgan la gracia solicitada a través de acontecimientos anegados de sangre, y que cuando la ponen en manos de quien la solicitó, éste no tiene ya los ojos sino para llorar lo que por ella ha perdido, no deja el amor nunca satisfecho al amante. Mira él al pasado, cuando el tiempo le ha ido borrando el dolor y lo deja refugiarse más cómodamente en los gozos que le proporcionaba. Siempre cree tener menos que ayer, como un avaro que refuerza su vigilancia y no duerme ni vive sino para tocar su tesoro, de cuyo lado el corazón se inclina. Y va, en efecto, teniendo cada día menos, precisamente por el hecho de pensarlo así. Puesto que es el amante, a solas, el que lleva la estricta contabilidad del difícil negocio.

Desde un tranvía había visto la fiesta del Noantri. Preguntó. En el Trastevere, Noantri era «nosotros». Qué difícil saber cuándo podemos decir «nosotros» con certeza. Y la culpa es de los que aman. Son ellos los que provocan las situaciones que van royendo esa mera apariencia de amor que los amados, más torpes o más desinteresados, no habían desenmascarado todavía. Es el amante el que llama su atención sobre la circunstancia de que aquella pobre relación no es el amor. Porque el amante sabe que toda su felicidad depende cada vez de otra persona. Y comienza a sentir por ella, mezclado con la adoración que produce tal certidumbre, un extraño rencor. El rencor del preso por su carcelero, de quien sin embargo depende enteramente su libertad. Y sabe el amante que en las manos del otro está lo que más le importa, como un objeto precioso en las manos de un niño, al que no se debe decir la trascendencia atroz de lo que lleva, no sea que se asuste y lo deje caer. Y al mismo tiempo ve el amante que, no sabiendo el otro lo que él sabe, su ira queda injustificada. La ira que promueve la tirantez, la palabra de la que se arrepentirá, los celos que lo llenan todo, como una terrible enfermedad que hubiera entrado en una casa y sólo de la cual, en adelante, fuese posible hablar. La ira que acabará por destruir lo poco que ahora existe, transformado el amante en verdugo de sí mismo. Entonces es cuando éste se siente culpable por su terquedad, por su falta de comprensión, por los rechazos de la blandura que, alguna vez y por causas desconocidas, se despierta débilmente en el que ama. Y esa conciencia de culpabilidad y ese rencor, que son hijos del amor, acaban —el amante lo sabe, lo huele por el aire— por devorar al amor que los produjo. Y se queda solo el amante diciéndose: «Me ha abandonado», cuando es él quien ha expulsado al que amaba con recriminaciones, con excesos, con imprevistas furias que el otro nunca comprendía, que al otro le parecieron insoportables y fingidas. Porque el amante es como un insensato que quisiera llevar, colgado de su cuello continuamente, el mar dentro de un minúsculo guardapelo.

El silencio se hacía, por segundos, más espeso. La oscuridad, también.

No obstante acababan de estar en el café de siempre, tomando las bebidas de siempre, y la camarera les había sonreído, un poco amable, un poco cómplice, como siempre también. Desde el mostrador, con dos dedos en alto, levantaba las cejas y esperaba su aprobación. Nada parecía haber cambiado. Les servía en su mesa y, al volver al mostrador: «Cómo se quieren esos dos», decía al jefe. Porque para los que, desde el exterior, contemplan el espectáculo de dos personas enamoradas, los gestos tienen un habitual significado. Sólo los amantes conocen el escaso valor de los ritos, aunque en defensa propia, por probar si así retienen más tiempo al amado, los mantengan. Nada odia tanto el amante como ver transformarse en costumbre lo que para él es una batalla distinta cada día, una lenta adquisición, palmo a palmo, del terreno amado. Pero se resigna, viendo que aquel a quien ama no derrama sangre, a ser para él un hábito inconsciente, a arraigarse hasta poder decir: «Ya está casi dormido. Ya no me echa». Como un sol, ni querido ni buscado, que al cabo de salir todos los días se hiciese indiferente, y todas cuyas armas consistiesen en poder negarse a brotar, detrás de la loma, al escuchar al gallo Chanteclair. Esta venganza, pensando en la cual a menudo se complace al amante, pero que previamente sabe que no tomará nunca, es lo único que le sostiene y le alienta. Y es igual que si alguien, en un desvarío, refiriéndose al aire, le amenazara en su interior diciendo: «Cuando no necesite respirarte, cómo voy a reírme de ti y de tus soberbias».

Él la miraba distraídamente de cuando en cuando. Había tirado por la ventana la punta del cigarrillo. Ana accionó el interruptor de una lámpara de pie.

¿Por qué este silencio? Él salía de Madrid aquella misma noche, dentro de muy poco. Había cosas de qué hablar todavía. En julio todo había terminado. Al volver Ana de su triste viaje por Italia, todo había empezado otra vez. Todo había empezado ya antes muchas veces. Él se apartaba varios días después de despedirse, siempre definitivamente, con escenas desgarradoras, que parecían preparadas con teatral meticulosidad. Luego alguien intervenía, a ruegos de uno u otro. O se entrevistaban para devolverse algún objeto. O coincidían en casa de amigos comunes. El procedimiento de la reanudación estaba ya previsto antes de la ruptura. «Debe de haber tenido un mal verano. No ha encontrado lo que quería: por eso vuelve», se dijo Ana en la última ocasión. Es que hay veces que el amado, alejado del área de fuego, vuelve voluntariamente a ella, no —como pudiera creerse— a causa de la costumbre, sino en busca de sí mismo. Es decir, de lo que él piensa de sí mismo. Al apartarse del amante, deja de ser el centro de la existencia que él le daba. No baja a los demás como Moisés del Sinaí, contagiado del fuego. Baja vulgarizado, como subió, con sus andares no garbosos, su espalda un poco abovedada, sus manos bastas: hecho un cualquiera. La alta idea que de sí mismo había ido forjándose sufre así un gran golpe e insensiblemente retorna a lo que le parece mejor, a la adoración de que antes era objeto. Porque el amado se ofrece con mucha dificultad a ser adorador, a creerse su propio ídolo ni, incluso, a esperar que el tiempo suscite nuevos adoradores. Por esto había llegado a ese mes de septiembre. Y hoy se despedía otra vez.

El día había sido desigual y tenso. Desde por la mañana un sol inseguro había alternado con una leve llovizna de principios de otoño. Las calles estaban húmedas. La gente caminaba deprisa y desinteresada, sin observar, como en verano, con lentitud, los escaparates. Sin sonreírse ni volver apenas la cabeza.

Ana tuvo un estremecimiento. Por la ventana entraba un aire delgado y frío. Él se levantó para cerrarla.

También el día que se conocieron, en casa de una amiga, él se había levantado a cerrar un balcón. Ana preguntó:

—¿Quién es ese bebé?

—Un estudiante de Ciencias Políticas. Lo conocí este verano en Torremolinos. ¿Te interesa?

—No, por Dios. Estoy demasiado ocupada para acompañar niños a la escuela.

Una semana después se habían vuelto a ver en una fiesta. Cuando él se acercó, Ana sintió como un desfallecimiento. No se dirigió a él en toda la noche. Estuvo brillante y acertada, como siempre. Al acabar la velada, él, sin necesidad de ponerse de acuerdo, la acompañó a su casa. En la puerta le preguntó:

—¿Querrá usted acompañar alguna vez a un niño a la escuela?

Ella había respondido:

—Sí —mientras percibía que se ruborizaba.

Aquella noche él entró por primera vez en esta habitación en que ahora estaba.

Ana se levantó también y se acercó a un jarrón con claveles, sobre el mueble en que el muchacho había dejado al entrar su cartera. Sin tocar las flores, posó sobre la cartera su mano delgada.

En esa cartera él, generalmente, llevaba los apuntes de clase, algún libro, el periódico del día. Pero ella había podido a veces descubrir allí, escondida, la irrefutable prueba de su desgracia. Desde Aranjuez, una jovencita andaluza le reprochaba no haberla acompañado como había prometido. Desde Bristol, una inglesa recordaba complacida los días que pasaron juntos y se los agradecía. Hoy Ana se sentía invadida de una grave tristeza que primero se esparcía por sus venas y luego se concentraba, ardiente, en su garganta. Comprendía que ser amante obligaba a actos imperdonables: espiar, engañar, registrar, a espaldas de todos, los lugares donde pueda encontrarse nuestra vida o nuestra muerte. El amor es una terrible guerra sin cuartel de la que no se vuelve. Y el que vuelve viene desconocido, distinto de cuando se alejó por la aventura, con un brillo diferente ardiéndole en los ojos y un raro temblor repentino de los dedos o de los labios. Como ella.

Alzando los ojos, se miró en el espejo. Desvió rápidamente la mirada. Un clavel sobresalía de los otros. Se volvió a sentar.

Tenía miedo de sus gestos. De que la traicionaran. Sabía que todo era cansancio: esa gran desgana y ese deseo de echarlo todo a rodar, de iniciar otra página nueva, de interrumpir cualquier movimiento. Como ahora, en que no se había decidido a arreglar los claveles. ¿Para qué? Como ahora, en que se había sentado con ese gesto último del que ha perdido y aparta, velozmente, de sí, para abreviar su pérdida, la apuesta que hizo hace un momento, alegre todavía, confiado todavía en que por fin la suerte iba a ser su aliada.

Por primera vez desde que llegaron miró hacia él con intención de hablar. Lo vio distraído, enredando con el cordón de su zapato derecho.

«Se aburre. Le aburro.» No son sólo los años: es la vida la que es distinta. En común nunca hay nada. Si no es que, en ocasiones, dos cuerpos se echan juntos encima de una cama. El ser que amamos se nos distrae siempre. Estamos diciéndole: «Cuando te siento al lado tengo la dulce impresión de que llevo mi vida de la mano», y él piensa que el martini está poco seco o cómo se mueve una mujer que pasa o, lo que es peor, que eso nos lo ha oído decir antes muchas veces. Estamos diciéndole de madrugada: «No debería amanecer», y sentimos aumentar el peso de su cabeza, que se ha dormido sobre nuestro hombro. El amado se aburre. Busca con qué entretenerse para que no se le note. Juega con el cordón de su zapato. Un zapato pesado, de suela gruesa, de estudiante. De estudiante que come bocadillos por la calle, que toma el autobús en marcha, que viaja en metro con los libros debajo del brazo. De estudiante que no ha sufrido, que no sabe nada de la vida. Porque son siempre los seres así los que inducen a vivir a los otros, los que se transforman en la razón de vida de otro ser, que sabe a lo que se expone. Nada te pueden dar. Su forma de dar es esa: pedir continuamente, mantener la tensión, hacerse esperar. Quien se ha empobrecido en un amor así sabe mucho de esto, pero nada de amor. De amor no sabe nadie, sino estas pequeñas criaturas medio salvajes, que entran en la habitación de los demás tirando las carteras, rompiendo los ceniceros de las mesillas de noche,

Él había cogido el clavel que destacaba de los otros. Al sacarlo del jarrón, se quebró el largo tallo.

partiendo los claveles. Cuando nos damos cuenta, como niños que se divierten, nos han metido en la alcoba su caballo de Troya. Y han ganado.

Ana apartó de él la vista. Miró el reloj. Apenas quedaban cuarenta minutos para la salida del tren. Sonó el teléfono. «Deja», murmuró. Fue a cogerlo. «¿Sí?»

Se le hizo patente lo que había sufrido por ese mismo teléfono. Cuántas veces él se había demorado porque sí, sin excusarse, diez o veinte minutos sobre la hora señalada para llamarla. «Me he quedado dormido. Es igual, ¿no?» Nadie sino el que ama puede saber cómo no es igual llegar con un poco de retraso a una cita. Cómo se puede morir y resucitar demasiadas veces para no fatigarse. Y sin embargo, cómo el corazón no se fatiga y sigue, un día y otro, esperando que vengan a buscarlo, que lo llamen, que alguien entre diciendo «soy yo», como si supiera que «yo» no puede ser nadie más que él. Con esa seguridad del que es amado, y lo sabe, y no se preocupa por dejar de serlo. Porque para él el amor es una pequeña cosa que alguien tiene y te presta, y tú la usas, casi por cortesía, por no disgustar al dueño de ella. «Ayer no me fue posible venir», dicen, «¿Qué hiciste tú?» Y saben que no se pudo hacer más que esperar que viniera o que llamara. Sentarse al lado del teléfono o de la puerta. Ver las guardillas de la casa de enfrente. Oír el bastidor de la piquera del palomar, movido por el aire, marcar uno por uno los minutos que nos han robado. «Estuve en casa toda la tarde. Tenía dolor de cabeza.» «Entonces hice bien no viniendo.» Y lo dicen sin desear herir, porque ni siquiera desean herir, porque al indiferente sólo él le importa y habla un idioma distinto del amante. Para él una tarde es un corto espacio de tiempo en que se estudia o se baila un poco o se charla tranquilamente con unos amigos, hasta que de repente se recuerda que se quedó en llamar a alguien —«Esa vieja pesada»— y que se ha pasado la hora y que ya no merece la pena llamar. O llegan cinco horas después de lo previsto, rascándose la nuca, sonriendo con una cierta picardía que saben que les favorece: «He perdido el autobús», y se sientan y añaden: «Tengo un hambre...» Y se les sirve lo que hay, en silencio, como si se estuviera irritadísimo, cuando el corazón se ha esponjado como un crisantemo al ver que se han tomado el trabajo de mentirnos, que todavía merecemos para ellos ese trabajo. Y se les interrumpe mientras comen: «Porque tenías hambre es por lo que has venido, naturalmente», para herirlos de alguna manera, ya que estamos nosotros tan heridos. Y ellos apartan bruscamente el plato, aprietan los dientes y durante diez minutos miran al vacío, hasta que de pie tenemos que suplicarles —¡nosotros!— que tomen algo, por favor, que no sean tontos, que todo ha sido una broma de mal gusto.

«Es para ti —dijo Ana—. Un compañero». Él se acercó y tomó el teléfono. Ana miró aquella mano derecha.

Se la sabía de memoria. Los dedos, largos y no muy delicados, con el corazón ligeramente deformado de escribir y el meñique un poco separado de los demás. Con la uña del pulgar achatada y un suave vello oscuro por las falanges. Se sintió insultada. Pensó que en esa mano, su vida, a una edad en que tenía derecho al respeto, era como una pelota que se tira y se recoge. Pero ¿respeto? No, no quería su respeto. El que ama quiere, para seguir el necesario engaño, convencerse a sí mismo de que el desamor con que es correspondido es sólo una falta de respeto. Siendo él, pues, el que levanta a su nivel al otro, exige a veces que sea el otro quien se rebaje, aunque sea para que, reiteradamente, note que es él quien lo levanta. Con lo cual no consigue más que señalar a cada instante las diferencias que entre uno y otro hay y lo irremediable de las mismas.

«¡Qué tío! ¡Qué maravilla! Vaya peso que me quitas de encima... Sí, sí... Gracias... Hasta pronto. Un abrazo.»

En un momento pueden restregarnos contra la cara los veinticinco años que tenemos más que ellos. Veinticinco largos años, de tumbo en tumbo, recorridos para sólo encontrarlos. Y enseguida los olvidan, alzan la mano, nos empujan como si fuésemos chiquillos. Es esa su manera de cariño: apretarnos un brazo hasta amoratárnoslo, hacernos comer patatas fritas en un cine. Entran a saco en una vida. Son los amos. Como el niño, del pájaro que atormenta. Como el que escribe, del lápiz que usa y muerde.

Se oyó el ruido del teléfono al ser colgado. Al muchacho le había vuelto la inconsciente viveza de antes. Se reía, golpeándose el pecho. «He aprobado, Ana, he aprobado», gritaba. Llegó hasta ella, la tomó de las muñecas. La levantó en vilo. Le apretó las manos contra las mejillas. La besó con efusión una y otra vez.

Dependemos de la Política económica, de un giro que llega cuando no se esperaba, de un equipo de fútbol. Eso es todo: no hay que hacerse ilusiones. Hay tardes en que llega, alborotador, el ser que amamos. Y se precipita sobre nosotros. Y nos estrecha hasta casi estrangularnos. Y nosotros nos sentimos morir de alegría. Y preguntamos al sol por qué no se queda en vista de lo que ocurre. Y ponemos la radio muy alta para que no se oiga el latido de nuestro corazón. Sólo momentos después comprendemos que la causa de todo nada tiene que ver con nosotros. E, incluso, a veces, que nos perjudica. El amado es capaz de abrazar a quien le ama porque, al ir a su encuentro, ha tenido un vulgar éxito callejero o una señora en el metro le ha hecho una señal de entendimiento.

Ana, apartando los ojos con despego, miró hacia fuera. Era completamente de noche. Se escuchaba el gotear de la lluvia muy mansa. Él le acariciaba el pelo. «Te quiero. Te quiero, Ana. Te quiero horriblemente.» Por encima de su hombro, Ana veía la noche. Él se separó con brusquedad de ella. Se introdujo el clavel partido en la solapa. Cogió la cartera. «Es tarde. Vámonos. Tomaremos un taxi en la plaza.»

La plaza estaba casi vacía. No había ni un taxi. La gente se apresuraba a volver a su casa, empujada por la lluvia. Anduvieron. Parecía todo desolado y sin objeto. Anduvieron más deprisa. De vez en cuando, él volvía la cabeza buscando la luz verde de un taxi. Ana, fastidiada, empezó a respirar por la boca con un ligero jadeo. Él casi corría. «Vuélvete, si quieres. Es igual.» Ana lo seguía atropellada, perdido el ritmo de los pasos, descompuesto el peinado, golpeándole el bolso contra la cadera.

«Son los amos.» Tenía gana de sentarse en la acera y ponerse a llorar. Como cuando a uno se le olvidaron las llaves de su casa y permanece durante media hora o una hora sin que nadie aparezca, ningún vecino, nadie, y está uno allí, a la puerta, deseando como nunca la cama y la tranquilidad del libro conocido y la luz conocida. Y está uno cerca, pero no puede llegar, y recuerda dónde están los interruptores y el hueco que se forma en la almohada después de haber dormido y la leve mancha de humedad del techo y cómo dejó sobre la mesa el paquete de cigarrillos empezado. Y no puede llegar a todo eso, de lo que sólo una puerta lo separa. Pero no se tiene la llave. Se ha olvidado la llave. O se ha perdido la llave. Y es preciso que otro venga a abrirnos. Y no viene. Y le anhelamos esperando contra casi toda esperanza, en medio de la noche tan grande. Y no viene. Y quizá no venga nunca. Y tendremos que esperar que alguien salga, con el alba, si es que no se han muerto todos. Y deseamos que un vecino enferme, de repente, y haya de proporcionársele un médico o un sacerdote. Y deseamos que una terrible alarma despierte a todos: un robo, un incendio, la declaración violenta de una guerra.

Faltaba muy poco para la salida del tren cuando entraron en la estación. Ana apretaba el bolso contra su pecho. Iba sola detrás del muchacho solo. Él la dejó entre la gente.

«Otras noches lo he despedido. A las diez, cuando salía para Alcalá y me daba la mano mirándome. Hoy hay demasiada gente aquí. Demasiado ruido. Esas noches no me fijaba. Veníamos despacio, con su mano en mi hombro. Me decía "gracias" y se quedaba en la ventanilla, alto, sonriente, diciendo: "Hasta mañana. Que pienses en mí". Y yo tenía entonces también veinticinco años más que él. Pero eran distintos, por lo visto. ¿O qué es lo que ha pasado? Nunca se sabe. Hoy hay mucha gente. Antes, sólo los paracaidistas, con sus uniformes bien planchados y sus boinas negras con cintas colgando por la nuca. "¿Te gustan?", preguntaba serio de pronto. Yo contestaba: "Sí, mucho", y me reía. Pero hoy no me río. Hoy no se va a Alcalá. Hoy se va, simplemente. ¿O volverá?» Cada uno se aplica a lo que tiene, poco o mucho. Pero el que ama sólo tiene tristezas. Porque, olvidadizo de lo que le queda, se refiere siempre a lo perdido. Por eso cree que es el sufrimiento lo único que puede aumentar y lo desea así por venir de las manos que ama. Desea interminables sus heridas. Y procura, en consecuencia, extremarlas. Pensar que cada despedida será la última; cada discusión, la definitiva; cada infidelidad, permanente. Y noche tras noche se queda adormecido con un dolor nuevo por almohada. Como esos países, pequeños y revueltos, donde los habitantes, cuando pasan quince días sin tiros por las calles, se preguntan aterrorizados: «¿Qué estarán tramando que no se oyen ya tiros?». Y es, en definitiva, que el que ama le ha cogido los trucos a esta forma de vida y no quiere otra, que además estropearía exclamando de continuo: «Esta felicidad no es posible que dure».

El muchacho volvió con el billete. «Vamos, vamos.» Corrió hacia dentro. Buscó su tren.

Iba hacia el sur. Todavía podría bañarse en el mar unos días. Con su pequeño calzón negro y su piel tersa y mate. En los talones, la piel, más áspera, se levantaba un poco. Un hueso le salía demasiado. Ella amaba ese hueso, como cada imperfección de él. Eran su refugio. Su seguridad. Casi odiaba, en ocasiones, sus grandes ojos oscuros y lejanos, que a todos atraían. «Lo quieres por sus ojos, ¿verdad?», decían sus amigas. Ella aborrecía esos ojos que todo el mundo podía ver y desear. Los labios gruesos. La voz pesada, que se apoyaba al hablar en las sílabas, con breves lagunas en las que se sumergía de repente, como si estuviese constipado, y volvía a salir, casi con trabajo, afuera, para ella, para que ella sola la escuchara. «Tengo desviado el tabique nasal desde chico. Me operaré cualquier día. Si la nariz me cambia, ¿me seguirás queriendo?» Y la voz surgía vacilante, como un niño que quiere correr y no puede, espesa y como desgarrada. Y es que hay días en que el amante pide que el que ama muera para todos. Que se torne invisible, esto es, corriente, gris: un hombre de la calle. Que desaparezcan los hermosos rasgos que la enamoraron. Que nadie los perciba. Y, puesto en la última disyuntiva, que el amado, si es preciso, muera también para él. Porque nunca es tan nuestro un objeto como cuando voluntariamente lo destruimos y queda para nosotros, entero, su recuerdo.

Buscó el vagón correspondiente. De un salto salvó los escalones. Se adentró en el pasillo. Hablaba con un mozo. Después de un rato, se hizo sitio en una ventanilla, entre dos mujeres mayores.

«¿Mayores? Como yo. Acaso más jóvenes. Pero él dirá al llegar: "He viajado entre viejas. ¡Qué asco!"»

Se acodó. Miró a Ana.
—¿Qué te pasa?
—Nada. Estoy cansada. Un poco cansada.

—Hemos corrido mucho. Sólo falta un minuto. Hemos llegado
por los pelos.

Ana miró su pelo. Un mechón le caía sobre los ojos.

Su pelo negro, un poco rudo, difícil de peinar. Se le acariciaba, se le aplastaba y volvía a encresparse. Había que
mojarlo mucho, apretarlo con la mano. «Un día me lo corto al rape como un quinto»... En Italia no se olvida. No se
olvida nada. ¡Qué pretensiones! Se piensa: «Allí también hay
un río. Allí también se escucha correr el agua». Y para qué
ve uno desprenderse la flor de la adelfa al atardecer, en
alguna parte, o los campos morados de la lavanda, si no es
para contarlo a alguien que, de habernos acompañado,
hubiera mudado el color de las cosas y dado una razón de
ser a las góndolas de Venecia, al mirador de Fiésole, a los
dulces melocotones de Verona. Y quizá, allí mismo, de
paso, a Julieta, esa niña tan mal educada. En las noches de
Italia se recuerdan otras hermosas noches en que se está
cara a cara con quien se ama, procurando decir cosas que
pueda comprender. Procurando decir cosas que no resulten demasiado vagas, demasiado oscuras para él. Porque
él siempre piensa que todo es una enfermedad y una exageración. Que lo que sucede es que no hemos almorzado
bastante. Que leemos demasiadas novelas. Que las lágrimas son secreciones molestas y muy visibles desde las
mesas próximas. Que cogerse las manos hasta que suenen
los huesos sólo puede ser un ejercicio de fuerza, y no una
humilde prueba de que una mujer —una pobre mujer
envejecida— no puede expresarse de otra forma sin
que ella misma empiece a encontrarse lamentablemente
ridícula.

—Sí, hemos corrido mucho —dijo también Ana.
Un silbido anunció la salida del tren.
—Adiós, Ana. Hasta la vista. Cuídate, ¿eh?
—Pero, ¿cuándo vuelves? ¿Cuándo volverás?

—Enseguida. El curso va a empezar enseguida. Hasta pronto.

—Hasta muy pronto. Adiós. Cuídate tú.

El tren arrancó lentamente. Un instante después él, saludando con la mano en alto, desapareció de la ventanilla. El tren aceleraba poco a poco. El vagón de cola dejó a Ana atrás, en el andén, buscando con los ojos, por si él volvía a asomarse, con el bolso todavía apretado contra el pecho. Las facciones parecían habérsele descolgado, como el cuadro que acaba por vencer, con su peso, la resistencia del clavo que lo sujetaba. Un mozo, con la gorra en la mano, se adelantó hacia ella. «Perdone, señora. Su hijo, me parece que era su hijo, me dio esto para que se lo entregara cuando el tren hubiese salido.»

Y le puso en las manos un simple sobre blanco.